Ronso Kaigai
MYSTERY
214

# はらぺこ犬の秘密

The Hungry Dog
Frank Gruber

フランク・グルーバー
森沢くみ子［訳］

論創社

The Hungry Dog
1941
by Frank Gruber

目次

## 主要登場人物

ジョニー・フレッチャー……書籍セールスマン
サム・クラッグ……ジョニーの相棒
ジュリアス・クラッグ……サムの伯父。故人
ジョージ・トンプキンズ……ジュリアスが引き取った亡き知人の息子
ジェラルド・ポッツ……ジュリアスの顧問弁護士
アーサー・ビンズ……〈クラッグ・ドッグ・ファーム〉の飼育員
スーザン・ウェッブ……クラッグ家の向かいに住む娘
ジェームズ・ウェッブ……スーザンの父親
オーガスト・カンケル……デミング第一中央銀行の頭取
アンドリュー・ペンドルトン……スロットマシン製造業者
ピート・スラット……ギャンブラー
リンドストローム……保安官

# はらぺこ犬の秘密

# 第一章

ある日のこと、ブロードウェイと四十四丁目が交わる街角で、小柄な男が箱に上がって、一ドル紙幣を七十五セントで売ろうとしていた。買う者が誰もいないと、そのうち男はひどく妙な振る舞いをしはじめ、やむなくやってきた警察が男をワゴン車に乗せて運び去った。

ジョニー・フレッチャーも、値引きした一ドル紙幣を買うチャンスに飛びつかなかった一人だった。翌朝の新聞で、その小柄な男が正気ではなく、安売りしていた紙幣が本物だったと知ると、彼は外に出かけ、軽く酔っ払った。

そしてその翌日、四十五丁目を歩いていると、ぼろぼろの麦わら帽子が歩道に落ちていた。思いきり蹴飛ばしたところ——帽子の下に煉瓦が一つあった。

なんとか歩けるようになったとき、ジョニーは一ドル紙幣を売っていた頭のおかしな小男のことを、さほどいまいましく感じなくなっていた。長い目で見れば、疑り深いほうが身のためなのだ。

それで今日、ジョニーは自分が用意した演台に立って、うさんくさそうな顔ばかりが並ぶ観衆を見渡し、たいして稼げそうにないと悟った。

隣では、サム・クラッグが歩道に足を大きく開いて上体をかがめ、息を吸い込みはじめていた。肺が空気で満たされていくにつれて、身体を起こしていく。筋肉の盛り上がるたくましい胸に巻きつけられた鎖が肌に食い込み、サムは全身に力を込めるあまり顔が紅潮した。

ジョニーは声を張り上げた。「さあ、ご注目！　紳士ならびに淑女諸君、とくとごらんあれ、この男を！　馬が引いても切れなかった鎖だ。これを彼は引きちぎろうとしている。そんなことが可能なのか？　彼に鎖が引きちぎれるのか？　できるはずもない。どだい、人間には無理なこと。大力無双の若きサムスンでも不可能だ。たとえ――」

次の瞬間、鎖がちぎれた。鎖はサムの身体からはじけ飛んで、その一方の端が太った男の顔を直撃しそうになる。

「なんということか！」ジョニーが叫ぶ。「やってのけた！　鋼鉄製の鎖を引きちぎったぞ！　先ほどぶち切った軍隊ベルトに負けず劣らず、楽々と引きちぎってみせた。これでわたしの言葉を信じるかね？　この若きサムスンが生きている最強の男だと？　なんだって？　強く健康になりたい？　なれるとも、淑女がたがうっとり見惚れるような筋肉をつけることができる。若きサムスンがこれほどまでになった生命力の秘密を手に入れられるのだ。すべてこの本、これからご提供する『だれでもサムスンになれる』に書いてある。十ドルしないどころか、五ドルもしない。わずか、たったの二ドル九十五セントで……」

「よく言うぜ！」十番街の西側にいたゲジゲジ眉の疑り深そうな男が野次を飛ばした。「インチキだ。鎖は見せかけだけだ。そこのひよっこもな」

「ひよっこだと？」サムが食ってかかった。「誰がひよっこだ？」

「てめえに決まってんだろ」ゲジゲジ眉が言い返す。体重が二百四十ポンドはあり、身体は重輓馬（じゅうばんば）並みのごつい筋肉のかたまりだ。

「よせ、サム！」ジョニーは悲鳴のような声をあげた。「手を出してはだめだ。彼を殺してしまいかねない……」

「おれを殺す？」野次男が鼻で笑った。「こっちは、そいつみたいなひよっこを毎晩リングで沈めてたんだぜ」

 タートルネックのセーターを着た、ゲジゲジ眉をもしのぐ体格の男が相づちを打った。「そうとも。こいつらはペテン師だ。しかも、見かけ倒しのな。時間がありゃ、こいつらで通りをきれいにモップがけしてやるのによ」

「うおおおお！」堪忍袋の緒が切れたサムが飛びかかっていった。

いちゃもんをつけてきた二人の男もサムに突進していく。二人は両サイドからサムに向かっていったが、三人の身体がぶつかり合ったときに起こったことは、展開が速すぎて、興奮に沸く観衆は誰一人として、なにがどうなったのかはっきりわからなかった。ただ、大きなうなり声があがったかと思うと、腕や脚や身体が疾風のごとく動き、気がついたときには、サム・クラッグ、またの名を若きサムスンがそれぞれの腕で二人にヘッドロックをかけ、男たちが痛みに泣きわめいていた。

サムはどうだとばかりに、集まってきていた人々に笑みを向け、いきなり両腕を身体の前へもっていった。当然ながら、二人の頭もついてきて、勢いよくぶつかった。ポロの木製の槌（マレット）で球を打つのとよく似た音がした。

そのあとサムは敗残者たちを放してやり、うしろへと下がった。朦朧としているならず者たちが手と膝で這って逃げるなか、サムは埃を払うように手を叩き合わせた。

この状況を驚嘆の表情で見守っていたジョニーは、ふと我に返って、大声で言った。「諸君、納得されただろうか？　若きサムスンが荒くれ者相手にどう立ち回ったか、その目でごらんになっただろう？　この彼が見かけ倒しだとでも？　いや、ありがとう！　さあ、どうぞ。二ドル九十五セントだ。ええ、そちらさんも？」

　あっけないものだった。サム・クラッグのささやかな〝実演〟は、十分間におよぶジョニーの口上よりずっと観衆に効果があった。男たちが我先にと本を求めて押し寄せ、ジョニーは右手でも左手でも本を渡していった。五分後には、用意してあった本はすべてさばけてしまい、ジョニーとサムも人混みに紛れていった。

　二人が通りの角を曲がると、サムがこっぴどくやっつけたならず者たちが、ある戸口から姿を現した。

「いいかい、ボス？」二人のうちの一人が声をかけてきた。

ジョニーはくすくすと笑った。「いいとも、きみたち。ほら、取り分だ、一人につき二ドル。明日も頼むかもしれない」

「いいぜ、こっちはかまわない。おれらにとっちゃ楽な稼ぎさ」

「ちょっと待てよ」サムが怖い顔をした。「おまえたちのどっちか、おれに嚙みついただろう。今後、嚙むのはなしだぞ。場が盛り上がるよう、ちょいと騒ぎ立てるのはかまわない。だが、嚙むのはだめだ。いいな？」

「わかったよ」タートルネックのセーターを着た男が答えた。「嚙むつもりはなかったんだが、あんたがおれの喉仏をつぶしにかかってきたもんだから、つい我を忘れちまったんだ」

「そうか。だがな、次は我を忘れたりするな。さもないと、おれのほうが我を忘れて、おまえたちの鼻をへし折っちまうかもしれねえぞ」

金で雇った二人のサクラのもとから離れたあと、ジョニーは大きく伸びをした。「さっきの〝実演〟は、これまででも最高の出来だったな、サム。本が倍も売れたぜ」

「飛ぶように売れたな、ジョニー。あんなふうにやってるあんたが好きなんだ。仕事に専念して、たわごとはいっさいなし。それがだよ、これまでの生き方を考えてみると——家賃滞納で大家にぶちのめされたり、代金が払えるはずもないものを買ったり、取り立て屋を脅したり……ああ、もう！ 思い返しただけでも震えがくるぜ」

「そう言うなよ。おれだってそんな生き方は望んじゃいないが、機転を働かすいい訓練だ。知性が磨かれる」

二人は〈四十五丁目ホテル〉の前まで来ていたので、中へ入った。ボーイ長のエディ・ミラーが気づいて、すっ飛んできた。

「ちょっと、ミスター・フレッチャー」エディはにこりともせずに言った。「なにか起きてます。用心なさったほうがいいですよ。ピーボディが午後からずっと、空っぽになった鳥かごの中にいる猫みたいに、にやにやしてるんです。ある男性がミスター・クラッグを探しに来た直後からですよ」

「男がサムを探しに来た？」ジョニーは聞き返した。「どんなやつだ？ 刑事か？」

サムは顔をしかめた。「なにもやっちゃいないぜ」

ボーイ長は肩をすくめた。「警察じゃないと思います。そんなふうには見えませんでした。ですが、もしかすると——借金取りかも」

ジョニーの表情が明るくなった。「そいつはありえない。これまでにないことだが、いまは誰からも一セントだって借りちゃいないんだ。まあ、ほとんど誰からも、だが。ともかく、借金取りのはずはない。サムがおれになんの相談もなく物を買うことはないからな。そうだろう、サム？」

「まずい」とボーイ長。「ピーボディだ。あいつには言わないで……」ミラーは最後まで言わずに去っていった。

ホテル・マネジャーのミスター・ピーボディは、シャーロック・ホームズ俳優のベイジル・ラスボーンが個性派俳優のピーター・ローレに変装しているような感じだった。ピーボディの人生最良のときというのは、宿泊料を支払わない客を部屋から締め出したときだ。とりわけ、雨や雪が降っている日にそういった卑劣なことを嬉々として行動に移す。

「ああ、ミスター・フレッチャー！」ピーボディが大声で呼びかけてきた。「それに、ミスター・クラッグも。このすてきな午後を、お二人はいかがお過ごしでしたか？」

「最悪さ、あんたのご期待どおりな」ジョニーはぶっきらぼうに言葉を返した。「用件はなんだ、ピーボディ。なんで呼び止めた？」

ピーボディが冷ややかな笑みを浮かべた。「ある男性がミスター・クラッグを探しに来ていたんですよ。弁護士がね……」

「弁護士？　名前は？」

「ホフナジェル。名刺を置いていきましたよ。これがそうです。ミスター・クラッグに至急、連絡をくれるよう……さもないと、と伝言も残していきました」

ジョニーはホテル・マネジャーの手から名刺をひったくって、サムに突きだした。「さもないと、なんてねえよ！　弁護士はお呼びじゃない。ほら、サム、この弁護士に電話しろ。それと、フロントの電話を使え。おれたちに後ろ暗いところなどないとピーボディにわからせるためにな」

サムは眉間にしわを寄せて名刺をじっくりと眺めた。「このホフナジェルって名前、まったく心当たりがないぜ、ジョニー。ひょっとしてあんたは?……」

「いや、知らない。誰もおれたちに用事なんてあるわけがないんだ――いまはな。弁護士だろうが、おまわりだろうが、恐れることはない」ジョニーはピーボディをにらみつけた。

しばらく受話器に手を置いていたものの、やがてサムは、ため息をつきながらそれを持ち上げた。相手が出ると、「ミスター・ホフナジェル? サム・クラッグというもんだ。おれを探しているそうだが……なんだって?……」

# 第二章

大男の顔からみるみる血の気が引いていく。そして急に小さくよろめき、その手から受話器が落ちた。

ジョニーは駆け寄った。「どうした、サム?」

相棒の視線は激しく揺れ動いていた。息を吸って、しゃべろうとし、また息を吸う。それからようやく、声を絞り出した。「伯父のジュリアスが死んじまった。伯父は――全財産をおれに遺してくれた……」

ジョニーは唾をのみこんだ。「そいつはすげえ。いや、その……残念だったな、サム、伯父さんのこと」

サムはぼんやりと首を振った。「ジュリアスのことを残念だったなんて! いやいや、気の毒に思う必要はねえよ。伯父の場合はな。しかし――遺、遺産とは。ジョニー……」

乾いた唇を舌で湿らせたジョニーは、そばでうろうろしていたピーボディに目をとめた。ホテル・マネジャーの顔色は、かびの生えたパンそっくりだった。

ジョニーの鼻の穴が広がった。

「総額はいくらだ、サム?」

「なんで……」サムははっと息をのんだ。「弁護士は言ってなかった。とはいえ、かなり裕福だったらしい」

すぐさまピーボディが片手を差し出した。「ミスター・クラッグ、まずはおめでとうと言わせてください。こういう幸運があなたにこそ訪れてほしいと願っていました」

差し出された手をサムは見つめたものの、その手をとろうとはしなかった。「そうかい。覚えておくよ。おれたちの部屋のドアにフランス鍵を仕込んだときも、幸運を願ってくれていたんだろうな」

ジョニーは服についた糸くずを払うようなしぐさをした。「一方通行だな、ピーボディ。あんたが願ってくれていたとはよ」

サムの腕をつかんで、ジョニーはエレベーターの方へ進んでいった。八階でエレベーターを降り、八二一号室へと向かう。室内へ入ったジョニーは、きびきびと言った。「さてと、サム、さっきのは本当の話か？」

「だから力を貸してくれよ、ジョニー！　弁護士が書類やなんかを持ってここへ来るんだ」

「いつ？」

「すぐに。それから、おれはセントルイスへ行かなきゃならないようなことも弁護士は言っていた。ジュリアスはそこで暮らしてたんだ」

「セントルイスはいい町だ。前から好きだった」ジョニーは夢見るような目になった。「伯父さんのことを教えてくれ。これまでほとんど話してくれたことがないな」

「伯父のことは知らないも同然だったからだ。最後に会ったのは、おれが十二歳のとき。おふくろが毛嫌いしていたのは覚えてる。おれに現ナマを遺してくれたなんて、驚きだよ」

「〝財産〟、だろう。それにしても、二人で使うのが楽しみだな！」

「〝二人〟だって、ジョニー？」

ジョニーはにやりとした。「いいか、サム、おれの助言なしじゃ、遺産を有効に使えないのは自分でもわかっているだろう」

「そうかな？　来月、ハイアレア競馬場でレースに――」

「ほらな！」ジョニーは大声を出した。「そういうことをおれは言ってるんだ。おまえは金貨が詰まった袋を相続しても、すぐ駄馬に賭けてすっちまうに決まってる」ジョニーは悲しげにかぶりを振った。「もっとまっとうな趣味はないのか？　いいか、おれの考える遺産の使い道としては、美しい田舎の大きな屋敷を買う。ミントジュレップを飲みながらハンモックに寝そべっていられる、広いベランダのついたコロニアル様式の豪奢な邸宅を……」

「そこまでだ！」サムが大声をあげた。「弁護士が来たぞ！」

薄いドアがこぶしで叩かれて、サムはすぐさまドアへと向かった。ドアを開けたとたん、紐でつながれた毛のかたまりに噛みつかれそうになって、慌てて飛び退く。

「なんなんだ！」サムは声を荒らげた。小さな黒いスコティッシュテリアの前からあとずさりをする。

そのサムをかすめるようにして前に出ると、ジョニーは弁護士に握手を求めた。

「きみがミスター・クラッグ？」弁護士が語気鋭く尋ねた。

「クラッグはこちらの男です」ジョニーはなめらかに答えた。「ですが、わたしは彼の仕事上のマネージャーでして。ええと、あなたは――ミスター……」

「ハロルド・ホフナジェルです。セントルイスの〈ライリー・ライアン・リオーダン・アンド・ポッツ〉法律事務所から本件の代理を依頼されました」ホフナジェルが部屋の中へ入ると、サムはベッドの向こう側に回り込んだ。

困惑の色を浮かべるホフナジェルに、ジョニーは急いで説明した。「犬がいるせいですよ、ミスター・ホフナジェル。以前サムは犬に嚙まれたことがありましてね、それ以来、犬がすっかり苦手になってしまったのです」

体重二百二十ポンドのサムをじっと見たあと、ホフナジェルは呆れたように小型犬に視線を移した。その黒い犬は、サムの弱点を見透かしているようで、彼に狙いを定めて紐をめいっぱい引っ張っていた。

ジョニーはくすりと笑った。サムと出くわした犬はみな似たような反応をするからだ。これでもかといわんばかりにうなり、嚙みつこうとし、一方のサムは、ゴリラさえ素手で組み伏せられそうなのに、ちっぽけな犬に恐れおののく。

ホフナジェルは鼻を鳴らして、ポケットから茶封筒を取り出した。「いくつか確認したいことがあります、ミスター・クラッグ。あなたのフルネームは?」

サムはちらりとジョニーを見やって、思いきり顔をしかめた。「サミュエル・セドリック・クラッグだ」

「セドリックだと」ジョニーが小声でつぶやく。「サミュエル・セドリックとはな!」

弁護士はうなずいた。「では、お父上のフルネームは?」

「サミュエル・クラレンス・クラッグ。おやじは自分の父親からクラレンスと呼ばれていて、その腹いせにおれにセドリックなんて名前をつけた」

「生まれはどこですか、ミスター・クラッグ？」

「モンタナ州バッド・アックス」

ミスター・ホフナジェルは唇をなめた。「確認事項は以上です。あなたがサミュエル・C・クラッグご本人であることはまちがいないでしょう。それにより、あなたが伯父上のジュリアス・フィランダー・クラッグの法定相続人であることを謹んでお知らせいたします」

ジョニーは咳払いをした。「そりゃけっこう、ミスター・ホフナジェル。それで――遺産はかなりのものなのか？　つまり、現金はどのくらいある？」

弁護士は冷ややかな視線をジョニーに向けた。「あいにく、担当弁護士のミスター・ポッツは詳細については伏せておりまして。ただ、かなり大きな田舎風のお屋敷と広大な土地を所有されていたと……」

ジョニーの目が輝いた。「それでじゅうぶんだ。そうだろう、サム？」

「そのとおりだ。伯父がおれにしてくれたことを心から感謝する」

「彼はあなたになにもしていませんよ」とホフナジェル。「亡くなられただけです」

「まあ、そこが肝心なところだ」サムは言ってから、ジョニーの視線に気づいた。「つまり、伯父のことはすごく残念だってことだよ。伯父はいつ死んじ――いや、その、亡くなったんだ？」

「たしか、ひと月ほど前です」

「ひと月も？　それでいまになってようやく知らせてきたのか？」

ホフナジェルは鼻を小さく鳴らした。「どうやってあなたの居場所を突き止めたかおわかりですか？　各新聞のありとあらゆる個人広告欄に広告を載せましたが、今日までなんの反応もありませんでした。そこへ知らせがあったんですよ、警察署から。警官の一人があなたの、その、前歴に詳しいとかで——住所を教えてくれました」

「前歴だと！」サムが叫んだ。「おれには逮捕歴なんかついてないぞ」そして小声で付け足した。「この街じゃ」

「なんでもないんですよ」ジョニーは機嫌をとるように言った。「その警官はからかっただけです。あなたに情報を伝えたのは、マディガン警部補のはずですから」

「ええ、そうです。彼をご存じなのですか、個人的に？」

「難事件を警部補に代わって解決して差し上げたことがありましてね」ジョニーは控えめに答えた。

「つまり、わたしとサムとで。それでマディガンはわたしたちのことを知っているわけです。ええ、ミスター・ホフナジェル、われわれは——サムとわたし、という意味ですが、あなたのご尽力に感謝しています。われわれに——サムになにかできることがあれば、いつでも遠慮なくご連絡ください」

「もちろんだ」サムはベッドをまわってきながら片手を差し出した。「いつでも、ミスター・ホフナ——うわっ！」サムはスコティッシュテリアのことを忘れていて、伏せの状態で待ち構えていた犬はいっきにサムの脚に飛びかかったのだった。サムが助かったのは、ひとえに紐が短かったおかげだ。だが、サムはベッドの反対側へとまた逃げて、そこから別れの挨拶を終えた。

ドアのところでホフナジェルが訊いた。「セントルイスへはじきに発つおつもりですか、ミスター・クラッグ？」

「たぶん今夜のうちに」ジョニーがサムの代わりに返事をした。

「よかった。ミスター・ポッツに電話でそのことをお伝えしておきますよ」弁護士が力強く犬を引っ張りながら部屋を出ていくと、ジョニーはドアを閉めた。それから、サムを振り返った。

「かつがれたわけじゃなかったな、サム！」ジョニーは歓声をあげた。「おれたち、田舎の大地主だ！　さっさと荷物をまとめて、セントルイスへ出発しようぜ」

# 第三章

列車の豪華な特別室をあとにして、ジョニーとサムは、セントルイスの薄汚れてやけにだだっ広い古びた駅に降り立った。この天と地ほどの差に、ふつうなら気が滅入ってもおかしくない。ところが今日は、目にするものすべてが好ましく映った。

待合室へ荷物を運んだポーターに、ジョニーは一ドル札を握らせてやった。そのあと、サムに声をかけた。「さて、ホテルにチェックインするか？　それともこの足でミスター・ポッツに会いに行くか？」

「ポッツに会おうぜ。そのまま屋敷へ向かうことになったら、ホテルに行くのは無駄ってものだろう？」

「たしかにな。そうだ、ポッツがオフィスにいるか、念のため電話してみろ。それから出かけよう」

サムはうなずいて、公衆電話ボックスへと歩いていった。しばらくして戻ってきたサムの顔には、困ったような表情が浮かんでいた。

「なあ、ジョニー、オフィスにかけたが、誰も応答しない。もう五時を過ぎてる」

ジョニーはうめいた。「電話帳にポッツの自宅の住所は載ってないのか？」

「調べてみたさ。ポッツって姓が十八軒もあった」

ジョニーは悪態をついた。「まいったな。だったら、ジュリアスがどこに住んでいたか覚えてないか？」

「辺鄙な場所だ、カークウッドの町が近かった。確認してくる」

サムは小走りに公衆電話ボックスへと引き返し、電話帳をめくりはじめた。やがて満足げにうなずく。戻ってきたサムは、得意そうに報告した。

「カークウッドにあるデミング・ロードだ。直接行ってみるってのはどうだ？」

「言わずもがなさ、サム。さっさと移り住んでしまおうぜ」

「それがいいや、ジョニー。どのバスに乗ればいいか訊いてくる」

「必要ない。格好よく乗りつけるんだ。タクシーでな」

サムは肩をすくめ、二人は荷物を手にしてマーケット・ストリートまで出ていき、タクシーのトランクに荷物を放り込んだ。車内へ身体を入れながら、ジョニーが言った。「カークウッドまで頼む」

運転手は振り返った。「カークウッドっておっしゃったんで？　ずいぶん距離がありますぜ」

「かまわない」とジョニー。「気持ちのいいドライブが好きなんだ。公園を抜けていってくれ」

タクシー運転手は十八丁目からローカスト・ストリートへ入り、西へ向きを変えた。十分ほどしてキングスハイウェイを横切ってフォレスト・パークの曲がりくねったドライブコースに車を進める。ハイ＝ポワントへと出て、ビッグ・ベンド・ロードまで走ったあと、南へ進路をとってマンチェスター・ロードへと向かった。

この時点で、メーターは五ドル九十五セント。サムはその数字に魅入られ、目が釘付けとなっていた。

「肩の力を抜けよ、サム」ジョニーはつっけんどんに言った。「そのくらい支払えるんだから。おれたちは金持ちなんだぞ」

「わかってるさ」サムは首を振った。「ただ、どうにも慣れなくて」

ジョニーは喉の奥でうなった。「いっそキャデラックでも買って、お抱え運転手を雇うか――屋敷がでかけりゃ。キャデラックを買ってもお釣りがくるならな」

タクシーがウェブスター・グローブスの町を通って、カークウッドとの町境まで来たとき、メーターがちょうど七ドルに上がった。ここで運転手はデミング・ロードへの道を尋ねた。

あたりは暗くなりはじめていて、行き方を訊いたあと、タクシーはふたたび走りだした。高速道路六十六号線を抜けたところで、運転手はヘッドライトを点灯して、道路案内標識を見ていった。二マイルほど走ってから、急にハンドルを右に切って、マカダム舗装の道路へと車を進めた。

「ここがデミング・ロードですよ、だんながた」運転手は大声で声をかけた。

「すばらしい」とジョニー。「今度は郵便受けを見ていってくれ。ジュリアス・クラッグという名前の出ているやつがあったら、そこが目的地だ」

道路の右手にある三つ目の郵便受けにその名が記されていた。広いマンチェスター・ロードから半マイルと引っ込んでいない場所だ。ジョニーは薄闇の中に突如として姿を現した堂々たる邸宅に圧倒されて、もごもごとつぶやいた。屋敷はコロニアル様式で、どう見ても十部屋はあった。

「悪くない。まったくもって悪くない」

「すげえ」サムも驚嘆の声をあげる。「ジュリアスはよっぽどの金持ちだったにちがいない」

「それが全部おまえのものになるんだ、サム、すべておまえのものにな」

「料金は八ドル四十五セントになります」タクシーの運転手が言った。

ジョニーは運転手に十ドル札を渡して、釣りはいらないと手を振り動かした。「新しいタイヤでも買いな」尊大に言い添えた。

その大邸宅は、道路から三十か四十ヤードほど奥にあった。頑丈な金網のフェンスが、邸宅と広々とした芝生の敷地を取り囲んでいる。

ジョニーが門を開けて、サムとマカダム舗装された私車道を歩きだしたとたん、犬が吠えはじめた。低く太い声で盛んに吠え立てられて、ジョニーは背筋にうっすらと冷たいものが駆け抜け、サムのほうは——サムにいたっては、あっさりと背を向けて門へ引き返していった。

「戻ってこい、臆病者め」ジョニーが叫んだ。「なにも犬はおまえを食おうってんじゃないんだ……。やあ、おい、機嫌はどうだい？ ほら、伏せだ、ワンコ……」

そのとき玄関ポーチに明かりがついて、屋敷の前にいる犬が見えた。ジョニーは恐怖のあまり、踵を返して道路までサムのあとを追うことさえできなかった。

犬はジョニーが目にしたこともないほど巨大なセントバーナードだった。馬よりは小さいものの、さほど変わらないほどの大きさだ。それがどんな招かれざる客も撃退するかのように、玄関前の階段に立ちはだかっていた。

「おーい、誰か！」ジョニーは落ち着かなげに呼びかけた。

ドアが開いて、細身の男が出てくると、犬に声をかけた。「もういいぞ、オスカー」そのあとジョニーに訊いた。「なにか用か？」

「土地屋敷にな」ジョニーが言い返した。「おれたちが新しい所有者だ」

「ばかばかしい」犬の向こうにいる男が吐き捨てるように言う。

「サム」ジョニーは声を張り上げた。「こっちへ来て、こいつにおまえが何者か教えてやれ」

「犬をどこかへやってくれ」サムが門のそばから怒鳴った。「おれはサム・クラッグ。ジュリアスの甥だ」

効果てきめんだった。ポーチにいた男は進み出てきて、セントバーナード犬のふさふさとした毛に指を突っ込んで乱暴に撫でた。

「やあ、クラッグ。おれはジョージ・トンプキンズだ」

「会えてうれしいよ」ジョニーが愛想よく言った。「その犬をしっかりつかまえていてくれ」

ジョージ・トンプキンズが笑った。「オスカーはいたっておとなしい犬だ。来いよ」

玄関ポーチへと歩きだしたジョニーは、途中でサムを振り返った。大男は大型犬から片時も目を離さず、小股に足を運んでくる。ドアのそばまで来たサムは、身体を横向きにして、一瞬ためらったあと、思いきりよくドアの隙間から中へ入った。

ジョニーがあとに続き、そのうしろからジョージ・トンプキンズが入った。全員が屋敷の中に入ってはじめて、ジョニーはジョージ・トンプキンズが大人の男ではなく、少年にすぎないことに気づいた。かなり上背のある細身の体格で、せいぜいいっても十八歳か十九歳だった。

ジョージは生意気そうに言った。「やあ、クラッグ。ポッツのおっさんは、あんたが来るのは月曜だろうと踏んでいた。けど、来ちまったんだから、くつろいでくれ」

案内されたリビングルームをジョニーは見回した。奥行きが四十フィートはあり、幅もその半分以上はある広い部屋だ。薪を燃やす巨大な暖炉が片側に据えられている。

サムも部屋をしげしげと眺め、値踏みするかのようにどの家具にもしばらく視線をとどめている。そしていちいちうなずいていた。

ジョージがくすくす笑った。「悪くないだろ、クラッグ？」

「なに？」サムはかぶりを振った。「かなりのものだ。その……外じゃ名前が聞き取れなかったんだが？」

「ジョージ・トンプキンズだ」少年が答えた。「わかってるだろ？」

サムはきょとんとした。「なにが？」

「おれが誰かってことがだよ」

「お手上げさ」ジョニーが割って入った。「何者なんだ？」

少年は疑わしげに目を細くした。「聞いてないのか？　あんたの伯父貴は……」

サムが目を見開いた。「じゃあ、おまえは……ジュリアスの子供か？　くそ、なんでジュリアスは身内の誰にも知らせてこなかったんだ。おれは結婚していたことさえ知らなかった……」

「結婚してねえよ。おれも息子じゃねえ。いや、血のつながった息子って意味だけど」

ジョニーは口をすぼめた。「つまり――養子ってことか？」

ジョージはうなずきかけて、肩をすくめた。「まあ、この六年、一緒に暮らしてた。おれを養子にするって話もしてたけど、結局、手続きをしないままだった」

サムは困惑したような目をジョニーに向けた。

「おまえがいても、おれたちはかまわないぞ、ジョージ。なにも心配はいらない」とジョニー。

「だけど、おれは心配なんだよ」ジョージは落ち着いた口ぶりで応じた。「あんたのことがな。あんたがどこにおさまるのか」

ジョニーは顔をしかめた。「おれはジョニー・フレッチャー。サムとはこういう仲だ」ジョニーは人差し指と中指を掲げてみせた。

ジョージの胸には響かなかったようだ。「そうかい？　その〝二人は一つ〟ってやつはどこから来るんだ――今回の件では？　あんた、クラッグの分け前にあずかるんだろ？」

「ははは」ジョニーはおもしろくなさそうに笑った。

サムがジョニーを援護した。「問題ない、ジョージ。ジョニーとおれはこの十五年ってもの、なんでも分かち合ってきた。ジョニーは何度もおれのために一肌脱いでくれたんだ」

「いつそれが汚れたものになったんだ？」

少年に鋭いまなざしを向けて、ジョニーは言った。「いいか、このガキ……」

「ガキだと！」ジョージが声を荒らげた。

「落ち着けよ、少年（キッド）」サムがなだめた。「おまえ、ずいぶん若いだろう、それでジョニーは――」

「おれは二十一歳だぞ」ジョージは嚙みついた。「もう子供じゃねえ。なんだって……」ジョージはジョニーをあざけるように見た。「なんでこのおっさんがあんたとつるんでるのか、おれにもわかった気がするぜ」

ジョニーは深く息を吸い込んだ。「なるほど」と敵意をほぐす。「そうだとしても驚かないな。いいか、ジョージ、おまえが今回のことをどう感じているのか、察しがついたよ。ジュリアスは、おまえに財産を遺すようなことをほのめかしたんじゃないのか」

不機嫌そうに口を尖らせたものの、ジョージはなにも答えなかった。

すばやくジョニーに目をやってから、サムは声をかけた。「しょげるなよ、キッド。いくらか現金をやれないか確認してみるから……」

「現金だって？」ジョージが聞き返す。

サムはまばたきをした。「ジュリアスは――」言いかけて、言葉をとめ、息をのんだ相棒を不可解そうに見た。

ジョニーは息をゆっくりと吐きだした。「もういっぺん言ってくれ、ジョージ」

「現金だって？」

「聞き間違いじゃなかったのか」ジョニーは一歩詰め寄った。「つまりジュリアスは、現金は残してないってことか？」

ジョージの口元にゆがんだ笑みが浮かぶ。すぐにこらえきれないように笑いだした。そのさなかに、屋敷の外でとんでもない騒ぎが起こった。オスカーが狂ったように吠えはじめ、車のホーンがにぎやかに鳴らされたかと思うと、屋敷の裏手からジョニーがこれまで耳にしたこともない世にも恐ろしいものが聞こえてきた――おびただしい頭数の猟犬が獲物を追い立てる吠え声だ。

サムが恐怖に悲鳴をあげた。「なんだ、あれは？」

「犬さ」ジョージが大声で答えた。

「何頭いるんだ？」ジョニーは問いただした。

「二百。二百頭いて、みんなオスカー並みの体格に恵まれてる」

「冗談じゃない！」サムがかすれた声を絞りだした。よろめいて、肘掛け椅子にどさりと座り込む。

ジョニーの口の端がひくついた。「じゃあ、なにか、ここには二百頭のセントバーナード犬がいるっていうのか?」

外にとまっている車のホーンがしつこく鳴っていたが、その音は犬たちの轟くような吠え声にほとんどかき消されていた。

# 第四章

ジョージ・トンプキンズは玄関ドアへと歩いていった。「クラッグの遺産にも入ってるぜ——二百頭の立派でおとなしいセントバーナード犬が。二百頭いるそいつらは、みんなそれぞれ一日に五ポンドの肉を食って……」

玄関ドアを開けて、ジョージはオスカーにぴしゃりと言った。「もういい、オスカー」そのあと車に向けて怒鳴る。「ホーンを鳴らすのをやめてくれ。そうすりゃ犬も静かになる」

しばらくすると、犬たちは吠えるのをやめ、訪問者が屋敷に入ってきた。二人連れで、一人は五十がらみで、黄褐色の麻のスーツに身を包んだ顔色の悪いしなびた男。もう一人は二十一、二歳とおぼしき、はっとするほど魅力的な女だった。女は背が高くすらりとしていて、金髪。そして、彼女のためだけにデザインされたようなシフォンのワンピースをまとっていた。

男がつっけんどんに言った。「あの犬たちはここへ誰かが訪ねてくるたびに吠えまくるのかね?」

ジョージが口を開いた。「やあ、スージー。付き合う相手は選ぶと言ってなかったか?」

「ジョージったら!」

ジョージはにやりとした。「別にかまわねえさ。よう、ポッツ、こいつがあんたの相続人だ。でかいほうが。もう一方は、そいつの保護者だよ」

ジョニーはこぶしに握った右手の指関節を、左の手のひらでこすった。年齢の割に頭のいいガキを殴り倒すのは法に触れるだろうかと考える。

弁護士のポッツは、すばやくサムに歩み寄った。「ミスター・クラッグ、どうして来ると連絡をくれなかったんですか？　駅まで出迎えに行きましたよ」

サムはすさまじい剣幕で言った。「二百頭の犬ってなんだ？」

「もちろん、あなたの相続分です。すてきじゃありませんか。あれほど見事な大型犬ですよ……」

ジョージが忍び笑いをした。「クラッグは犬が怖いんだ……腰抜けめ」

「あの、いいかしら」若い娘が遠慮がちに口を挟む。「わたし、家に帰らないと」

「ここにいろよ、スージー」ジョージは意地が悪そうにくすりと笑った。「きっと楽しめるぜ」

「は、は、は」とジョニー。「そうかもな――おれがおまえの口を一、二度ひっぱたいたら」

ポッツは、サムの大きな手がこぶしを握ったり開いたりしていることに気づいて、ジョージへと顔を向けた。「ジョージ、これまできみには少なからず同情してきたが、こんな態度をとりつづけるつもりなら、残念だが、わたしは縁を切らせてもらうよ」

「驚いたな」とジョニー。「最初からやり直そう。まずはお互いに自己紹介から。おれはジョニー・フレッチャーだ」

ジョニーは物問いたげな目をして、ポッツに微笑みかけた。弁護士はすぐに察した。「こちらはミス・スーザン・ウェッブで、あなたがたのいちばんのご近所さんです」

「道向かいよ」スーザンはにっこりとした。

「そりゃあいい」ジョニーは弾んだ声を出した。「ときどき立ち寄ってくれたらうれしいよな、サム?」

スーザン・ウェッブの顔から笑みが消えた。「そうそうは無理だわ——ミスター・フレッチャー」

「無理?」

スーザンは顔を赤くした。「どうして単刀直入に訊かないの、なんの用でわたしがここにいるのか?」

「わかったよ、どうしてなんだい?」

ジョージがいらだたしそうに割って入った。「たいした友達を持ってるな、チャーリー・マクラッグ」

サムがその言葉をよくよく考えているあいだに、ジョニーは確固たる足取りで生意気な若者に向かっていった。スーザンが助けに入る。ジョニーの進路に割り込むと、彼の腕に手を置いた。

「お願い!」スーザンは尖った声で訴えた。「ミスター・フレッチャー、あなたはわかってないのよ——ジョージのこと」

「よしてくれ、スージー」ジョージがぴしゃりと言った。「自分の喧嘩くらい自分で戦える」

「じゅうぶんやり合っているでしょう」スーザンが猛然と言い返す。「今夜ミスター・ポッツと来たのは、そのためよ。もうやめてちょうだい、ジョージ」

「おい!」サムが大声で呼びかけた。「やっとわかったぜ、さっきのチャーリー・マクラッグがなんなのか。聞けよ、口の減らない若造、ありゃ、おまえが適当に考え出した名前だ」

「うすのろ・マクラッグ(チャーリー)はしゃべる」とジョージ。「歩いて、しゃべって……犬に怯える」

「頭にきてるが」サムは言った。「怒りは抑えておくとしよう——とりあえずは。いくつかはっきりするまでな。ミスター・ポッツ、ジュリアスの財産は二百頭の犬も含めてのことなのか？」

「北アメリカ大陸で最高のセントバーナード犬ですよ」ポッツは断言した。「あなたの伯父上は、どんな犬種のブリーダーよりも多くの賞をあのセントバーナード犬で獲得してきたんです。〈クラッグ・ドッグ・ファーム〉は、犬とくれば知らぬ者はないほど有名ですよ」

「わかった」サムはうなずいた。「だが、犬のほかにはなにがあるんだ？」

ジョージは前に移動した。「クラッグはとことん犬嫌いだな。オスカーはすっかり震え上がらせちまったわけか」

「ああ、犬は好きじゃない」サムはしぶしぶ認めた。「ガキの頃、危うく野良犬に片脚を食いちぎられかけて以来な――」

「あなたのようにいい体格の男性がね」ポッツが見下したように言う。

サムはポッツを睨（ね）めつけた。「あんたの知り合いを二人ばかし叩きのめしてみせようか……」

ポッツはサムの屈強な身体を、厭わしいものでもあるかのように眺めた。

ジョージが当てこすりを言って、追い打ちをかける。「記者のアーサー・ブリスベーンがヘビー級のタイトル戦で引き合いに出したゴリラなら、あんたみたいなのを六人ばかし叩きのめせるぜ、クラッグ」

サムは歯をむき出した。「おお、わかったとも、青二才、そうしてほしいんだな」

「おいおい！」ジョニーは怒鳴った。「たしかにお互い熱くなってきているが、だからといって、手を出してはだめだ。ぜひとも知っておきたいんだが、ミスター・ポッツ、ジュリアス・クラッグの遺産ってのは、この二百頭のシェトランドポニー――いや、セントバーナード犬なのか？」

「いいえ、まさか。現在の換算でも二万ドルの価値がある、この屋敷と四十エーカーあまりの土地もです」

「ほう」とジョニー。

ポッツは言葉を続けた。「まあ、不動産には一万五千ドルの抵当が設定されていますが」

ジョニーはうめいた。「しかし、現金はどうなんだ？　金は？　銀行にはどれだけある？」

「百ドルもありませんよ」

ジョニーは深く息を吸った。「そうか、じゃあ、あんたたち、会えてうれしかったよ」

サムがすぐさまジョニーのそばへ移動した。「どのみち、伯父を好きだと思ったことは一度もなかった。最後に会ったのは、おれが十二歳のときで、腿の裏側をひっぱたかれて、その仕返しに、伯父のコートに生卵を入れて体当たりしてやった。あばよ（ソー・ロング）、ミスター・ポッツ……」

「いつまでもな（ソー・ロング）、クラッグ」ジョージが言った。「あんたは犬が怖いってことを覚えておいてやるぜ」

サムは振り向いた。小鼻がふくらんで、顎の筋肉が盛り上がるほど歯を食いしばっている。

「何頭いるって、青二才？」

「二百だ」ジョージが間髪を入れずに答える。「大型犬が二百頭」

「たったの二百か？　それなら話はちがってくる。おれはまた、おまえは二千頭だと言ったように思っていた。二百頭の犬なら恐れるに足りない。残ることにするぜ。書類を持ってきてくれ、ミスター・ポッツ」

反対しようと口を開けかけたとき、ジョニーの頭にある考えが浮かんだ。「ハイクラスのセントバーナード犬は一頭いくらするんだ、ジョージ？」

ジョージは勢いを失ったようだった。「一頭当たり最低でも二百ドル。五百ドルいくこともある」

「ほらな！」ジョニーは叫んだ。「それこそ話はちがってくる」

ジェラルド・ポッツ弁護士は、玄関ドアの前で動きをとめた。「ミスター・クラッグ、一つだけよろしいですか？　わたしもあなたの伯父上の死に報いを受けさせようとしなかったわけではないんです」

「はあ？」

ポッツはうなずいた。「ほんの昨日のことですが、警察は捜査を精力的に行った結果、もう逮捕も時間の問題だと請け合ってくれました」

サムは息をのんだ。「警察が伯父となんの関係があるんだ？」

「そうだ、サムの伯父さんはどんな死に方をしたんだ？」ジョニーも会話に加わった。

ポッツは全員を見回した。「ご存じだとばかり思っていましたよ、そうでなければ、ここでこの話題を持ち出すことはしなかったでしょう。あなたの伯父上は……殺害されたのです」

「殺されたのか？」サムは思わず声が大きくなった。愕然とした目をジョニーに向ける。

「そうです」ポッツは話を続けた。「この玄関先の階段で、無残にも撃ち殺されました」

「三発撃たれて」ジョージが言い足した。「一発は脚に、もう一発は口に命中して、最後の一発は――」

「警察はその捜査をしているんです。わたしの知るところでは、ある晩――五月二十四日の――家政婦のミセス・ビンズによれば、ミスター・ジュリアス・クラッグは玄関先に呼び出されたそうです。そして、屋敷の中にいたジョージが銃声を聞いて外へ飛び出したときには、走り去る車のテールランプしか見えなかったとか……」

「ミセス・ビンズはどうなったんだ？」

ジョージが答えた。「どうなってもいねえよ。いまもここにいる」

「どこに？」

「二階だ。晩飯がすんだら亭主のじじいとさっさと寝床へ行った」

「なるほど」ジョニーは皮肉っぽく言った。「さしずめ夫妻は八十歳かそこらというところか」

「いいや。亭主の年齢はせいぜいその半分だ」

「だったら四十歳くらいか。なるほど、お子ちゃまの二十一歳からすれば年寄りだろうな」

「なあ、ジョニー」サムがふいに口を開いた。「おれの伯父だったんだ。おれはいっさい手を引くことにするよ。さあ、もう出ていこうぜ」

「馬鹿抜かせ、サム。おもしろくなってきたところじゃねえか」

サムは不満そうな声をもらした。「またかよ！　探偵ごっこか。それで事件が解決したら、おれたちはスカンピンで腹はぺこぺこってことになるんだ。いつだって最後はそうじゃないか」

「黙れ、サム」ジョニーがぴしゃりと言った。「おれはこの件をすべてはっきりさせたいんだよ。ミスター・ポッツ、あんたはサムの伯父さんが亡くなる前から彼の弁護士だったんだよな？」

「そうです。この十年というもの、法律関係はすべてわたしが処理していました」

「だったら、彼のことはよく知っているわけだ。どんな人だった？」

「そう、五十歳前後で、頑丈な体つきだったと言えるでしょう」

「肉体的な特徴は省こう。仕事関係について教えてくれ。このドッグ・ファームをやってどのくらいになる？　儲かっていたのか？　そもそもどうしてこのビジネスを始めたんだ？」

　ポッツは唇を舌の先で湿らせた。「うーん、すべての質問に答えられるわけではないんですよ。わかっているのは、ミスター・ジュリアス・クラッグは大の犬好きでした。物言わぬ動物はみなお好きで――」

　ジョージは忍び笑いをした。「遠回しに言うのはやめて、事実を話せよ、ポッツ。ジュリアスはあいった連中らしく抜け目がなかった。配当金を支払わなかったから、そういうやつが受けるお決まりの報いを受けたんだ。鉛玉を食らったのも――」

「いいか、小僧」とジョニー。「ここへ来たときから、おまえのことは気に入らなかったが、いまじゃますます嫌いになってきた。そろそろ子供はベッドに入る時間じゃないのか。すぐに〝おやすみ〟を言わねえなら、両耳ふさいでやるからな」

「あんただけでかよ？」ジョージが吠え立てる。

「おれもだよ！」サムが怒鳴った。ジョージに飛びかかっていったものの、若者は楽しそうにスキップしながらその場を離れた。だが、屋敷の奥に通じるドアのそばで足をとめ、最後に言い放った。

「おれのことを二人に話せよ、ポッツ。そいつらが話を気に入るか確かめてみろ」

# 第五章

「話というのは？」ジョージの姿が見えなくなってから、ジョニーは尋ねた。

ポッツは困惑したような顔になった。「わかりません。ただ、ミスター・ジュリアス・クラッグはジョージを正式に養子として迎えるとばかり思っていましたので、そうしないと知って少なからず驚いたものです。彼の死は、あの子には痛烈な打撃でした。引き取ってくれたミスター・クラッグを父親代わりとしていましたし、彼が亡くなって、見捨てられてしまったわけですから」

ジョニーは眉根を寄せた。「ジョージはサムの伯父さんの財産を相続する気でいたってことか？」

「まあ、そういうことになりますね」ポッツは答えた。「ついでに言いますと、ミスター・クラッグがジョージに財産を渡すおつもりだったのはたしかです。ただ、遺言書を作成しようとしなかったんです。何度か遺言書をつくるよう助言したのですが、その件について話し合いたがらなくて……縁起でもないと考えていました。それで、一緒に暮らすだけで、結局――まあ、そのせいで、ジョージは遺産をもらえなくなってしまったわけです」

「おれに頼んでいるのなら」サムがうなるように言った。「あいつは屋敷を出て、自分で職に就いたっていいんじゃないのか。じゅうぶんに働ける年齢だし、頭だってよすぎるくらいだと思うが」

「あら、そこがまちがっているのよ、ミスター・クラッグ」スーザン・ウェッブが口を挟んだ。「ジョージはあんなふうじゃなかったの、あなたの伯父さんが殺され——亡くなる前は。ジョージは……ミスター・ジュリアスのことを心から慕っていたわ。嘆きは深くて、それを隠すために世慣れた皮肉屋を装っているのよ」

「なるほど」とジョニー。「おれは厳しく育てられた。最後におやじに口答えしたとき、ちょうどジョージくらいの年齢だったが、歯を三本へし折られたぜ」

「もう家に帰るわ」スーザン・ウェッブは冷ややかに言った。

「おやすみ、ミス・ウェッブ」

無言のまま玄関へ歩いていったスーザンは、ドアを開けて出ていった。ジョニーは追いかけていって謝ろうとしたが、ジェラルド・ポッツが身振りで引き止めた。スーザンの背後でドアが閉まったあと、弁護士は咳払いをした。

「スーザンは通りの真向かいに住んでいるんです。その——彼女の立場をご説明したいと思います」

「彼女はあのガキに甘いのか?」

弁護士は肩をすくめた。「母性本能はなにより強いものではないでしょうか。スーザンはジョージより年上です。ですが——わたしの頭にあるのはそういうことでもないんです。彼女の父親のことです。いいですか、ミスター・クラッグ、亡くなられた伯父上に敵と呼べる相手がいたとすれば、それはジェームズ・ウェッブです」

「えっ? あの娘のおやじがジュリアスを殺したかもしれないって言うのか?」

「まさか、ちがいます。ですが……まあ、両者は険悪な関係にありました。犬がその大きな要因でしてね。ミスター・ウェッブのほうが先に住んでいて、あなたの伯父上が、その、家畜のようなものを敷地で飼育していることに憤慨していたようでした」

　ジョニーはにやりとした。「犬のせいで頭にきたってことか?」

「そうですね、おわかりでしょうが、実際に、ちょっとうるさいときもありますから。実のところ、ミスター・ウェッブは、ミスター・ジュリアス・クラッグに対する差止め命令を要求しようとしていました。そうはできませんでしたが、言うまでもなく。ドッグ・ファームの経営を制限している町はどこにもありませんし、ミスター・クラッグには、犬を繁殖させる権利があるのです、馬や牛を飼育する人と変わることなく」

「豚もな」とジョニー。「それで、ウェッブとの関係はどこまで深刻だったんだ?」

「残念なことに、かなり。犬が一頭撃たれたことがありましたし、複数の動物が毒を盛られたこともあります。すぐに獣医が処置したおかげで、命は助かりましたが」

　ジョニーは口笛を吹いた。「あの娘の父親のしわざか?」

「ミスター・クラッグは非難しましたが、ミスター・ウェッブは否定しました」

「第一次世界大戦もきっかけは一匹の犬だったとか」とジョニー。

　ミスター・ポッツはそのジョークに少しも笑わなかった。しかめ面になっている。「そのあと、ジョージがミス・ウェッブとあちこちで会うようになったんです。父親はそのことを聞きつけて、かなり厳しい言葉をジョージに浴びせました」

「その点ではおれはウェッブを責められないな」サムは言いきった。

　ジョニーは大きく息を吸った。「さて、なあ、ミスター・ポッツ、いろいろ情報をくれて感謝する。しかし、別の角度についてはどうだろう――ジョージが口にしたことは。ジュリアスが配当金を支払わなかったというのは、なんの賭だ？」

　ジェラルド・ポッツは顔をゆがめて、玄関ドアへと向かいはじめた。「それについては存じ上げません。ミスター・クラッグの個人的な問題は彼だけのものです。尋ねたこともありませんし……」

「ジュリアスは賭の胴元だったんじゃないのか。ジョージはそのことをうっかりもらしたんだろう」

「ミスター・クラッグは馬に興味をお持ちでした……あるたぐいの。ですが、胴元だったかどうかなんて言えません。詮索したことは一度も……」

「そうかい、ポッツ。さあ、なにもかも吐けよ。サムはジュリアスの甥で相続人なんだ。知る権利がある……」

「もうこんな時間とは」ポッツはきびきびと言った。「それに、運転の距離も長いですから。おやすみなさい」

「おい」とサム。「おれたちの銀行はどこなんだ？」

「わたしがお伝えしますわ」しばらく前にジョージが姿を消したドアの方から物静かな女性の声がした。

　ジョニーとサムは振り返った。ウールのガウンを羽織った濃い色の髪の女性が戸口に立っている。

「家政婦のビンズです」女性は自己紹介した。

「ああ、そうか」とジョニー。「亭主はどこだい？」

「すぐにまいります」ミセス・ビンズが答えているそばから、がっしりとした体格の不機嫌そうな男性が彼女の隣に立った。オーバーオールにデニムのジャケットといういでたちだ。

「アーサー・ビンズです」

「こんばんは、ビンズ」ポッツが声をかけた。「こちらはミスター・クラッグとミスター・フレッチャーだ」

ビンズは頭をちょこんと下げたが、無言のままだ。細君が言った。「二階へご案内します」

ポッツは屋敷を出ていき、ほかにすることがなさそうだったので、ジョニーとサムは案内されるまま二階へ上がった。

広い廊下の両側に二部屋ずつ、合わせて四つの寝室があるようだった。

「いらっしゃるのはミスター・クラッグだけと思っておりました」ミセス・ビンズは言い訳をした。「それで、一部屋しか準備していなかったんですが、しばらくお待ちいただけるなら――」

「いや、かまわないよ、ミセス・ビンズ」とジョニー。「ミスター・クラッグと同じベッドで寝るから。これが初めてってわけじゃない」

広々とした部屋にダブルベッドがあり、バスルームも隣接している。ミセス・ビンズが立ち去ったあと、サムはおもむろにドアへと行き、差し錠をかけた。

「なんのためだ？」ジョニーは尋ねた。

「ジュリアスが死んだことを知らない者もいるかもしれない」

ジョニーは首を振った。「おまえの伯父さんはただ者じゃなかった、ちがうか？　おかしいな、おれたちが渡り歩いている中で出くわさなかったなんて」

「世間は広いさ。なあ、ジョニー、遺産の件をどう思う？」

「おまえはどう思うんだ？」

「答えるまでもないだろう。気に入らねえ。犬ころが二百頭もいて、どれも馬並みのでかさっていうじゃないか。庭で放し飼いになってないことを願うばかりだ」

「セントバーナードは穏やかな性質の犬だ。そう聞いてる」

「だが、たしかじゃないんだろう?」

「けっこう確信はある。犬のことを心配するのはよせ。青二才が口をすべらせたのを、おまえも聞いただろう? 一頭につき二百ドルの価値はあるわけだ。売っちゃいけねえって法はない」

サムの表情が明るくなった。「二百かける二百はいくらになる?」

「四万だ、サム。階下にいたとき計算した」

サムは口笛を吹いた。「悪くねえな、ジョニー。さっさと犬ころを売り飛ばして、ここからずらかろうぜ」

「犬は誰に売るつもりだ?」

「へっ? 犬を買うやつはいくらでもいるだろう? いたるところで見かけるじゃないか」

「たしかにな。だが、セントバーナード犬を買う人間はどれだけいる? 二百頭のワンコを金に換えるにはちょっと時間がかかる気がするぜ」

「ちょっとって?」

「そうだな、おそらく二、三週間か」

サムは上着を脱いで、部屋の奥へ放り投げた。「二、三週間だって、くそっ! あんたの考えは読めてるぜ、ジョニー。そのあいだにまた探偵のまねごとをやろうって魂胆だろう」

「なあ、自分の伯父を殺した犯人に法の裁きを受けさせたくないのか?」

「いいや、物事はなりゆきにまかせたいと思ってる。それに、あんたにもそうしてほしいと心から願っているんだ、ジョニー。二度あることは三度あるってのはごめんなんだよ。おれたちは断然いい状況にあるんだぜ。ちょっとした現金が転がり込んで、二、三週間おとなしくしていれば、四万ドルが手に入る。それだけの金があればフロリダでなにができるか考えてみろよ！」

ジョニーは上着とズボンを脱いで、自分のスーツケースを開けた。ストライプ柄のパジャマを引っ張り出す。「わかったから、サム、ぶつくさ言うのをやめろ。おれも火中の栗を拾うようなまねはしねえから。ベッドに入れよ。ゆうべ列車の中じゃよく眠れなかったんだ」

数分後には、二人ともダブルベッドにもぐりこんで、明かりを消した。しばらくして、急にサムが起き上がった。

「なあ、ジョニー、ふと思い出したんだが、セントバーナード犬は一日にどれくらいの量の肉を食うんだった？」

「五ポンドだったかな」ジョニーはつぶやくように答えた。

「なんだって？」サムが大声をあげる。「二百頭の犬が毎日五ポンド。それって……一日千ポンドってことじゃないか！　誰がその肉の代金を払うんだ？」

「おまえだよ。さあ、口を閉じて、おれを眠らせてくれ」

# 第六章

　寝室の窓越しに太陽の光が差し込んできて、ジョニーは目を覚ました。横たわったまま、しばらく天井を眺めていたが、ふいに大声をあげてベッドから飛び起きた。

「起きろよ、サム！　忙しい一日になるんだ」

　サムは不満そうにうめいた。ジョニーが自分の枕をとって、サムに叩きつける。サムは悪態をつきながら身体を起こした。眠そうに目をしばたたきながらジョニーを見る。

「なんだよ？」

「別に。サム、おまえが相続人だ。起きて、遺産をざっと調べろ」

　サムはかぶりを振って、室内を見回した。床に足を下ろした瞬間、うろたえて大声を出した。「いま思い出したぜ、ジョニー。犬にやる山のような肉のことを……」

「忘れろ、サム。肉はそんなに食わないかもしれねえ」

「だったら、なにを食うんだ？」

「牧草かな。四十エーカーの土地があるから、おそらくそこで栽培しているんだろう」

「それはちがうだろう。犬が牧草を食うなんて、聞いたことがない」

「おれもないさ。だがな、ジュリアスがあの皮の厚そうなやつらに食わせていたなら、おまえにもできるはずだ」

頭から脱いだパジャマを、ジョニーはサムに投げつけ、バスルームへ駆け込んだ。冷たいシャワーを浴びて出てくると、サムは服を身につけていた。

「さっきミセス・ビンズがノックをした。朝食の用意ができたとさ」

「そうか、おれも――すぐに支度が整う」

ジョニーはすばやく服を着て、身支度をすませると、二人で階下のリビングルームへ下りていった。ダイニングルームから熱いコーヒーと焼いたベーコンのにおいが漂ってくる。二人はダイニングルームに入っていった。

ジョージ・トンプキンズはコーヒーをブラックで飲みながらグローブ・デモクラット紙を読んでいた。「よう」紙面から視線も上げない。

サムに目配せをしてから、ジョニーはジョージが読んでいる新聞の裏面に載っている記事にじっくりと目を通すふりをした。首を長く伸ばして、新聞紙をつかむと、すばやくジョージの手から取り上げる。

若者は甲高い声をあげた。「おい、なんのつもりだ?」

「お子ちゃまはテーブルに置いて読むものだぞ」とジョニー。そして自分は席に着くなり、新聞の第一面から目を通しはじめた。

「いい度胸だな」ジョージは憤然と言った。

「おまえもな」ジョニーもやり返す。「それに、ガキにしちゃ、なにかにつけ厚かましすぎるんだよ」

彼は新聞をたたむと、部屋の向こうに放り投げた。「さて、理解し合えたようだから、本題に入ろう。

ここでのらくら過ごしたいなら——分をわきまえろ」

「おまえに言われる筋合いはねえ」ジョージは嚙みついた。「ここの所有者はクラッグだ」

「ジョニーの言葉はおれの言葉だ、キッド」サムはうなるように言った。

ジョージは苦々しそうな顔をサムに向けた。「わかったよ、あんたがそんなふうに感じてるなら、おれは出ていく。行く当てなんかねえが、軍に入るって手もあるしな。一日三回、ちゃんと食わせてくれるだろうさ」

「いやいや、待て、入隊する必要はない」とジョニー。「徴兵されるからな」

今回に限っては、ジョージはぐうの音も出なかった。しばらくトーストのかけらをもてあそんでいたが、やがて席を立って、部屋を出ていった。ジョニーとサムは朝食に取り掛かった。

食べおわると、ジョニーはいそいそと言った。「さあ、外に出て、敷地内を見てまわろうぜ」

サムは顔をしかめた。「犬を見てまわるのか？」

「その他もろもろも。しっかりしろよ、犬は犬舎に入っているんだ」ジョニーが先に立って、二人で台所へ行った。

アーサー・ビンズがすぐさま椅子から立ち上がった。「犬をごらんになりたいんで、ミスター・クラッグ？」

「いいや」サムがそっけない返事をする。

「ああ」とジョニー。

ビンズが勝手口のドアを開けたとたん、巨大な動物が入ってきて、二人の方へのし歩いてきた。サムは戸口から動こうとしない。

「どうして鎖につないでいない？」

「オスカーをですか？」ビンズが聞き返す。「こいつは子羊並みにおとなしいんです。そうだろう、オスカー？」彼は馬鹿でかい犬の顎をつかんで、口を開けさせた。

サムは安全な位置から、がっぽり開いた口の中をのぞきこんで、身震いをした。「すごいな、こいつが人を嚙んだら……」

「オスカーが人を嚙んだことなんてこれまで一度だってありませんよ」

ジョニーは深く息を吸い込んで、犬に近づいていった。おそるおそる頭を軽く叩いてやる。「見ろよ、サム、猫みたいに人に慣れてるぜ。来いよ」

ドアのそばからしぶしぶ離れたものの、サムはオスカーを迂回した。セントバーナード犬は不思議そうにサムを見て、ゆったりとした足取りであとについていく。サムは長く低い建物に向かって足早に歩いていった。

サムたちが近づくにつれ、犬たちはさまざまな高さや調子で、哀れっぽく鼻を鳴らしたり、うなったり、吠えたりする。とくに犬が苦手というわけではないジョニーでさえ、うなじの毛が逆立つのを覚えた。セントバーナード犬は人懐こくて温和だという評判しか耳にしたことがない、と自分に言い聞かせようとする。そして、落ち着かない気にさせられるのは、巨軀のせいなのだと、ようやく結論を出した。

ビンズがサムの前に回り込んで、低い建物の端にあるドアの掛け金を外した。彼に続いて、みな屋内に入る。目の前に建物の端から端までの長い通路が伸びていた。通路沿いに、犬の入った囲いが並んでいる。どれも腰の高さまである板で仕切られ、その上部は天井まで金網が張られていた。

どの囲いにも犬が入っているようで、一頭だけのところもあれば、五、六頭入っているところもある。囲いの横の壁面に開いたドアが一つあり、犬はそこから金網で囲まれたドッグランへ出ていけるようになっていた。

「こいつらがそうです、ミスター・クラッグ」ビンズが愛想よく言った。「国内のどこにいるセントバーナード犬にも引けをとりません。あなたが名前を挙げられるどの六人のブリーダーのセントバーナード犬よりも賞を獲得してきたと自信を持って言えます」

「おれには一人のブリーダーだって名前を挙げられないが」サムはむっつりと答えた。「知りたいのは、ここの犬にどんな餌を与えているかだ」

「そうですね、季節や目的によって変わります。冬は艶やかで量もたっぷりとある毛が欲しいですから、ほかの季節とは少しちがうものを与えます。もちろん、基本となるのは、マッシュ——穀類などが入った水分量の多い餌と、肉と魚の混合餌です」

「肉と魚」とジョニー。「なんの肉……と魚だ？」

「ああ、あらかじめミックスされたものを、デミングの町はずれにある精肉業者から仕入れるんです」

「値段は？」サムが訊く。

「そんなにしません、一ポンドにつき十二セントです」

サムはうめいた。「それで、犬一頭は一日にどれくらい食うんだ？」

「おおよそで、肉と魚の混合餌を三ポンド。マッシュも三ポンドくらいですね」

サムはたじろいだ。「つまり、一頭につき一日当たり五十セント以上かかるってのか？」

「そうです。これでも安いんですよ。もっと小口の場合、一頭につき一日当たり一ドルかそれ以上のコストがかかります。かなりの大型犬ですからね」

「大型なのは、言われなくてもわかってるぜ！」サムは叫んだ。

「サム」とジョニー。「なあ、おまえの遺産はあんまりよくねえぞ。費用がかかりすぎる」

「わかった」サムは答えた。「いつでもあんたの出ていきたいときに、おれも行くよ。ジョージに相続させればいい」

「そう、ジョージにな。ところで、ビンズ、ジョージはここに何年くらいいるんだ？」

「七年、いえ、もうすぐ八年ですね。ミスター・クラッグが連れ帰ってきたとき、彼は十三歳くらいでした」

「どこから連れてきたんだ？　サムの伯父さんはジョージをただ見つけたわけじゃないだろう」

「ええ、まさか。ミスター・クラッグは詳しいことはおっしゃいませんでしたが、ジョージはしょっちゅう愚痴ってましてね。ジョージの父親は馬主でした。父親は全財産を失って、銃を……いえ、みずから命を絶ったんです」

「それで、ジュリアスは哀れに思ってあいつを連れてきたのか」

「よく知らない伯父のことを理解しているとすれば」サムはしたり顔で言った。「ジュリアスがジョージの父親から有り金すべて巻き上げたんだろうな」

「たとえそうでも、ガキを引き取ったのはすごいことだぜ。しかも、ずっと手元に置いていたんだからな。それとも、ジョージはジュリアスには生意気な態度をとらなかったのか？」

ビンズは肩をすくめた。「ジョージは前からあんな感じですが」

「だったら、きっとジュリアスはあいつをたっぷり叩いたんだろう。おれもよくやられたから……」

「誰かおまえを呼んでるぞ、サム」ジョニーは話をさえぎった。「外からだ」

サムが頭を傾けて耳を澄ませた、ちょうどそのとき、犬舎の奥のドアが開いた。ジョージが顔を突き出した。

「クラッグ、男があんたに会いたいってさ」

「おれに？　なんの用だ？」

「出てきて、自分で確かめな。なんか持ってきたんだと思うぜ」

ジョージはにやりとして、ドアをぴしゃりと閉めた。サムは鼻を鳴らした。「変だな、おれに会いに来るやつがいるなんて。ここへはゆうべ来たばかりなのに」

「いや、待てよ、サム」ジョニーは警告した。「ジョージの顔に浮かんでいた笑みが気に入らない。別のドアから外に出て、相手がおまえを目にする前に訪問者を見てみよう」

「えっ？　なんのために？」

「わからないが、念のためにだ。来いよ……」

ジョニーは通路を足早に歩いていった。ドアに手を伸ばして、少しだけ開ける。彼は弱々しくうめいた。同じドアの隙間から片目が彼をのぞきこんでいた。

「やあ」ジョニーはぎこちなく言った。

外にいた男がドアを大きく開けた。「あなたがミスター・クラッグですか、新しい所有者の？」

「いいや、彼なら反対側のドアから出ていったよ」

「出ていってない」サムが大声で口を挟んだ。「ここにいる。どういう用件だ？」

「この請求書の支払いをしていただけませんか。金額が大きくなりすぎて、もうこのままにはしておけません」

「なんの請求書だ?」サムが怒鳴った。「おれは金なんて借りてねえぞ」

「ここはあなたの所有地では? 犬はあなたのものじゃないんですか?」

「まあそうだが、相続したばかりで……」

「ええ、そう聞きました。相続人がいるからこそ、ジュリアス・クラッグが亡くなっても、ツケにしてきたんです。いいですか、すみやかに代金をいただけないなら……」

ジョニーは深く息を吸い込んだ。「もちろん、支払うとも。ミスター・クラッグはもろもろのことにけりをつけしだい、小切手を送るよ」

「いま支払っていただけないなら――ただちに飼料の配達はストップさせます」

「おい、ちょっと待てよ」ジョニーはぶっきらぼうに言った。「客に対してそんな口の利き方はないだろう。この件はあんたの会社の社長と話す」

「社長はわたしです」そっけない返事が返ってきた。「名前はウィリアム・クォードランド。ビンズが保証してくれるでしょう」

「ええ、そのとおりです」とビンズ。「ミスター・クォードランドは、うちが肉と魚の混合餌を仕入れている精肉会社を所有されています。わたしどもがミスター・クラッグがお見えになるのを待っているあいだ、気持ちよく支払いを延ばしてくださっていたんです」

「ほらね?」とクォードランド。「わたしが善処していなければ、あなたのところの犬は、それは腹を空かせていたことでしょう」

「わかった」ジョニーの口調は暗かった。「あんたのささやかな請求書を支払うよ」ポケットに手を突っ込む。「いくらだ？」

「一八二五。千八百二十五ドルです」

「千八百二十五ドルだって？」サムが悲鳴をあげた。

「そうです。大量の餌を購入なさっていますからね、説明するまでもないでしょうが。三日ごとに約一トンですから……」

「嘘だろう！」とサム。

ジョニーはビンズの方に顔を向けた。「本当の話か、ビンズ？　こんな多額の金が未払いなのか？」

ビンズはうなずいた。「はい、セントバーナード犬は食欲が旺盛ですし……相当数いますので」

咳払いをしてから、ジョニーはとっておきの笑みを浮かべた。「そうか、ミスター・クォードランド、思っていたより少し金額が大きかったな。当然ながら、そんな金は持ち歩いていないから――」

「もう一人のほうがミスター・クラッグだったはずですが」クォードランドはそっけなく言った。

「そのとおりだ。だが、おれは彼の仕事上のマネージャーなんだ。さっき言ったように、ミスター・クラッグは相続したばかりだ。当然、遺言執行者たちと協議することがいくつかあって――」

「ミスター・クラッグが遺言執行者ですよ」クォードランドが言葉をさえぎった。「調べたんです」

「もう？　それなら、ミスター・クラッグは銀行で何枚か書類に署名などもしなければならないし――」

「書類なら用意できています。わたしの兄弟のヘンリーがデミングで銀行業を営んでいるんです。ジュリアス・クラッグはずっとお得意さんでした」

ジョニーは考え込むようにウィリアム・クォードランドを見た。「だったら、ジュリアス・クラッグの預金残高がいくらなのか、知っているんじゃないのか？」

「ええ。八十四ドルです」

「は、は、は」ジョニーは笑い声をあげた。「あんた、たしかにいろいろ調べたんだな」

「まあそうです。だからこそ、今朝ここに来たんですよ。金を回収するか、それとも……」

「それとも、あきらめるか？」

「それとも、訴訟に踏み切るか。それと、訴訟を起こす前に、工場長に餌はいっさい配達するなと伝えます。わかりましたか？」

ジョニーはすぐさま戦法を変えることにした。五フィート十インチの身体を精いっぱい伸ばすと、右手を突き出した。クォードランドの胸に軽く指先を置く。「おい、ちょっと待ってくれ、ミスター・クォードランド。あんたの態度、どうも気に入らねえな。喧嘩を売る気なら……」

「喧嘩を売る気はありませんよ。一時間後に召喚状を持って戻ってきます」クォードランドは予告した。

「いいだろう」とジョニー。「それならそのあいだ、こっちは犬の餌の仕入れ先を探すまでさ。あんたの少額の請求書に小切手を切ってやるつもりだったが、そっちがその気なら、時間をかけて金を回収させてやったほうがよさそうだ」

突然、クォードランドの顔が引きつって、彼は探るような目でジョニーを見た。「なんのかんのいっても、実際に大きな金額ですよ」喧嘩腰の口調をいくぶん抑える。「こちらはその未払い金のせいで、のっぴきならない状況に陥っているんです」

「それなら、その状況は破壊的なものになるかもな」ジョニーは冷ややかに告げた。「じゃあ、また会おう――一時間後に?」

クォードランドはひとにらみして、犬舎から離れていった。サムはジョニーの耳にささやきかけた。

「あいつ、弱腰になりはじめていたな」

ジョニーは肩をすくめた。

「さしあたっては――考え直さざるをえなかったのさ。頭の中であれこれ考えているのが手にとるようにわかったぜ」

# 第七章

アーサー・ビンズがジョニーの背後にやってきた。「ツケの件はすみません。それと、犬舎には——百ポンドの餌も残っていません」

ジョニーはすばやく振り返った。「じゃあ、今日は犬に餌をやってないのか？」

「はい、一日に一回、たっぷりとした量を与えているだけです。わたしは、その……今朝クォードランドが配達してくれると当てにしていました。百ポンドでは、多くの犬には行きわたりません」

「だったら、少しずつ分けて与えればいいだろう。最悪の場合、おれが銃でヘラジカを仕留めてきてやる」

「ヘラジカですか？　このあたりにはいませんが……」

「いないとはかぎらないだろう。ミルク運搬車を牽いてるかもしれないし、〝馬〟と呼ぶやつもいるかもしれないが、犬にはちがいなんぞわかりっこない……」

「もちろん、わかるわけはありません」とビンズ。「混合餌には馬肉も含まれています。ドッグ・ヘラルド誌で記事を読んだことがあります。ワイオミング州では野生馬をとらえて——」

「ワイオミング州？」サムが素っ頓狂な声をあげた。「ここはミズーリ州だぞ！」

「もちろん、肉は冷凍されて精肉工場へ送られ、そこで混ぜて——」

「詳しい説明はあとにしてくれ」とジョニー。「朝飯を食ったところなんだ。来いよ、サム、いくつか考えないといけないことがある」

二人は犬舎をあとにして、屋敷に戻りはじめた。勝手口へ足を進めていたとき、そばに吊ってあったハンモックから男が身を起こした。

「今度はなんだ?」ジョニーはつぶやいた。「故郷を忍ぶ週間(オールド・ホーム・ウィーク)かよ……」そう言って男の顔をのぞきこんだとたん、ジョニーの小鼻がふくらんだ。見知った相手ではなかったが、どういうたぐいの人間かはわかった。背丈は中くらいの痩せ型、浅黒い肌で、顔つきがかなり鋭い。口の右端が下がり気味で、目は糸のように細かった。

男がほとんど抑揚のない声で言った。「ピート・スラットって者だ」

サムはジョニーのうしろで足をとめ、ジョニーは相棒の荒い息遣いをうなじに感じた。ジョニーが口を開いた。

「犬の餌を売りに来たなら、試しに使ってやってもいい……」

「ふざけんな」とピート・スラット。「どのみち、おまえはクラッグじゃない。そっちのウドの大木がそうだろう。ジュリアスとよく似てやがる」

「気に入らねえな」サムがぼそりと言う。

「おれもだ」スラットが低い声で返した。「だから、すぐに出直してこなかったのさ」

「おれたちには問題ないけどな」とジョニー。「あんたがいないと寂しいかもしれないが――」

「黙れ! おれは三万二千ドル欲しいんだよ」

スラットの顔に浮かんでいるなにかに、ジョニーはこの男にはユーモアを解する心はないと感じ取った。おそらく顔だけでなく、スラットが身につけている青いダブルのスーツの左胸が平たいかたちに盛り上がっているせいだろう。

ジョニーは歯切れ悪く言った。「サムは三万二千ドルも持っていない」

「それどころか、三万二千セントだって持ってねえ」サムがうなるように答えた。「請求書を送れよ。そうすりゃ、余裕ができたときに支払ってやる」

「また来る」スラットはそっけなく言葉を返した。「なんの金のことを言ってるのか、わかってるだろう。おまえの伯父がおれに約束した金だ」

静かに息を吸ったとたん、ジョニーは昨夜ジョージが、ジュリアス・クラッグが配当金を支払わなかったと口走ったことを思い出した。

「いいか、スラット」とジョニー。「おれたちにはなんの話かさっぱりだ。サムは子供のとき以来、伯父とは会っていない。伯父のことを聞いたのだって二十五年ぶりで、それも弁護士が彼の死を伝えてきた二日前のニューヨークでだ」

細いスラットの目がわずかに開かれた。「おまえたちはブロードウェイから来たのか？　なじみのある格好だと思ったぜ」

「おれも同じことを思ったよ」とジョニー。「ニューヨークは温暖だからな、ちがうか？」

スラットの目がまた細くなった。「そうか？」短く聞き返す。「だったら、これで理解し合えたわけだ。いつ三万二千ドルを払う？」

ジョニーはかぶりを振った。「ここへはゆうべ到着したばかりだ。とりあえずわかっているのは、銀行には八十四ドルしかなくて、犬の餌代が千八百二十五ドル未払いってことだけだ」

「そこまでだ！」スラットはぴしゃりと言った。「おれもミシシッピ川の向こう側からやってきた。ソーピイのことは昔から知っている」

「ソーピイって？」

「クラッグのことだ。昔あいつはソーピイと呼ばれていた」

「本当か！」ジョニーが声をあげた。サムを振り返る。「なんでおまえの伯父がソーピイ・クラッグだって教えてくれなかったんだよ」

「知らなかったんだ」サムが答える。「二十五年も会ってなかったんだぜ」

「ああ、そうだったな。おれもソーピイとは時代がちがうが、古顔たちから話には聞いていた。ソーピイは一個五ドルで売り歩いていた石鹸(ソープ)より口がなめらかだったらしい。石鹸には、運がよけりゃ二十ドル札が入っているという触れ込みだが、運に恵まれる者は一人もいないのさ」

「いつか日曜にでも立ち寄って、家族アルバムを見てやるよ」スラットはユーモアのかけらもなく言った。「三万二千ドル払ってもらったあとでな」

その言葉に、ジョニーは顔をしかめた。「あんたは一つのことしか考えられないんだな、スラット。ソーピイはサムに八十四ドルしか金を残してないと言っただろう」

「馬鹿抜かせ。ソーピイはそれまでだましとった金を貯め込んでいた」

「セントバーナード犬の繁殖に手を出すまではだ」ジョニーは切り返した。「犬の餌代は一日だけで百ドルもかかるんだ」

スラットはうんざりしたようにため息をついた。「おまえこそ、壊れたレコードみたいに同じことを繰り返してるぞ。新しいレコード針をつけな。ソーピイのスロットマシン工場はどうなってる？

それとも、工場のことは知らないのか?」

「スロットマシン?」サムが大声で聞き返した。目が輝いている。「あんたが言ってるのは——本物のスロットマシンってことか?」

「ペンドルトン社のって意味なら、そうだ。ソーピイの金を賄賂として警官に渡した……」

「弁護士はそんな話は一言もしなかったぞ」サムが声をあげた。

「あらためて問いただしたほうがいいんじゃないのか、え?」スラットは上等な服に包まれた肩をすくめた。「今夜おまえに電話する」

ジョニーはスラットが門に向かってマカダム舗装の私車道を中ほどまで行くのを待ってから、サムに小声で言った。「夜になる前に、電話機のベルに詰め物をするようおれに念押ししてくれ」

サムはしかめ面をした。「おれに言わせれば、あのごろつきは強烈だな」

「サム、うまいこと言うな。おかげで、ジョージともう一戦やるときだってことを思い出した」

サムは大きな手をこすり合わせた。「いいぞ、今朝は気持ちよく腹が立ってるんだ。きっとあいつはおれに生意気な口をきいてくる、だろう?」

二人でリビングルームへ行くと、ジョージがソファに寝そべって煙草をふかしていた。敷物に灰が落ちている。

「ジョージ」ジョニーが声をかけた。「話がある。おまえが敷地に入れたあのごろつきは何者だ?」

「ごろつきなんかじゃなかったぜ」ジョージは言い返した。「ワゴン車一台分の爆薬だ。導火線に火はつけたのか?」

「そんな感じだ。ジュリアスが配当金を支払わなかったというのは、あいつのことか?」

返事代わりに、ジョージは半分ほど吸っていた煙草を傾け、危うく鼻を火傷しそうになった。「それ以来、あいつはここの玄関先でキャンプを張ってる。それで、相続人が金を持ってるって教えてやったのさ」

サムがにらみつける。「銀行に八十四ドルしかないのは、おまえだってようくわかってるだろう」

「わかってるさ」ジョージがくすくす笑う。「だが、あいつは知らなかったからな」

「白状しろよ」ジョニーがぴしゃりと言った。「ジュリアスは競馬の胴元だったんだろう?」

「警察は尻尾をつかめてなかったが、おれは——驚かないね。事実、そうだったんだろうよ。それもやり手のな」

「それと、ペンドルトンのことは?」

ジョージはソファから頭を上げた。首をよじってしばらくジョニーを見つめたあと、頭をソファに戻して、短く笑った。「おれはペンドルトンを助けてやるつもりだった。実際、ひそかにショーのチケットを売って、小遣いを稼ぐことになってたんだ」

ジョニーは手振りでサムを下がらせた。「まだだ、サム……なんのショーだ、ジョージ?」

「〝ジョー〟と言えば一つしかねえだろう、フレッチャー」ジョージはあざ笑った。「ペンドルトンは四人いる。パパ・ペンドルトンと三人の息子たち。最後に連中がここへ立ち寄ったときは、大学に設置された震度計が、この付近で激しい揺れがあったと記録したぜ」

ジョニーの目がきらりと光った。「屈強なやつらなのか?」

「おやじのほうは今日やってくるだろうよ。あんたが自分で判断しな」

「なんでやってくるんだ?」

「おれが電話したからさ」

「自分でも承知のうえだろうが」とジョニー。「おまえは敵側の人間だな」

「あんたはまちがってるぜ、フレッチャー。おれはあんたら側の人間だ。その証明として、いまどういう状況にあるのか教えてやる」

「じゃあ、話してみろよ、ジョージ。おれは正確な状況ってものが知りたい気もするんでな」

「わかった、話すよ。状況は悪い。あんたはデミング精肉会社――クォードランドの会社だ――に千八百ドルあまり借りがある。ダガット食品会社にも千二百ドルくらい――」

「なんの金だ？」サムが吠えるように訊いた。

「マッシュ――犬が肉のほかに食う餌の代金だよ。それから、デミングにある二軒の小さな食料品店の支払い――一軒は百ドルかそこらで、もう一軒は六、七十ドルぽっちだ。あと、忘れちゃならねえのがピート・スラットで、あいつには三万二千ドルだ」

「いまのは借方だな」ジョニーは暗い声で言った。「貸方のほうはどうなんだ？　スラットはペンドルトン社の話をしていた。くそおかしなポッツは黙っていたが」

「ポッツは価値があるとは思ってなかったんだろ。ペンドルトン社の事業が暗礁に乗り上げたとき、ジュリアスはいくらか資金援助した。ジュリアスはそう言ってた。ペンドルトン側は否定したが。いや、連中は借りた金は返したと主張してたんじゃねえかな。あの週、ジュリアスが――その、事件が起こる前に、ペンドルトンたちはここへ来ていた。ジュリアスと派手にやり合ってたぜ」

「どうして喧嘩の内容を知っている？」

「耳があるからさ」

「狼が化けたばあさんにもよく聞こえる耳があったな。いやいい、ジョージ、今度はウェッブについてだ」

ジョージは煙草の灰を叩き落として、すばやく二度ふかした。「ウェッブ家はご近所さんだ。通りの向かいに広い敷地を持ってる」

「それは聞いた。ウェッブがジュリアスに腹を立てていた理由は？」

「犬さ。通りを挟んでドッグ・ファームがあるんじゃ、自分の土地の価値が下がるとウェッブは文句を垂れてた。土地を売るチャンスがあったんだが、犬のせいで取引は頓挫したんだ。少なくとも、ウェッブの野郎はそう主張してた」

「おれはウェッブに同情するぜ」サムが口を挟んだ。

「ウェッブと……おまえについては？」ジョニーが尋ねた。

ジョージは起き上がって、煙草を慣れた手つきで煉瓦製の暖炉に飛ばした。「ウェッブとおれのあいだにはなにもねえよ。あいつは痩せっぽちの娘におれが夢中だっていう、おかしな妄想にはとりつかれてるがな。とんだお笑いぐさだぜ」

「そうか？　おれの聞いた話とはちがうな」

「ポッツか？」ジョージはいやな顔をした。「あいつはお節介な悪徳弁護士だ。おれはウェッブの娘にアイスクリームソーダを一回おごってやっただけだぞ。まあ、二回だったかもしれねえが」

「ガキの恋だな」とサム。「彼女はおまえより年上だろう」

ジョージは真っ赤になって怒った。「ガキ扱いはよせ、クラッグ。あんたもそうだぞ、フレッチャー、おれのことにはかまうな。おれは十四のときから世間に通じてるんだ。ジュリアスはいい先生だった」

「そうらしいな」ジョニーは言った。「ジュリアスが若い頃はソーピイ・クラッグとして名を馳せていたことを知っていたか?」

「ジュリアスのことなら、なんでも知ってる。信じられねえような話をそれはたくさん――」玄関ホールで電話が鳴って、ジョージは言葉を切った。ドアに向かいかけるが、ミセス・ビンズのほうが速かった。しばらくのち、ミセス・ビンズがリビングルームに顔を突き出した。「あなたにです、ミスター・フレッチャー」

ジョニーが受話器を取り上げると、女性の声が耳に飛び込んできた。「ミスター・フレッチャー?通りの向かいに住む者よ」

「やあ! ちょうどきみのことを考えていたところだよ」

「あら、おもしろいわね」スーザン・ウェッブはからかった。「でもそれは、また別の機会にとっておいてちょうだい。ただわたしは、あなたに警告――いいえ、伝えておきたいことがあって……あなたはお友達のミスター・クラッグに、金銭関係の契約は結んじゃいけないと言うべきよ……なにもかもすべて調べてからじゃないと。つまり、彼の遺産にからむことは」

「それで?」ジョニーはやさしく尋ねた。「きみの頭にはなにか特定の金銭契約のことがあったとか?」

「ええ。でも……」スーザンは一瞬ためらった。「言わないでおくわね、ちょっと理由があるから。とはいっても、あなたのお友達はデミング信託銀行に連絡をとったほうがいいと強く思うの……都合がつきしだい」

「それだけでは、さっぱりわけがわからない」ジョニーは声をあげた。「もっと具体的に教えてくれないか？」

「言えないわ。い、いまは――無理なの。さよなら、ミスター・フレッチャー」

「待って――ちょっと！」遅すぎた。スーザン・ウェッブは電話を切っていた。ジョニーは受話器に向かって顔をしかめ、フックに荒っぽくかけた。そのときリビングルームから悲鳴が聞こえてきて、彼は慌てて駆け戻った。

間一髪のところでジョージを助ける。サムは大きな片手で若者の上着とシャツを鷲づかみにし、すでにジョージを床から持ち上げていた。

「放せよ、大男！」ジョージがわめく。

「サム！」

サムはジョージを床に下ろしたものの、手は離さなかった。ジョニーに顔を振り向ける。「例のチャーリー・マクラッグをまた口にしたんだ」

「そいつを放してやれ、サム」ジョニーはきっぱりと言い渡した。「おまえが過失致死罪で逮捕されるまでもなく、いろんなことで頭がいっぱいなんだ。おまえもだぞ、ジョージ、少しは口を慎め。サムをからかうのは、いつかおれが近くにいないときにしろ」

ジョージはドアの方へ後退していった。「今度そいつがおれにちょっかいを出してきたら、野球のバットで頭をぶん殴ってやる」

「うおおお！」とサム。

ジョージはすばやく部屋を出ていった。ジョニーはやれやれといった口調で言った。「あいつがおまえをいらつかせてるのはわかっているよ、サム。おれだって、あいつを思いきりひっぱたいてやりたいが、まだ子供なんだ。大目に見てやるしかないだろう。結局のところ、ジュリアスがあいつに何一つ遺さなかったのが手ひどくきいているわけだから」

「そうか？　いや、あの悪魔っ子がなにかジュリアスにしたせいで、おれにお鉢が回ってきたんじゃないのか。あんた、ここの負債分を計算したか？　くそっ、遺産はたいした価値ねえぞ」

「ところで」ジョニーは皮肉っぽく答えた。「一つ当ててみてくれないか。おれの手元にはいくらあると思う？――ニューヨークを出たときに持っていた金の残りって意味だが」

「わかるかよ、ジョニー。おれたち、けっこう持っていただろう。近年まれに見るくらいに」

「そのとおり。だがな、思い出してくれ、おまえは遺産を受け取ることになっていた。いろいろ大判振る舞いをしただろう。上等なスーツケース、列車じゃ特別室だったし、豪勢なディナーに、チップもはずんで……さらに、ここへはタクシーで乗りつけた。サム、おれのポケットには、二ドル五十五セントしか入っていないんだ……」

「なんだって？」サムは仰天した。「五百ドルも使い切ったって言うのか？」

「そうじゃないなら、おれは金を落としたことになるが、ポケットに穴は空いてないな……。おれたちはまず、デミングまでひとっ走りして、銀行から例の八十四ドルを引き出そうじゃないか。そのあと、コイン投げをして――表なら、ここにとどまる、裏なら、バスに乗ってニューヨークへ帰ることにしよう」

「なあ、あんたがそう言うなら、おれは裏が出るよう願うよ。ここは犬にまかせようぜ」サムは大きくにやりとした。「すばらしい遺産じゃないか！」

「おまえは生涯、母親の言葉を信じるべきだな、サム。おふくろさんがジュリアスを嫌いだったなら、その言葉に耳を貸したほうがよかった」

「信じていたさ、ただ――いや、忘れてくれ。それにあんたが、なにをおいても、ここへ来たがっていたんだぜ」

「そりゃ、公平ってものを信じて疑わなかったからだ。おれたちは長いあいだツキに見放されていた。そこへもってきて、ようやく少し楽にいきはじめたものだから、おれはその運に手をかけるのをちょいとばかり焦りすぎちまった。まあいい、おれたちならまた稼げるさ。それはそうと、おまえの恵まれた伯父さんは、車なんかは遺してないのか？」

「ガレージはあるが、扉は閉まってる。中になにか入っているとしても、犬の群れだけじゃないのか」

サムの予想は外れた。ガレージの中には、美しい新型のビュイックのほか、ステーションワゴンまで入っていた。どちらの車もキーが差し込まれたままで、ジョニーはしばらく迷ったすえに、ステーションワゴンを選んだ。

助手席にサムを乗せて車をガレージから出し、通りに向けて私車道を走らせる。門にたどり着く前に、目にも鮮やかな黄色のパッカード社製のリムジンがやってきて、行く手をさえぎった。

ジョニーは猛烈な勢いでホーンを鳴らしまくった。リムジンから男が降りてきた。丸みをおびた身体に、艶やかな銀髪、血色のよい顔。着ている洒落たチェック柄のスーツは、三十歳ほど若い男になららもっと似合っていただろう。

男はにこやかな笑みをジョニーとサムに向けた。「やあ、きみたちのどちらかがミスター・サミュ

「外れだ」サムはにべもなく答えた。「サム・クラッグならニューヨークへ帰っちまった」

二人目の男がリムジンから降りてきた。三十八から四十歳くらいで、体格がサムと瓜二つだ。身の丈六フィートに、体重が二百二十ポンド前後。顔は……酔っ払った彫刻家きどりの人間が花崗岩を鑿で削ったような感じだった。

「どっちがクラッグだ?」二人目の男は、ポパイの永遠のライバル、ブルートのような声で問いただした。

「まずいな」ジョニーが小声で言った。「きっとこいつらはペンドルトンだ」

ジョニーの勘は当たっていた。銀髪の男がステーションワゴンの運転席側に歩いてきて、愛想よく自己紹介をした。「わしはアンドリュー・ペンドルトン。こっちは長男のアンディ・ジュニアだ」

「どうも」ジョニーはつぶやくように応じた。「来ると思っていたよ。こいつがサム・クラッグ。おれはフレッチャーだ」

ジョニーはエンジンをとめて、ステーションワゴンから降りた。アンドリューが片手を突き出す。車の反対側では、サムが助手席から降りて、アンディをにらみつけ、逆におもしろがるようににらみ返されていた。大男たちは握手を交わさなかった。

「きみがミスター・クラッグの仕事上のマネージャーみたいなものだということは承知している」アンドリューは言った。「きみたちが当地へ来ていると耳にしてね、ちょいと出かけていって、おしゃべりを――誤解があれば、それを解き、その……噂を聞いているなら、すっきりさせようと思ったしだいなんだよ」

「サムがあんたのビジネスに資金を出していることについて?」ジョニーは鋭く訊いた。「そいつは噂じゃなく、事実だろう。相談ならのるぜ。売ってもいいし、買ってもいい」

「は、は、は」アンドリューは笑った。「どうやらきみにはユーモアのセンスがあるようだ」

「本題に入ろうぜ、おやじ」アンディが車の向こう側から促した。「事の真相を話せよ」

「ああ、そうだな、アンディ。事のなりゆきは、単にこういうことだ。古くからの友人だったジュリアス・クラッグが、少しばかり金を融通してくれた。だが、その金は返した——センセーショナルな我が社のピンボールマシン〈ヒューズドーンズ〉を市場に出したときに、利子をつけて」

「〈ヒューズドーンズ〉だって!」サムが興奮したような声をあげた。アンディをうしろに従え、すぐさま車の後部をまわってくる。「あの憎たらしいゲームマシンを作り出したのはあんたってことかい? 一日に五十六ドル注ぎ込んでも、ジャックポットに当てられなかった。いつも言ってたんだ、あのゲームをつくったやつに出くわしたら、おれは——」

「あんたの目の前にいるぞ」アンディがサムの言葉をさえぎった。「ほら、どうするんだ?」

サムの目が光をおびはじめ、ジョニーはぎょっとして相棒の腕をつかんだ。

「サム」言葉鋭く言う。

サムはジョニーの手を振り払った。「いいだろう、アンドリュー・ペンドルトン、あんたは自分の首を絞めているんだぜ」

「おれなら叩きのめせるがな」アンディが怒鳴る。

「これ二人とも」アンドリューがなだめた。「わけもなく喧嘩をするのはやめなさい。わしは——暴力は嫌いなんだよ」ピンク色のふっくらとした顔に気遣わしげな色が浮かぶ。「だがまあ……彼を連れていくといい、アンディ」

アンディがサムに飛びかかる。殴り合っていたかと思うと、アンディの身体が勢いよく後方に飛んで父親に激しくぶつかり、年配の男はひっくり返った。

「来いよ、でくのぼう」サムがアンディを挑発する。「立ち上がって戦え！」

アンディはマカダム舗装の上に尻餅をつき、両手で上体を支えていた。呆然とした目で、顎には切り傷がついている。立ち上がろうとしたものの、まともに脚に力が入らない。父親のほうはよろよろしながら身体を起こして膝をつき、驚愕の表情で息子を見つめた。

「アンディ！」とうてい信じられないといった口ぶりで呼びかける。

「あんたも同じ目に遭いたいか、この偽善者め」

慌ててあとずさりをするアンドリューに、ジョニーは足を踏み出した。

「まさか年寄りを殴るつもりではないだろうね」性悪じじいが哀願するように言った。「わしは六十四歳なのだ……」

「六十四歳？　車に戻れよ。さもないとあんたが六十三歳にすぎないってふりをして、その白髪のかつらに拳骨を見舞うぞ」

アンドリューが這うようにしてリムジンに向かうなか、その息子がようやく立ち上がった。

大男は頭を振って、おぼつかない足取りで――あくまでも――サムの方へと寄っていく。父親が待ったをかけた。

「アンディ――もういい！」

息子は身体の向きを変えて、リムジンの方へよろめきながら戻っていった。車に乗り込んだとき、父親が片手を突き出した。「今回はきみたちの勝ちだ。だが、わしにはまだ息子が二人いる。覚悟しておけ」

アンドリューはアクセルを踏んで、ギアをセカンドに入れた。黄色のリムジンがいっきに加速すると、アンディがすっかり勢いを取り戻して、怒鳴った。「それと、おれは兄弟の中ではいちばん身体が小さいからな！」

リムジンは走り去った。

「そうこなくっちゃ」とサム。「いまのはちょっとしたいい運動になった。いや実際、すごくすっきりしたぜ！」

ジョニーは唇をすぼめた。「おれはやわになってきていたにちがいないな、サム。五分前は、おまえの伯父を殺した犯人にほくそ笑ませたまま、ここから逃げ出すことを考えていたんだから」

サムの目がきらりと光った。「気の毒なジュリアス！」

ジョニーは忍び笑いをした。「車に乗れ。このゲームに勝つためのツキはめぐってきていない。だから――いっちょ自分たちで運命の輪を回してみようや」

# 第八章

デミングの町には、ハイウェイを挟んで、店舗用の建物が並ぶブロックが二つあった。そしてそれぞれの商業区域の向こうに、四、五区画の居住地が広がっている。

デミング信託銀行は角地に立っていた。デミング第一中央銀行の真向かいだ。どちらも二階建ての煉瓦造りの建物で、一階に窓口があり、二階はオフィスとなっている。

ジョニーはデミング信託銀行から半ブロック離れた場所にステーションワゴンをとめた。サムと車から降りて、信託銀行へ歩いていく。ちょうど建物に入りかけたとき、スーザン・ウェッブが中から出てきた。ツイードの服を着たがっしりとして体格のよい男と一緒だ。男は四十五歳くらいだった。

スーザンはジョニーとサムに気づいて、顔をしかめたようだった。会釈してよこそうとする様子から、自分たちをやり過ごすつもりだとジョニーは悟った。そこで、スーザンの進路へ巧みに割り込み、驚きの声をあげてみせた。

「おや、おはよう、ミス・ウェッブ」

スーザンは真っ赤になった。「おはよう、ミスター・フレッチャー。それにミスター・クラッグ。お父さん……ミスター・フレッチャー……とミスター・クラッグよ」

ジェームズ・ウェッブがはっと顔を上げた。「クラッグだと?」サムを目に焼きつけながら鼻で笑う。「きみは見るからに伯父とそっくりだな、あの善人ぶった悪党と……」

「お父さん！」

「本当のことだ」ジェームズ・ウェッブは譲らなかった。「わたしがジュリアス・クラッグをどう思っていたか、みな知っている」

「ちょっと、ちょっと！」とジョニー。「故人の魂にやすらぎを」

ウェッブは鼻を鳴らした。「クラッグには必要ない。あの男も堂々めぐりの話はもうしていまい。それと、若いほうのクラッグ、きみについて言えば、さっさと中へ入って、クォードランドに会うことだ。きみを待ちかねておったよ。来なさい、スーザン！」

ウェッブがジョニーの身体をかすめるようにして通りすぎる。スーザンは擦れちがいながら、ジョニーの視線をとらえて、かぶりを振った。

ジョニーはにやにやしはじめたが、サムは不機嫌そうにつぶやいた。「あいつ、何様のつもりだ？おれの伯父をあんなふうにこきおろすなんて」

「見目麗しい娘の父親さ」

「あの娘にメロメロになってきてるんじゃないだろうな、ジョニー？」サムの声には警戒の響きがあった。

「どうだろうな、サム。あのおやじはしこたま金を持っているし、おれは貧乏者として、すぐにでも金持ち娘と結婚してもいいかという気になっている——とりわけ、その金持ち娘がスーザン・ウェッブみたいな美人ならな」

サムは眉間にしわを寄せたものの、それ以上言うのをこらえて、ジョニーと銀行に入っていった。

金がうなる店舗内にジョニーはすばやく視線を走らせた。片側に窓口が三つあって、その奥は金庫室になっている。入口のそばに低い手すりに囲まれたコーナーがあり、その中で人当たりのよさそうな男性が一人、デスクの向こうに座って、フィナンシャル・ニュース紙を読んでいた。その背後には、〈専用〉と記されたドアがあった。

ジョニーは囲いの門を開けて、そのドアへと歩を進めた。人当たりのよさそうな男性が新聞をデスクに置いた。

「はい、なにかご用件でしょうか?」

「ヘンリーと仕事の件だ」ジョニーは言って、専用オフィスのドアを押し開けた。サムがぴったりとあとについていった。

ヘンリー・クォードランドは、双子かと思うほど精肉業者の兄弟と似ていたが、いっそう険しい表情をしていた。ジグソーパズルを組み立てるという、金融とはまるで関係のない課題に取り組んでいる。

顔を上げたときに浮かんでいたうしろめたそうな表情は、たちまち怒りへと変わった。「どういうつもりかね、こんなふうにわたしのオフィスへ押し入ってくるとは?」ヘンリー・クォードランドは強い口調で訊いた。

「おれたちに会いたがっていると思っていたが」ジョニーは言葉を返した。「こっちはサム・クラッグ。おれはフレッチャーだ」

銀行家の顔に残忍そうな笑みが広がった。「ええ、ミスター・クラッグ、そうですとも。ちょうどお手紙を差し上げようとしていたところでした。当行は信託証書――ドッグ・ファームの――を行使せざるをえないとお伝えしたくて」

「信託証書ってのはなんだい？」サムがなにも知らずに尋ねた。

「銀行家が考え出した、ささやかな商売だよ」ジョニーがむっつりと答えた。「一般的な抵当権は処分するのに時間がかかるし、ある一定の期間内なら、抵当権者には常に自分の不動産を買い戻すチャンスがある。信託証書があれば、銀行側は売りに出せるって寸法だ、時を待たずしてな……」

「は？」

「三十日ですよ」ヘンリー・クォードランドが訂正した。

「証書が提示された時点で、債務が完済されていなければ」

「利子込みの返済総額はいくらだ？」

クォードランドは肩をすくめた。「調べてみませんと。言わずもがなでしょうが、不動産を譲渡いただいても、当行には赤字になるはずです」

「どうしてだ？」

「競売にかけたところで、ドッグ・ファームは一万五千ドルもいきそうにありませんから」

「そうなのか？　だったら、おれたちは競売を待って、そこで落としたほうがよさそうだな」

「どういう意味ですか？」

「いやさ、おれたちは債務を返済するつもりだったんだ――額面どおりで。だが、そっちが抵当権を行使して競売にかけるというなら……」

クォードランドはまばたきをしたあと、喉元から上に向かって赤くなっていった。「つまり……融資を返済するお金を持ってらっしゃるということで？」

「持ってないと、誰かが言ったのか？」

クォードランドは咳払いをした。「どうしてわたしの兄弟は……」

「あんたの兄弟は結論に飛びついたのさ。あんたと同じようにな。彼は礼を欠いていたから、つい未払い金の回収はあきらめろというようなことを口走ってしまった。あんたについては、ミスター・クォードランド、みずから損を出すわけだな――大損を。行こう、サム、どこか他行と取引しようぜ」

口をあんぐり開けているヘンリー・クォードランドを尻目に、ジョニーは背を向けて、勢いよくオフィスを出ていった。二人で歩道まで戻ってきたとき、サムが苦しげな口調でささやいた。

「なあ、ジョニー、あそこまでいたぶらなくてもよかったんじゃないのか？　これであいつはおれたちにきりきり舞いをさせるぞ」

「クォードランドのやつが先に脅しをかけてきたから、こっちとしては、派手に退場するしかなかったんだよ……噂になってくれるのを願って」

「どういう意味だ、噂になるって？」

「わからん。害にはならねえだろう――それどころか、本当に吉と出るかもな。ロータリークラブがあるくらいの町なら、必ずライバルとなるクラブ――キワニスインターナショナルとかライオンズクラブとか――が存在するって気づいていたか、サム？　最初のクラブに受け入れてもらえない短気なやつは、決まって新しいクラブを立ち上げるんだ……。銀行だって同じさ。町に一つあるなら、必ずもう一つはある……気の短いやつを引き受けるために……。この怒りんぼう御用達の銀行でひと仕事できるかもしれない」

「手早くやらねえといけないぞ、ジョニー。じゃないと、おれたちが帰る頃には犬がみんな飢えちまっているだろうから……」

ジョニーはうめき声をあげた。「あの巨獣の群れのことを忘れかけていたぜ。急いで屋敷に引き返して、ツケが溜まっているのはどの食料品店か、ビンズに確かめたほうがよさそうだ……。うっかりまちがった店に入っていって、半トン分の挽肉を注文したくないからな」

二人でステーションワゴンに戻ると、ジョニーは浮かない表情でドッグ・ファームへと車を走らせた。

「見ろよ、車がとまっている、ジョニー。ニューヨークのナンバープレートだ」

それは最高級車のキャデラックで、長さが五十フィート近くあって、ニッケル・クロム合金が、店が開けるほどたっぷり使用されていた。オリーブグリーン色の注文仕立ての制服に身を包んだ黒人のお抱え運転手がハンドルを前に座っていて、『真実の愛の物語』を読んでいる。

ジョニーがステーションワゴンをとめて車から降りると、犬舎のドアが開いて、ビンズが、キャデラックの持ち主としか見えない男とともに出てきた。

ビンズが身振りでサムの注意を引いた。「ミスター・クラッグ、こちらはミスター・ファラデーです……ニューヨークからおいでになりました。犬を見にいらしたんです」

ジョニーは大きく息を吸って、サムの前に出た。「ミスター・ファラデー、心から歓迎いたします」

ファラデーはだっぽりとしたツイードのズボンに、やけに大きな革製のボタンがついたジャケットというでたちだった。ジョニーがどん底の生活を送っていた時期でさえ、見向きもしないような型崩れのした帽子をかぶっている。

ジョニーが差し出した手をファラデーは無視した。「モホーク・ザ・セブンスが欲しい」高飛車に言う。「二百二十五ドル出そう。それ以上は一セントたりとも支払わない」

　ジョニーの目がぱっと輝いた。「二百二十五ドルでモホーク・ザ・セブンスを？　まさか、ミスター・ファラデー、ご冗談でしょう！　モホークは五倍の価値がありますし、あなたもそれはご承知の――」

「そんなことは知らん！」ファラデーが吠えるようにさえぎる。「わしにわかっておるのは、おまえたちのような連中がみな判で押したように同じ反応をするということだけだ。このマーティン・ファラデーが犬に興味を示したと聞くが早いか、値段を三倍に吊り上げる。金の問題じゃない、〝物の道理〟に合っているかどうかだ。カモにされる気は毛頭ない。ここでは、ほかの客には二百二十五ドルでモホークを売っているとよく承知しているのだ。だから、わしも同じ金額しか出さん」

「ミスター・ファラデー」ジョニーは深く息を吸った。「では、意表を突くことにしましょう。あなたが心に決めてらっしゃるあの美しい犬に、わたしは二百二十五ドルも要求いたしません。それどころか、どんな金額もお支払いいただくつもりはありません。モホークはプレゼントとしてあなたに差し上げる所存です。あの犬はあなたのものですよ、お代はいただきません、一セントたりとも。ミスター・クラッグおよびこのわたしフレッチャーから、謹んで贈らせていただきます」

　マーティン・ファラデーはあっけにとられた表情でジョニーを見つめた。「どういうことだ、お若いの？」

「モホーク・ザ・セブンスはあなたのものだということです、ミスター・ファラデー。それだけのことですよ」

「それだけのはずがない、裏があるだろう。わかっているんだぞ」

ジョニーはファラデーに非難めいたまなざしを向けた。そのあと、ため息をついた。「ビンズ、ミスター・ファラデーにモホークを連れてきてくれ。ほら、行くんだ」

サムがジョニーのそばに寄った。「やめてくれよ、ジョニー」かすれた声でぼそぼそと言う。「金が必要なんだぞ」

マーティン・ファラデーはむっつりとジョニーを見た。「こんなのはだめだ、お若いの。三百ドル出そう」

「いけません」ジョニーは嘆かわしげに答えた。「モホークを差し上げると言ったのは本気です。あなたには一セントたりとも出させるわけにはいきません」

「五百ドル」ファラデーが間髪を入れずに言う。「だが、それ以上は出さん」

ジョニーはかぶりを振った。「プレゼントとしてお受け取りにならないのであれば、モホークはあなたにお渡しできません。議論の余地のないことです」

富豪は腹立たしげに悪態をついた。「そんなことはさせないぞ。あの犬が欲しいのはきみも承知のうえだが、タダでもらうことはできん。さっき罵倒したのは謝る。忘れてくれないか」

「もうすっかり忘れていますよ、ミスター・ファラデー。でも、いいですか――ここには二百頭の犬がいるんです。一頭くらい差し上げたところで、痛くもかゆくもない――それほどには。ですが、いいでしょう、あなたのお気がすまないのでしたら、お返しにしていただきたいことがあるのですが。ええ、ちょっとしたことを……」

ファラデーの目が疑り深そうにぎらりと光った。「なにをだ？」

ジョニーは首をねじって高級車に視線を向けた。うっとりとした目つきをしてみせる。「かねてからあんな車に乗ってみたいと思っていたのです。ですから……その、馬鹿みたいに聞こえるでしょうが、誰だっていささかなりとも気まぐれな面はありますし。はっきり申し上げましょう、あの車に乗っている自分をちょっと友人に見せびらかしたいのです。地元デミングの町まで行って」

キャデラックの持ち主は首をかしげた。「本気で言っているのか?」

「本気ですとも、ミスター・ファラデー」ジョニーは焦がれる気持ちを精いっぱいかき集めて、それを口調に込めた。

相手は鼻で笑った。「そうか、ならば、乗りたまえ。乗ったら、どこへなりと、行きたい場所へわしが連れていってやる。きみの友人の家の前で車をとめて、彼らが見逃さないよう、ホーンを鳴らしてやってもいいぞ」

「それも悪くありませんね。ただ——彼らが——友人たちが——車をわたしのものだと勘違いするようにしていただけないでしょうか。つまり、友人たちにはあとで種明かしをするわけですが、それまではいろいろ噂し合うように」

ファラデーが大きく微笑んだ。「かまわないとも。きみの望みどおりに……」

「本当ですか? それなら、あなたにはここに三十分かそこらいていただいて、あなたのお抱え運転手にデミングの友人のところまで乗せていってもらい、わたしが頼むタイミングでホーンを鳴らしてもらってもいいでしょうか?」

マーティン・ファラデーは、タンポポの花束を手渡す六歳の子供に見せるような表情をジョニーに向けた。

「ああ、いいとも。わしはここに残って、犬たちと遊んでいよう……アーチボルド! ミスター・フレッチャーの指示に従ってくれ。彼が行きたい場所に連れていき――望みどおりのことをするんだ。わかったか？」

お抱え運転手は金歯だらけの歯を見せた。「へえ、ミスタア・ファラデー、わかりました」

そのとき、ビンズがとてつもなく巨大なセントバーナード犬を連れて犬舎から出てきた。マーティン・ファラデーは犬を軽く叩きはじめ、ジョニーはその機会をとらえて、サムにささやきかけた。

「おれたちの部屋に行って、豚革のバッグの中を見てくれ。小切手帳が一冊入っている――ニューヨークの小麦為替銀行のだ。それを持ってきてくれ……」

「ジョニー」サムは不安で声が大きくなった。「頭がどうかしちまったのか？　あの銀行には一セントも残ってないだろう――街を出るときに有り金全部引き出したんだから……」

「わかっているが、まだ小切手が何枚か残っているんだ。それが欲しいんだよ――ついでに、去年おれが衝動買いした市松模様のツイードのジャケットも持ってきてくれ。質問はなしだ。ちゃんと考えがあってのことだ」

ジョニーを信じていない気持ちがサムの顔にありありと浮かんでいたが、彼は急ぎ足で屋敷に向かった。サムが行ってしまうと、ジョージが草地の方から、重々しい足取りでついてくる家犬のオスカーとともに現れた。

「すげえ車だな」ジョージはキャデラックを見つめた。口元をゆがめた瞬間、ジョニーがすばやく前に出た。「屋敷に入れ、ジョージ」低い声で容赦なく命じる。「大事な商談の真っ最中だ。ぶち壊しにさせるわけにはいかない。本気だぞ……」

ジョージの口から出かかっていた辛辣な言葉が宙に消えた。若者は肩をすくめると、またぶらぶらと歩いていった。ジョニーはオスカーに目をやって、顔をしかめた。

「よう、オスカー」ジョニーは声をかけてみた。

オスカーは垂れかかったまぶたの下からじっと見つめ返していたが、迫力のある尻尾を小さく振った。家犬がいやがればいつでも逃げ出せるよう、ジョニーは爪先に体重をかけておそるおそる近づくと、その大きな頭を軽く叩いてやった。

セントバーナード犬はおとなしく身をまかせていて、ジョニーは深々と息を吸った。「ビンズ」大声で声をかける。「犬舎から同じ種類の犬をもう一頭連れてきてくれないか。それと、リードを二本頼むよ」

ジョニーはモホーク・ザ・セブンスと遊んでいるファラデーに笑顔を向けた。「犬を二頭ほど車に乗せてもかまわないですよね？」

「もちろん、かまわないとも。そう、モホークなら、まちがいなく見栄えがするだろう」

「おっしゃるとおりです。わたしが目にした中で最高のセントバーナード犬だと言ってもいいくらいですよ」大嘘もいいところだった。ジョニーに犬のちがいなどわからない。ジョニーからすると、家犬のオスカーもモホークにしか見えなかった。

ビンズが二本のリードを手に、犬を連れて戻ってきた。オスカーともう一頭の犬の首輪にリードをつないで、ジョニーに手渡す。ちょうどそのとき、サムが小切手帳と、競馬場にいるピンカートン探偵社の人間の目をいやでも引く、市松模様のツイードのジャケットを持って屋敷から戻ってきた。

サムはリードにつながれた犬たちより遠い位置で立ち止まって、鼻を神経質そうにひくひくさせた。

「どういうつもりだ、ジョニー？」低い声で問いかける。

「こいつらもドライブに連れていこうぜ、サム。たまにはちがう景色も見せてやらないとな」

「だったら、あんたが戻ってきてから、また会おう」

「車に乗れ、サム」ジョニーはぴしゃりと言った。

サムの顔から血の気が引いた。しばらくためらっていたものの、やがて、処刑場に足を踏み入れる男のような様相でキャデラックに乗り込んだ。ジョニーも足をとめたが、それはファラデーと話すためだった。

「三十分かそこらで戻ってきますよ、ミスター・ファラデー。わたしの気まぐれを満足させてもらって、本当にかまわないんですね……」

「かまわないとも。きみがよければ、一時間でもいいぞ」

二頭のセントバーナード犬が車に乗り込み、怯えるあまりよけることもできないサムにじゃれつきはじめる。ジョニーは車内に身体を入れて、ドアを閉めた。

「床に下りろ、犬ども」ジョニーが命じる。

一頭の犬が呼ばれたのだと勘違いし、サムから離れるとジョニーにのしかかってきた。ジョニーは、それがオスカーなのか犬舎の犬なのかわからないまま、そしてあくまで手厳しくしないようにしながら、取っ組み合った。

キャデラックが私車道から通りに出たときには、犬はジョニーの顔をなめていた。

「どこに行きますか、ボス?」お抱え運転手のアーチボルドが尋ねた。

「デミングと呼ばれているちっぽけな町だ。東へ三マイルほど行ったところにある――セントルイスの方角だよ。ところで、アーチー、万年筆を持っているかい?」

「へい、どうぞ」

ジョニーは苦労のすえにセントバーナード犬を床に下ろした。驚いたことに、犬はおとなしく床に下りたままだ。まもなく万年筆を運転者に返したジョニーは、もう一頭のセントバーナード犬になつかれているサムを助けてやった。

サムの顔には汗がたらたらと流れていた。「ジョニー」かすれた声であえぐように言う。「あんた、いったいどうしたんだ？　その……大丈夫か？」

「頭がおかしくなっているわけじゃない、そういう意味で訊いているのなら」

「でも、この状況だぞ、ジョニー！　しかも、喉から手が出るほど金に困ってるときに、犬を五百ドルで売るのを拒むなんて」

「おれたちに必要なのは五百ドルなんてはした金じゃないんだ。さっきあるアイデアが頭に浮かんで、おれはそれに賭けてみることにした――すべてを手に入れるか、すべてを失うか。そのジャケットをくれ」

着ていた上着を脱ぐと、ジョニーはサムから手渡された紳士ブランド〈ジョセフス〉のジャケットをくしゃくしゃに丸めた。それを車の床に投げ落として足で踏みつけ、軽く振って、また袖を通す。そのあと茶色のフェルト帽を脱ぐと、ジャケットと似たような運命をたどらせた。

サムが苦悩に満ちた悲鳴をあげた。「ジョニー！」

帽子をさんざん痛めつけたあと、ジョニーはできるかぎりしわを伸ばした。それを横っちょにかぶって、最後にもう一度くしゃっとさせた。

「いまのおれはどう見える、サム？」

サムの目が、わかったぞというように、小さくきらめいた。「なるほど、あんたはファラデーに似せようとしているのか……」

「トップクラスの人間にな、サム。金持ちだけが――大金持ちだけが、こんなだらしのない格好ができるんだ。ちょっと待て、ズボンに折り目がついている……」

折り目を消してから、ジョニーは贅を尽くした座席の背にもたれて、手足を伸ばした。「二頭の犬は小道具だよ。犬やこの車がなければ、おれはホームレスとまちがわれるかもしれない。だがこのやり方なら――確実だぜ」

「なあ」とサム。「この町の拘置所はどんな感じなんだろう」

「ひどいものに決まってる。だが、心配すんな。ほら、町に着いたぞ。アーチー……銀行へ行ってくれ、そこの、デミング第一中央銀行だ」

ジョニーが車の窓から外をのぞいているうち、アーチボルドが車をとめた。

「もう六フィートくらい前に出してくれないか、アーチー。それでいい。今度はホーンを二度ゆったりと鳴らしてくれ」

ホーンが二度鳴る。

「すばらしい」とジョニー。「さて、いいか、アーチー、ミスター・ファラデーは、おれの指示に従うよう言ったよな？」

「さようで、ボス」

「よし。じゃあ、やってほしいことがあるんだ。六十秒ごとにホーンを一度鳴らす。三度目のホーンのあと――つまり、三分後に――銀行に駆け込んでほしい。興奮した様子で、すぐミスター・フレッチャーに会いたいと訴えるんだ。おれを目にしたら……そのときおれがなにをしていようと、すぐさま大声で呼ぶんだ……そうだな、うん、こう叫んでくれ、〝ミスター・フレッチャー、いまミセス・ヴァン・ピルツァーの乗った車が通りすぎたんです。追いかけてって、あのロールスロイスをつかまえますか？〟……できるか、アーチー？」

「へい、できます。一分ごとにホーンを鳴らして、三度目のホーンのあと、銀行に駆け込んで、こう叫ぶ。〝ミスタア・フレッチャー、ミセス・ヴァン・ピルツァーのロールスロイスがたったいま通りすぎました。あとを追ってつかまえますか？〟」

ジョニーはにっと笑った。「そのとおりだ、アーチー。ニューポートのミセス・ヴァン・ピルツァーってせりふを付け足してもいいかもしれねえな。じゃあ、サム、行ってくるよ、おれ一人のほうがいいだろう。おまえはふさわしい服装じゃないからな」

サムは安堵のため息をついた。「おれはそれでかまわないよ」

車から降りると、ジョニーは片手に一本ずつリードを持ってセントバーナード犬をついてこさせた。横目で銀行の窓の方をうかがうと、額がやけに広い太った男が興味津々といった様子で彼を見つめていた。

ジョニーは言った。「いまだ、ホーンを鳴らせ、アーチー」

車体の大きなキャデラックはすでに数多くの地元住民の注意を引いていた。ジョニーはゆったりとした足取りで、ちょっとした人だかりができている銀行の正面玄関に向かった。

行内に入ると、一頭の犬が記入台のそばにあった屑籠をひっくり返してしまったが、ジョニーは大目に見てやった。窓口係の方へ向かって、声を張り上げた。「やあ、この銀行の頭取にお会いしたい」

# 第九章

いちばん手前にある窓口の係員が小窓を引き上げて、そこから頭を半ば突き出した。

「そちらです、頭取室におります」

ジョニーはくぐもった声で礼を述べ、セントバーナード犬たちを頭取室に向かわせた。一頭がタイプライターの置かれている台にぶつかったが、タイプライターが床に落ちなかったのは、ひとえに、そうなるのではないかと警戒していた速記者のおかげだった。

「ちゃんと前を向いて歩かんか、この唐変木」ジョニーは怒鳴った。

頭取室のドアノブをまわしたジョニーは、右手につかんでいた犬のリードを放した。犬はジョニーより先に部屋へ飛び込んでいく。もう一頭もジョニーを引きずるようにして、仲間のあとを追った。

「やあ」ジョニーは大声をあげた。「気をつけて！」

自由になったセントバーナード犬が後ろ足で立ち上がって、ぎょっとするほどの高さになったかと思うと、頭取のデスクにどんと前足を置いた。爪はマホガニー材のデスクにしっかり刺さるほど鋭くなかったせいで、デスクの上をすべっていく。犬が床に足をついたときには、デスクの表面は傷だらけになっていた。

ジョニーは飛び出していって、ふたたび犬のリードをつかんでから、背筋を伸ばして立ち、ずんぐりした身体の上で真っ赤になって引きつっている顔をじっと見つめた。

「ふん！」とジョニー。「あんたがこの銀行を切り盛りしているんだな？　フレッチャーという者だ。ニューヨークから来た。友人をちょいとばかし手助けしようと、ゆうべこっちへ到着したばかりだ。この近くの小さな地所を相続した友人が、地元のペテン師どもから金をむしりとられようとしていてな。おれはどの悪巧みもひねりつぶしてやるつもりだ。ここの通りの向かいで、自分では〝銀行〟などと呼んでいる〝金貸し〟の間抜けもその一人だ。しかし、あんたはあの男のことはすっかりわかっているんだろうな？」

「ヘンリー・クォードランドのことでしょうか？　ええ、わかっておりますとも、ミスター……フレッチャー。ところで、わたしはカンケルと申します。オーガスト・カンケルです」

「どうも、カンケル。いま言ったように、あのろくでもない高利貸しは、地元のウェッブとかウェブスターとかいう三流ビジネスマンと手を組んでいてな。二人でおれの友人を食い物にできると考えている。馬鹿が……。思い知らせてやるつもりだ。ちょっと……このリードを持っていてくれ！」

　相手が尻込みする間を与えずに、ジョニーはリードの端をカンケルの手に押し込んだ。そしてポケットから小切手帳をさっと取り出すと、彼のデスクに叩きつけるようにして置いた。頭取の凝った机上文具セットからペンを抜き取り、ペン先をまじまじと見つめる。そして、やおらペンを背後に振ってインクを飛ばした……カンケルの美しいワイン色の敷物の上に。

　小切手帳に日付を書き込んだあと、ジョニーは顔を上げた。「あんた、あの田舎者二人がおれの友人クラッグからどうやって金を巻き上げようとしているか、知っているかい？　クラッグを手強い相手だと見てとったあいつらは、犬の餌代の名目で、合計二、三千ドルほどになる請求書を何枚かでっちあげ——詐欺師どもが——突然、召喚状やらなんやらを手にクラッグの家に乗り込んできやがった。クラッグが支払えなければ、財産を取り上げようって魂胆だ。連中はほかにいい手を考え出すだけの頭さえ持ち合わせていなかった。家といっても、部屋数が十あまりしかないちっぽけなもので、土地なんてタダ同然だ。連中が狙っているのは犬——南西部じゃ最も高価なセントバーナード犬なんだよ……おれは、あの田舎者どもをこらしめてやる。最後まで見届けられるほど長く友人のそばにとどまれない場合に備えて、クラッグが連中に対抗できるよう、ここに少しばかり金を預けておこうと思う。そうだな、五千じゃ足りないかもしれんな。一万……ドルのほうがいいか……」

言葉を切って、ジョニーはあらためて小切手帳に記入しはじめた。

頭取室の窓のすぐ外で、キャデラックのホーンが鳴った。

ジョニーはペンを走らせた。「一万ドルとゼロセント」そして、ふたたび眉をひそめてペン先を見た。またしてもカンケルの敷物の上にインクを飛ばしてから、前屈みになって署名していく。ジョナサン・L……

次の瞬間、頭取室のドアが勢いよく開いて、お抱え運転手のアーチボルドが大声で告げた。「失礼します、ミスタア・フレッチャー。いましがたニューポートのミセス・ヴァン・ピルツァーがロールスロイスに乗って通りすぎるのを見ましたんです。お知りになりたいかと思いまして。あとを追ったほうがよろしければ——」

「あのミセス・ヴァン・ピルツァーが?」ジョニーが悲鳴にも似た声をあげる。「ここミズーリ州にいる? きっと見間違いだろう、アーチー」

「見間違いなんかじゃありません、たしかにあのかたでした。ナンバープレートも記憶にあるもので……」

「もちろんそうだとも！　決まっているじゃないか！　彼女は海岸まで車で行くつもりだと言っていた。すっかり忘れていたよ——ほら、アーチー——犬を頼む、彼女を追うぞ——」ジョニーは駆けだし、戸口を抜けようとした寸前で横滑りに足をとめた。

「ああ、ミスター・バンゲル」とジョニー。「そのままにしておいてくれないか！　十分で戻るから……」

そして、ジョニーは頭取室をあとにした。飛ぶように走って銀行から出ると、キャデラックに駆け寄って、飛び乗る。アーチボルドが追いついて、犬を車に乗せはじめた頃になって、サムの姿が車内にないことに気づいた。

「くそっ」ジョニーは悪態をついた。「サムはどこだ？」

「あなたとご一緒だった男のかたですか？　わかりませんが、ちょっとやるべきことがあるとおっしゃって……」

「サムが！」噛みつくように言う。「まあいい、車に乗って、全速力で走らせてくれ……」

アーチボルドはすばやく運転席に身をすべりこませて、エンジンをかけた。「どっちに行きますか、ミスタア・フレッチャー？」

「どっちでも——ミセス・ヴァン・ピルツァーだったかピリツァーだったかのあとを……。とにかく、車を出せ……」

キャデラックが急発進し、その勢いでジョニーは座席の背もたれに身体を押しつけられた。ギアがセカンドに入って、時速五十五マイルで疾走していく。ジョニーは悲鳴をあげた。

「もういい、銀行からは見えない場所まで来ている。スピードを落としてくれ……」

「了解です、ボス！　ところで、あたしたちは、あそこで銀行強盗をしたんですか？」

「なんだって？」ジョニーはくすくす笑った。「ああ、あの演技のことか。いや、あれはただのジョークさ」

「もう一人のかたはどうします？　待ちますか？」

「いいや。自分で手立てを見つけてドッグ・ファームに帰ってくるだろう。歩くしかないとしても、自業自得だ。屋敷に戻ってきたぞ……アーチー！」

半マイル手前から犬の鳴き声が聞こえていた。ジョニーが一ドル時計（ダラーウォッチ）に目をやると、もう正午が近い。その日は餌がもらえていないせいで、犬たちはかなり腹を空かせていた。囲いの中では、マーティン・ファラデーが、モホーク・ザ・セブンスも含めて、六頭のセントバーナード犬に囲まれている。

ファラデーは大声でジョニーに声をかけてきた。

「は！　きみの友人たちはさぞかしうらやましがったんじゃないかね？」

ジョニーはにっと笑ってみせた。「効果は絶大でしたよ。かつてわたしを鼻であしらったやつが、わざわざ通りを渡って、挨拶してきたんです。本当に感謝していますよ、ミスター・ファラデー。いやあ、その犬たちはあなたのことが好きなようですね。あと一頭か二頭、お連れになりませんか、イロクォイ――いや、モホークの友達として」

「そうできたらいいのだがね。一頭しか面倒を見られないんだよ。さあ、もう行かなければ。長距離のドライブだからな。おいで、モホーク！」

ファラデーがキャデラックに乗り込むのを見届けると、ジョニーは屋敷の方へ走りだした。

ジョージはリビングルームのソファに寝そべっていた。「この近辺でなにが起こってるんだ、フレッチャー？」

「重大な事柄だよ、ジョージ。おまえにはわからないだろうが……。この地域の電話帳はどこだ？」

「電話機のそばさ。それ以外のどこにあると思ってんだ――犬舎か？」

ジョニーは横目でジョージをにらむと、玄関ホールにある電話機へと向かった。薄い電話帳を見つけて、デミング第一中央銀行の番号を探した。電話をかけて、頭取のカンケルに取り次ぐよう頼む。相手が出ると、ジョニーは大声で言った。

「ダンケル？　ジョナサン・フレッチャーだ。なあ、あんたのところに小切手帳を置き忘れてやしないだろうか。ある？　じゃあ、預かっておいてくれないか。誰かをとりに行かせるから。おれはミセス・ヴァン・ピルツァーにつかまっているんだよ。あのばあさん、一時間かそこらも引き止める気でいて……。なんだって？　小切手に署名していない？　くそっ、もう頭がいっぱいだったんだな。わかった、また誰かに持っていかせることにしよう。一日か二日はこのあたりにいて、クラッグをあのとんでもなくでかい犬ともども救ってやるつもりだ。また会うことがあるかもしれない――じゃあな！」

受話器を叩きつけるようにしてフックにかけたあと、あらためて電話帳を取り上げ、黄色の業種別欄を開いた。〝食料雑貨商〟を探し出すと、四軒載っていた。一軒目に電話して、噛みつくように言う。

「食料品店か？　〈クラッグ・ドッグ・ファーム〉だ。大至急、五百ポンドの最上質の挽肉を配達してくれ。あのな、五百ポンドと言ったんだ、五ポンドじゃない。ああ、それと、二、三百ポンド分の骨もだ……。なに？　ツケでと頼んだか？　デミング第一中央銀行に電話してみろ。口座に金があると教えてくれるだろうよ。即刻、肉を配達してくるか、さもなくば、あんたの店からは二度と買わないことにする。わかったか？　あばよ！」

　電話を切ると、ジョニーは二軒目の食料品店とも同じ会話を繰り返した……三軒目、四軒目とも。

　電話をかけおわると、ポケットからハンカチを取り出して、額の汗をぬぐった。

「フレッチャー」玄関ホールへやってきていたジョージが言った。「あれでうまくいく（ワーク）なら、あんたに銅で裏打ちされた耳当てを買ってやるよ」

「働く（ワーク）と言えば」ジョニーはいかめしい口ぶりで応じた。「ここでの新たな取引をしよう――働かざる者食うべからず、だ。わかったか、ジョージ？」

　ジョージはそわそわとジョニーを見た。「働いてるよ。事務的なことをあれこれやって……」

「そういったことに関しては、今後はおれが担当する。おまえは、保守整備部に異動だ。要するに、屋敷から出て、犬舎の掃除をはじめビンズの仕事を手伝えってことだ、たったいまからな」

　せせら笑ったジョージだったが、ジョニーが詰め寄っていくと、身をひるがえして、そそくさと屋敷を出ていった。

　ミセス・ビンズが台所からやってきた。「食事はどうすればいいでしょうか、ミスター・フレッチャー。食料品室にはもう食べるものがなにもない状態なんです」

「食料品店に電話すればいいよ、ミセス・ビンズ。デミングにあるどの店でもかまわない。必要なものを注文して、すぐに持ってこさせろ」

「お店が応じてくれるでしょうか」

「応じるとも。どの店にも掛売口座を開いてきたんだ。なんの問題もないよ、ミセス・ビンズ」

ジョニーは小さく笑って、大股に屋敷を出た。玄関ポーチでしばしたたずんで、堂々たるイギリス風のジェームズ・ウェッブの邸宅をじっくりと見渡した。すばらしい眺めだった――建物にも、周囲の庭木にも、たっぷりと金がかかっている。

それにしても、どうしてウェッブはクラッグをそれほど目の敵にするのだろう、とジョニーは訝った。ウェッブ邸はドッグ・ファームから通りをまたいでゆうに百ヤードは離れているし、犬の鳴き声が聞こえてくるのは、たまにいっせいに吠え立てるときだけなのだ。

ジョニーが向きを変えて、まもなく犬の餌が届くことをビンズに伝えようと屋敷を回り込みかけたとき、デミングの方から近づいてくる奇妙な光景が目に飛び込んできた。

ただの農業用トラックだが、高さのある横板がついている。そして横板の隙間から、ジョニーがこれまで目にしたこともないほどみすぼらしい老いぼれ馬が見えているのだ。

トラックの助手席にはサムが乗っていた。

ジョニーはトラックに歩み寄っていった。それに気づいたサムが、トラックから飛び降りてくる。

「おれが手に入れてきたものを見てくれよ、ジョニー」サムが得意そうに叫んだ。

「なんだ、そいつは?」

「なにって?」サムは当惑したような顔になった。「馬だよ。おれが買ったんだ」

「嘘だろう!」ジョニーはうめいた。

サムは満面に笑みをたたえた。「デミングで見かけてさ。男が荷馬車につないでいたんだが、この馬、ほとんど荷馬車を引くことができなくて。その瞬間、おれたちに必要なのは、こいつをおいてほかにないとひらめいたわけだ。これまで肉一ポンドにつき十二セント支払ってきていたのが、こいつは——千四百ポンドもあるのに、わずか二十二ドルしかしないんだから！」

「その馬を持って帰らせろ」ジョニーは怒りを抑えた。「持って帰らせないなら、おれが引きずり出して、そいつでおまえの顔をぶん殴ってやる」

「ジョニー」サムは声をあげた。「いったいどうしたというんだ？　おれたちには馬が必要だろう。あんた忘れちまったのか……」

「ああ、忘れていたとも。おまえが思いもよらないほどにな、サム。老いぼれ馬はにかわの原料としてにかわ工場へ送られるものだが、おまえには罰として、そいつを手元に残させてやる。おまえの手で挽肉にさせてやってもいい。けどな、それじゃあんまりだから——返品させてやるよ」

サムは責めるような目でジョニーを見たあと、トラックの運転手に顔を向けた。「悪いな、あんた。しかし聞いてのとおりだ。その老いぼれ馬をおれに売った農夫に返してくれ。使える代物じゃないと言ってな」

「わかった」と運転手。「馬を返してきてやるよ。だけど、ここまでの運び賃として三ドル払ってもらうぞ」

「小切手を送るよ」ジョニーがぶっきらぼうに言った。

「小切手なんぞ欲しくないな。現金で三ドル欲しいんだよ……それもいま」

「どんなふうにだ？」サムは語気荒く訊いた。「その顔に、おれの拳骨を叩き込んでほしいのか？それとも、ジョニーが小切手を送るのを待つか？」

トラックの運転手はサムの立派な体格に目をやってから、ぼそぼそとつぶやいて、エンジンをかけた。トラックが走り去ると、サムは不機嫌そうな口調でジョニーに言った。

「あんたはまちがいをやらかしたと思うぜ、ジョニー。あの犬の吠え声を聞けよ。やつら腹を空かせて——」

「犬の餌なら、町から運ばれてきている途中だ。二、三日は持つ量をおれが買った」

「へっ？　どうやって？」

「ツケで。なんのために銀行へ行ったと思ってるんだ？」

「さあ。おれは……てっきりあんたは——」

「頭がおかしくなったとでも？　ああ、おまえの態度でそうとわかったさ。おいおい、長い付き合いなんだから、にっちもさっちもいかなくなったときこそ、おれが絶対にヘマしないとわかっているだろう。おれは例の田舎者の銀行屋に、あいつがこれまで出くわしたこともない大芝居を打ってやったんだ。あいつはおれを億万長者にちがいないと思っている」

「まさか、ジョニー、不渡り小切手を渡したんじゃないだろうな？　あとで手ひどい目に遭っちまうぞ」

「心配すんな、サム。おれは法に触れることはなにもしちゃいない……万が一、つかまるようなことがあってもな。そうとも、不渡り小切手は切っていない。小切手に記入は始めたが、署名しおわってないからな。もっとも、あと一、二秒で書きおえるところで、ほんと間一髪だったぜ。アーチーが邪魔しに現れるのに時間がかかってさ」

「なんのことやらさっぱりだ」

「頭取のカンケルもわかってねえよ。おまえが金を引き出せるよう、おれは一万ドルの小切手を切ろうとしていた。ただ、署名はすませていないということだ」

「だったら、金を引き出すこともできないわけだろう。芝居を打って、なんの得があるんだよ？」

「銀行屋の信用を得たんだ。いいか、おれは銀行を飛び出していかざるをえなかった。急ぐあまり、小切手帳を忘れていってしまう……カンケルのデスクの上に。カンケルは興味津々で小切手帳の控えをのぞいてみるとは思わねえか？」

「ああ、それはそうするだろうな。けどよ、口座は空じゃないか。ニューヨークを出る前に、おれたちが貯めてあった五百ドルの金はあんたがすべて引き出した……」

「そのとおり。だが、覚えているか、おれが車の中でアーチーに万年筆を借りたのを。おれはな、最後に記入した五百ドルの前に三万二千と書いておいたんだ」

サムは困惑の表情でジョニーをじっと見た。「金が手に入らないなら、ニューヨークの銀行に三万二千五百ドルの預金があったと銀行屋に思わせてなんになる？」

「そんなの、わからねえよ。具体的にはさ。だが、カンケルはおれを大富豪だと考えている。おれがあの一万ドルの小切手に署名を終えるつもりだと思っている。さしあたり、おれについて問い合わせてくる者がいれば、当然のことながら、カンケルは自分の考え――つまり、おれがニューヨークから来た億万長者だと話すだろう。おれのキャデラックも見ているし――カンケルはおれの車だと思っている――お抱え運転手も、おれのだらしのない服装も、馬鹿でかい犬も……おれの大ボラも聞いている。そんな彼が、食料品店から五十ドルぽっちの挽肉の代金の件を相談されて、おれに後払いで売るのはまずいなんて答えるだろうか？」

「そういうことか！」サムは息をついた。

「そういうことなんだよ。それに、空耳でないなら、挽肉を載せた最初のトラックが通りをやってきている。ミセス・ビンズにシャベル一杯分の挽肉をおれたちのランチ用にとっておくよう言ってきてくれないか。犬にとっていいものなら、おれたちだって食って問題ないだろう」

たしかに食料品店のトラックで、木製の桶に五百ポンドの挽肉が詰められていた。荷下ろしをするより早く、二台目のトラックが到着した。

「これでいいんだ」ジョニーはサムに言った。「一台目のトラックの運転手がボスに、おれたちがほかの店からも肉を買っていると注進するだろう。連中は自分の店とだけ取引してもらおうと、競争を始めるって寸法さ」

ビンズが目に涙を浮かべて、犬舎から出てきた。「ああ、感謝します、ミスター・フレッチャー。犬たちはそれはもう腹を空かせていまして……」

「礼にはおよばないよ、ビンズ。犬たちに思う存分、食わせてやってくれ。挽肉が一トンと墓場をいっぱいにするほどの骨もある。食べ盛りの動物に餌を出し惜しみするのはよくないからな」あとから思いついて、言い足した。「そうはいっても、犬たちがあれ以上でかくなるなら、オーストラリア象としてサーカスに売りつけるが」

三台目のトラックがやってきたとき、ジョニーはスーザン・ウェッブを見かけた。黄褐色のスラックスに鮮やかな赤いセーターという格好で、剪定ばさみを手に、ウェッブ邸の前を飾る花壇で立ち働いていた。

ジョニーは金網のフェンスにゆったりとした足取りで近づいていき、その上端にもたれて、通り越しに声をかけた。「やあ、ご近所さん！」

スーザンは顔を上げると、薔薇の茂みの上に身を乗り出した。「いったいどうやったの？」

「なにをだい？」

「なんのことかわかっているでしょう。父は、あなたたちを窮地に追い込んで、震え上がらせたと思っていたわ」

「冷え切った身体を温めるにはホットな言葉がもってこいなんだが」ジョニーはくすくすと笑った。「それと、きみのおやじさんに伝えてくれよ、彼が好きじゃないって。おれに喧嘩を売ってくるのは別にかまわないが、犬たちにはなにがあろうと食わせてならないとな」

「そうね。餌の供給をストップさせる父をひどいと思ったわ。でも、あなたたちをとめる最高の手段だと考えたんじゃないかしら」

「なにから？　きみのおやじさんも吸っている同じミズーリの空気を吸うことから？　おれは彼に害を与えるようなことはなにもしていないぞ」

一瞬、スーザンは身体を起こした。「本当に、まだなんのことかわからないふりをしているんじゃないの？」

ジョニーは顔をしかめた。「きみのおやじさんは、犬をここから追い出したがっているな」

スーザンはまた薔薇の茂みに身をかがめ、首を振った。

「じゃあ、いったいなんだ？」

「あなたのお友達のサム・クラッグに訊きなさいよ」

「やめてくれ」ジョニーはうなるように言った。「サムはこの世でたった一人の親友だ。おれに隠し事をしているとしたら、それがなんであろうと、あいつはこの十五年間おれをだましていたことになる。ほら、白状しろよ――いったいなんのことなんだ?」

「今夜十時、〈キャリコ・キャット〉にいてちょうだい」スーザンは身体を起こして、足早にウェッブ邸の方へ歩いていった。立ち去るスーザンを目で追っていたジョニーは、表の窓にかかっている白いフランネルのカーテンが小さく揺れたのに気づいて、しばらく金網のフェンスを調べるふりをしたあと、屋敷の方にぶらぶらと歩いて戻った。

中へ入ると、ジョージがまたソファの上に居座っていた。煙草が一本唇からぶらさがっていて、彼は大いびきをかいていた。

ジョニーは分厚いラグの上をすばやく移動すると、手を伸ばしてジョージを床に投げ落とした。青年は哀れっぽい声をあげたかと思うと、ジョニーに悪態をつきはじめた。

「働くことについておれはどう言った?」ジョニーは怒鳴った。

「ランチを食いに来てたんだよ」ジョージは大声で言い返した。「食いに来るための休憩もとれねえのかよ?」

「なら、ビンズかサムも来ているか?」ジョニーは切り返した。

「いいや。だが、あんたは来てる。ここで働いてるほかのみんなのことを言うが、あんたはいつはじめるんだ?」

「おれはいまも働いている」ジョニーは平然と答えた。「ここでのボスだから、監督しているんだ」

「あんたがボスだなんて、絶対ありえねえ! このくそだめを相続したのはクラッグだ。あんたに奪い取られるままにするほどあいつが間抜けなら、それはいいさ。だが、おれがここに残らなきゃならねえいわれはない。出ていくよ」

「いつ？」

鼻の穴が広がったものの、ジョージはごくりと唾をのみこんだ。「いくらか金が手に入りしだいだ。おれが十セント硬貨一枚持ってねえことを知っていて、あんたはそこにつけこんでる」

ジョニーはポケットに手を突っ込んで、二十五セント硬貨を一枚取り出した。ジョージの足元の床に放り投げる。「ほら、二十五セントだ。これより手持ちが少なかったことなんて、おれはザラにある」

ジョージは二十五セント硬貨の方へかがみかけたものの、背筋を伸ばすと、金を拾わずに部屋を出ていった。ジョニーは硬貨を拾い上げて、ポケットに入れた。

玄関のドアベルが鳴った。ジョニーが応えて、ドアを開けると、男が折りたたんだ紙を突き出した。

「ささやかなお届け物です、ミスター」

紙を見やると、〝召喚〟の単語が目に飛び込んできたので、ジョニーはその書類を二つに引き裂き、男の顔に投げつけた。

「おれはクラッグじゃない。新しい書類を持って出直してきて、正しい相手に渡せ」ジョニーは執達吏の顔の前でドアを勢いよく閉めた。

リビングルームに戻って、数分前にジョージを強制退去させたソファを占領した。うとうとしかけたときに、ミセス・ビンズが食事の用意ができたと呼びに来た。

ジョニーがハンバーグを四つ平らげるあいだに、サムは七つも腹に詰め込んだ。ジョージはダイニングルームに顔を出さなかった。

「あのガキはどこだ？」サムが訊いた。

「犬舎だ。働かざる者食うべからず、と言ってある。あいつは働いていなかった」

「いい気味だ。なあ、おれが考えていたこと、わかっているだろう、ジョニー。この犬のビジネスはそんなに悪くないかもな。たとえば、あのファラデー、あいつは犬一頭に五百ドル出そうとしていた。新聞に広告を出してみようぜ。そうすりゃ、きっとたくさんの犬がさばける。どの犬も五百ドルで買い手がつくとはかぎらねえだろうが、二、三百ドルででも売れれば上等じゃないか」

「たしかにそうだな、サム。だが、これまで誰もそんな妙案を思いつかなかったなんて、おかしくないか?」

「えっ? 思いついた者がいるというのか?」

台所に向けて、ジョニーは叫んだ。「ビンズ! ちょっとこっちへ来てくれないか?」ビンズがのっそりとダイニングルームへ入ってくる。「ビンズ、ジュリアス・クラッグはどのくらい広告を出していた?」

「それはもういっぱいです、ミスター・フレッチャー。どの犬の雑誌にも半分くらい出して、そのうちの一冊は、年間を通して全ページに載せていました。広告で利益が上がることはありませんでしたが、言うまでもなく」

「どうしてだ?」

「セントバーナード犬の需要は高くないんです。値段の問題じゃありません。ミスター・クラッグは、たいてい〝発育不良〟とか〝下位種〟とでも呼ばれそうな特殊な犬だけを売っていました。そうした犬を五十ドルか七十五ドルで譲っていたんです。本当に優良な犬は、一年で六頭も売れていません」

ジョニーはサムを見た。「ほらな?」

サムは眉根を寄せた。「売れないなら、どういうつもりで繁殖させていたんだろう」

「ミスター・クラッグにお尋ねしたことはありませんと」とビンズ。「たぶん、犬がお好きだったんではないでしょうか」

「わかった、ビンズ」

犬の飼育員が部屋を出ていくと、ジョニーはかぶりを振った。

「そんな予感はあったよ、サム。ジュリアスにとって犬は趣味みたいなものだったんだ」

「おれに言わせれば、伯父は頭がどうかしていたのさ」

「かもしれん。だが……おれはそうは思わない。ジュリアスは、ほかの商売にも手を出していたんだろう。おまえはピーター・スラットやペンドルトンのことをもう忘れたのか？　それに、通りの向かいに住んでいるウェッブのことも」

サムは顔をしかめた。「ジョニー、あんたまさか……探偵ごっこをまたやる気なのか？」

「おれはいくつかのことを調べるつもりだ。犬の餌をなんとかしないといけなかったから、今朝は時間がなかった。だがな、いまは餌の件が片付いたし――」

大男がうめいた。「おれはなにをすればいい？　ペンドルトン一家をまとめて引き受けりゃいいのか？」

「今朝じゅうぶんに引き受けてくれたさ。実際、アンディ・ペンドルトンをぶちのめして、気持ちよかっただろう」

「ピート・スラットがあの胸ポケットに入れてあったピストルで撃ってくる弾も殴り返してほしいのか？」

「ちょうどスラットのことを考えていた。あいつは一つのことしか頭にない。三万二千ドルを誰かから回収して当然と思っているようだ。さもなくば……」

サムが椅子から立ち上がる。「なあ、ジョニー、ジュリアスはおれの伯父だった。そのおれは、誰が伯父を殺したかってことには、これっぽっちも興味がないんだぞ」

「でもな、おれはあるんだ、サム。だから、おまえがおとなしくしていて、ステーションワゴンから降りてくれるなら、二人である人物に会いに行こう」

「ペンドルトンの連中にか?」

「ちがう、ポッツにだ。どうしてペンドルトン親子とピート・スラット、それにジェームズ・ウェッブのことを言い忘れたのか、問いただしたいんだよ」

「ポッツはウェッブのことは話したぜ」

「嘘っぱちをな」

サムはステーションワゴンの運転席に乗り込んだが、ジョニーは彼に席を移らせ、自分がハンドルを握った。サムの運転は問題があった。ほかの車はいつでも進路を譲るべきだと勘違いしているからだ。サムはその身体で歩道を占領するが、道路も我が物顔に車を走らせて占領する男だった。

# 第十章

ジョニーは急加速でマンチェスター・ロードに車を走らせ、ビッグ・ベンド・ロードまで出ると、左折してオリーブ・ストリート、今度は右折でフォレスト・パークへと進んで、新しい高速道路を越え、グランド・アヴェニューへと行った。十セントの駐車場に車をとめたあと、一ブロック先にある〈ライリー・ライアン・リオーダン・アンド・ポッツ〉法律事務所が入っている建物までサムと歩いていった。

豪華な調度品が置かれた受付に入ったのは、午後一時を少しまわった頃だった。肉感的なプラチナブロンドの女性が三日月形のモダンなデスクの向こう側から、冷ややかなまなざしを二人に向けてきた。

「弁護士に会いたかったんだが」ジョニーは軽薄な口調で声をかけた。「もういいや。あんたでかまわない」

「わたしにはボーイフレンドがいますの」受付係が切り返した。「〈ウェブスター・グローブス〉のヘビー級チャンピオンですよ。どういったトラブルですか？　犯罪がらみ？　それでしたら、ミスター・ライアンにご相談を。家庭内の問題でしたら――」

「不正行為だから、ミスター・ポッツだ。強敵が来たと彼に伝えてくれ。あんたにはジョニー・フレッチャーだ、お嬢さん」

受付係は電話機に手を伸ばしたが、それを通り越えて、インターホンのボタンを押した。

「ミスター・フレッチャーがお見えになっています」

金属的な声が応えた。「わたしは忙しいとかなんとか伝えてくれ」

ジョニーは声をあげて笑うと、金文字で〝ミスター・ポッツ〟と表示されたドアへと大股に近づいていって、ドアを押し開けた。

ジェラルド・ポッツは、競馬新聞を顔の前に広げたまま言った。「あの男を追い返してくれたかね、ミス・アボット?」

「いいや」ジョニーは答えて、弁護士が競馬新聞を下ろすと、くすくす笑った。「おれはドアから入ってきちまったぜ」明るく言い添える。「サム——サム・クラッグのことは覚えているだろう? サムは遺産の件で二つばかし質問したがっている。さあ、訊けよ、サム」

「なに?」

「ピート・スラットのことだ、サム。あいつについてなにを知っているのか、訊くつもりだっただろう?」

ポッツは、冷たい口調でジョニーに言った。「ピート・スラットについて知っていることなどありませんよ。新聞で読んだこと以外は。その男は悪名高いギャンブラーです」

「どの新聞で読んだんだい、ポッツ? メソジスト教会新聞か——いま下ろした?」

不愉快そうにポッツの鼻にしわが寄る。「わたしはジュリアス・クラッグの遺言執行者じゃありませんよ。そこにいるミスター・クラッグご自身が執行者です。わたしは相続人の居場所を突き止めて、もろもろのことを引き渡すという義務を果たしています。あとはミスター・クラッグしだい。小規模の不動産ですし、わたしは業務に対する通常の手数料をいただいただけです」

「誰が支払った？」

「まだ受け取っていません。裁判所から小切手が届く手はずになっています……そのうちに」

「われわれは——サムとおれという意味だが——引き続きあんたにクラッグ家の弁護士として働いてほしかったんだがね、ミスター・ポッツ」

「どうしてです？　ミスター・クラッグに必要なのは、借金の額より少し高くドッグ・ファームを売れる、腕のよい不動産仲介業者だけでしょう。弁護士はお呼びじゃありませんよ」

「そこがまちがっているのさ、ミスター・ポッツ。サムは本当に弁護士が必要なんだ。訴訟を起こしたがっているからな……アンドリュー・ペンドルトンを相手取って」

ポッツの目が光をおびた。「なんのために？」

「ジュリアス・クラッグがお人好しにもペンドルトンに貸してやった金を回収するために」

「ペンドルトンは借金を返しましたよ。誰から聞いたにしろ、返済していないというのはまちがった情報です」

「だったら、ガセネタをつかまされたんだな。だが参考までに、ペンドルトンはいつ借金を返したんだ？」

「知るはずがないでしょう」

「それなら、返済されたとどうやって知った？」

ポッツは歯をむき出した。「狙いはなんです、ミスター・フレッチャー？」

「チーズの山さ、ミスター・ポッツ。におってくるんだよ。クラッグの件全体がな。ほんの少し前、がっぽり稼いでいた胴元のジュリアス・クラッグは、スロットマシン製造業者にまとまった額を貸すほど金を持っていた。二百頭もの犬に食わせるために、一日百ドルの餌代を支出する余裕があった。そのあと彼は殺され、十セント硬貨一枚さえ転がっていない。ジュリアス・クラッグの金はどうなったんだ？」

ポッツが冷笑する。「わたしはジュリアス・クラッグの顧問弁護士だったにすぎません。ビジネスパートナーではなかったんですよ。あなたは彼が胴元だったと言いますが——いいですか、あなたがそう言っているんですよ——それなら、おそらく彼は賭で大損をしたんでしょう」

「そうかもしれないが、どう考えてもジュリアス・クラッグは多額の配当金を支払っていない。ピート・スラットもそう主張している。だったら、ジュリアスはその金をどうしたのか？」

「犬にでもやったのでしょう」

ジョニーはしばらくポッツを見つめていたが、やがて肩をすくめた。「わかったよ、あんたに口を割らせるのは無理だな」

「そうです」とポッツ。

受付に戻ったジョニーは、足をとめて、プラチナブロンドの受付係に声をかけた。「あんた、ひねくれ者のポッツのために働くのは好きかい？」

「ええ」歯切れのいい答えが返ってきた。「ミスター・ポッツのために働くのは好きよ。とりわけ、金曜の午後に彼が五十ドルの小切手をくれるときには」

「週に五十ドルもか？」

「あら、いえ、ただの十五ドルだったと思うわ。でも、とってもいい稼ぎよ。大家さんは純粋にその点がすごく気に入っているの。さようなら、ミスター・フレッチャー」

「〝さようなら〟じゃないさ、また会おう。ところで、電話したとき、きみをなんと呼べばいいんだ？」

「職場では私的な電話は受けません」

ジョニーはにっと笑って、正面ドアへと足を進めた。ドアを開ける前に受付係が言った。「名前はイヴォンヌよ、愛称はイーヴァ」

エレベーターを待ちながら、サムが口を開いた。「なあ、ジョニー、どうもおれはあのポッツってやつが気に入らねえ」

「おれもさ。競馬場へ行ってみるというのはどうだ？」

サムは目を輝かせたが、たちまち沈んだ表情になった。「資金は？」

「二ドル五十五セントだ。札束持って競馬場に行くようなやつは間抜けだろう？　すっちまうかもしれないんだから。けどな、金を持たずに行けば、なにを手に入れようと儲けものだ」

サムは返事をしなかったが、ジョニーとエレベーターで階下へ降りて、ステーションワゴンをとめた駐車場に歩いていく途中、口を開いた。「いくらかは賭け金が必要だぜ」

「誰が賭ける話をしているんだ。それはギャンブルだし、おれが未来永劫ばくちを打たないのは知っているだろう」

「いいかげんにしてくれよ、ジョニー。今日のあんたは頭がすっかりいかれちまったみたいに振る舞っていて、おれは好きになれないぜ」

「わかった、じゃあ、そんなにいろいろ質問をするな。車はあそこだ。急がないと第二レースに間に合わなくなる。競馬場はイリノイ州側だからな」

二人は車に乗り込んで、ダウンタウンを抜け、通行料がかからない橋を越えてイースト・セントルイスに入った。町境を出たとたん、ジョニーはアクセルをめいっぱい踏み込んで、それから数分後には広大な競馬場が前方に見えてきた。

ジョニーはステーションワゴンを駐車場にとめて、サムと競馬場の入口に歩いていった。やがて、ジョニーがくすりと笑った。「入場料が二人で二ドル二十セントだとよ。三十五セントこっきりの所持金で競馬場に入ることになるな。これっぽっちじゃ、おまえもそう派手にはすれないぞ、サム」

「賭けられないなら、馬が走るのを眺めてどこが楽しいんだよ？」サムはげんなりと尋ねた。「同じ二ドル二十セントならビールがいいぜ」

「今夜少し飲めるさ、サム……ツキがあったらな」

ジョニーは入場券を二枚購入して、サムと場内へ入った。日がよく、競馬場は大勢の客でにぎわっている。第一レースの結果がちょうど掲示されたところだった。

「ふーん」とジョニー。「ラスキンが一着で、十三ドル二十セントか。悪くない。そうだ、おまえには出馬表がないとな。いや、おれにも必要だ。こっちだ！」

出馬表は一部十五セントだった。ジョニーは一部をサムに手渡して、自分も出馬表の第二レースの欄を開いた。

「ほう、ほう」とジョニー。「よさそうな馬がいるぞ、ドンミゲルだ」

「勝てそうもないぞ」サムは鼻を鳴らした。「十五対一だぜ」

「そこが気に入ったのさ。たった五頭でのレースだから、ドンミゲルにも勝てるチャンスが五分の一あるということだ……」

「競馬の予想するのにそんなやり方あるかよ」サムはせせら笑った。「このレースにはいい馬が四頭もいて、三対二から四対一だ。ドンミゲルに勝ち目はない」

「まあ、そうかもな、サム。おまえは勝てない馬に関してはプロ中のプロだ。たしかに、これまでさんざん負けてるからな。そこで、こんなやり方はどうだろう――まず、おまえには葉巻が必要だ」

「なんのために？　おれは葉巻は好きじゃ――」

「必要なんだよ、それらしく見せるのに。ほら……」

ジョニーはスタンドに歩み寄って、声をかけた。

「ここに置いてある五セント葉巻でいちばん状態のいいやつをくれ」

売り子は黒くてゆがんでいる葉巻の入った箱を取り出した。ジョニーは一本選んで、最後の五セントを支払った。サムに葉巻を突き出す。「火をつけろ、サム。それから、おれが合図を送るまで、出馬表とにらめっこしながら、行ったり来たりしてくれ――おれがウインクするまで、おれには気づかないふりをするんだ」

「おい！」サムが叫んだ。「あんた、そんなことやっちゃまずいぜ！」

「なにをだ、サム？」

「ダフ屋行為だよ」

「へえ、おまえはダフ屋がフェアじゃないと考える心の狭いやつの一人なんだな。いいか、ごくふつうの五人のカモが競馬場にいるとする。連中は自分で馬を選ぼうとして、たまたま全員が同じ馬に

——負け馬に賭けることになる。ところが、おれのやり方では、この五人にそれぞれ別の馬に賭けるようたきつけて、その結果は？　そのうちの一人はまちがいなく勝って——おれに分け前をよこす。みんながすっちまうより、ずっとよくないか？」

サムはうなった。「けどな、ダフ屋行為は法に反する。探偵に気づかれたら、競馬場から放り出されるぜ」

「探偵って？」

「どこの競馬場でも場内で目を光らせているのは探偵だ。みんなピンカートン社の人間で、ピンカートン社のやつらは決まって探偵なんだ。探偵はいつだってあんたを監視している」

「そうかもしれないし、そうじゃないかもな。おれはどのタイミングでその〝探偵〟を見かけるかが気になるよ。まあ、おれたちには失うものもないから、このダフ屋行為を試してみるのも悪くなさそうだ」

サムの小鼻が広がった。「わかったよ、だったら、さっさとやろうぜ。最初の馬はどれだ、ドンミゲルか？」

「そうだ。葉巻に火をつけて、歩きだせ。あそこに、どの馬にするか決めかねているらしい男がいる。背中を一押ししてこよう」

ジョニーはサムから離れて、熱心に出馬表を見ているグレーのスーツで身を固めた男のそばへぶらぶらと歩いていった。ジョニーは鉛筆を取り出して、対抗馬の名前にしるしをつけはじめた。少し間をおいてから、ぶつぶつとつぶやく。「やれやれ、こいつは難しいレースだぜ」

そばの男が反応した。「なんとおっしゃったんですか？」

「選ぶのが難しいレースだと言ったんだ。ミススージーをどう思う？」

「この牝馬は本命で、三対二ですよ」

ジョニーは苦笑してみせた。「的中しても、賭ける価値があまりないな。クラッグが顔を見せてくれるといいんだが。いつもやっこさんがいい馬を教えてくれるんだ」

グレーのスーツを着た男が餌に食いついてこなかったので、ジョニーはさらに言った。

「クラッグの名前に聞き覚えがないのか？　大物の賭博ブローカーだぞ」

「クラッグ？　ああ、聞いたことがありますよ、もちろん」

「あいつみたいな男が予想を外すことはめったにない」ジョニーはくすくす笑った。「内部情報があるのに外せば、しゃれにならないからな」

「それではぼろ儲けじゃないですか」とグレーのスーツの男。「数人のそういう連中はレース展開がわかっていて、われわれのようなカモは予想するしかない。ともかく、わたしはもう一度カモられることにしますよ……ウィップラッシュは三対一か……」

「ウィップラッシュ？　うーん、おれは来るとは思わないな。どっちかって言うと――おいおい、いたぞ、あいつ――賭博ブローカーのクラッグが。おうい、ミスター・クラッグ！」

黒い葉巻を歯でくわえたサムが、ジョニーに冷淡なまなざしを向けた。「これは、これは、フレッチャー」嫌悪感もあらわな口調だ。

「次のレースでちょっと困っているんですよ、ミスター・クラッグ」ジョニーは下手に出た。「ウィップラッシュはどうでしょうね？」

「あの犬か？　あいつじゃゃ――」サムがふいに顔を近づけて、ささやいた。「この葉巻のせいで胸がむかむかする」

ジョニーは顔を輝かせた。「ああ、感謝します、ミスター・クラッグ。ありがとう」

サムは低くうなって、歩み去った。ジョニーのそばにいた男がそわそわと身体を動かす。ジョニーは小躍りせんばかりに言った。「ちくしょう、やったぜ！」

「情報をくれたんですか？」グレーのスーツの男が尋ねた。「他人に——教える気はないですよね？」

「教える？　まさか。そいつはクラッグも気に入らないだろう。ひとたび情報がもれたら、オッズが下がるからな。クラッグは自分でもこの馬に二千ドルは賭けているはずだ。なにしろ、この馬だもんな」

そばの男は不満の声を発した。「そんなのずるいでしょう。わたしのようなカモは……」

ジョニーは男の腕をとった。「いいか、いちかばちかやってやる。おれはあんたが気に入ったんだ。五十ドルくらいじゃ、それほどオッズも下がらないだろう、とりわけ——くそ、ついてない——今日おれはほとんど金を持たずに来ちまったからな」

「わたしには五十ドルだって大金です」カモが言った。「十ドルくらいを考えていましたから……」

ジョニーは男の腕をつかむ手に力を込めた。「この馬に十ドルだって？　あのな——ドンミゲルなんだぞ、十五対一の！」

男の目が飛び出しそうになった。「ドンミゲル？　それはすごい——十ドルだと、百五十ドルになるわけか……」

「で、二十ドルだと三百ドルになる。さあ、賭けてこいよ。レース後にここで会おうぜ。いいな？」

カモはためらった。「いいですよ、もしもドンミゲルが一着になったら——分け前を出しましょう」

「太っ腹だな。まちがいなく優勝するよ。クラッグの予想が的中しないなんてことは、まずないからな。は、は、は！」

立ち去るカモを見送ってから、ジョニーは五十フィートほど場所を移動して、別の獲物に狙いをつけた。サムと一芝居打ったあと、ジョニーは八馬身差で一着になると予想されてオッズが三対二でしかないミススージーの情報を、しぶしぶ教えた。

十分後、出走馬たちがスタート地点へと移動し、ジョニーはサムと合流した。「このやり方で問題なのは」ジョニーは不平をもらした。「レースとレースのあいだに、すべての馬に賭けさせる時間がないことだ。コパーモンキーとレッドデビルは無理だった」

「それで、きっとそのどっちかが勝つんだ」サムがぼやいた。「つまりあんたは、負け馬に賭けさせたカモたちから、鼻に一発か二発食らうってわけだな」

「おれのほうが先に連中を見つけたら、そうはならないさ、サム。おまえ、なんか顔色が悪いぞ」

「あのろくでもない葉巻の――」

「スタートを切った！」群衆が喚声をあげる。

ドンミゲルが先頭に出た。最初のコーナーでほかの馬を二馬身引き離し、なおも力強く走っていく。サムがうんざりしたように言った。「やっぱりドンミゲルは勝てそうもない」

「勝てそうもない？　どういう意味だ？　あの走りを見ろよ。いまや三馬身は空けてるぜ」

「だから？　後半はへたるさ。先頭に立つ馬はいつだってそうだ」

バックストレッチで、ドンミゲルは後続を五馬身引き離して独走していた。奥のコーナーでは六馬身差になって、サムの息遣いが荒くなってきた。五頭がホームストレッチに入ってくる。

「来い、レッドデビル……コパーモンキー！」大勢の観戦客が声を限りに叫ぶ。

ジョニーは息を詰めていた。ドンミゲルのうしろから三番と五番が追い上げをかけてきた。一足ごとに距離を縮めてくる。ドンミゲルが急速に後退していった。ペースを上げすぎたのだ。ドンミゲルは──

「来いよ、ドンミゲル！」ジョニーは夢中で叫んだ。

いまや両サイドから首差まで追いつかれたドンミゲルは、突然、力尽きたかのようだった。それでも、まだほかの馬とのあいだには少し距離があり──やがて、ドンミゲルが決勝線を越えた。一着だ！

「なんてこった！」ジョニーが歓声をあげた。「しかも、おれが選んだ馬だ」

「さあ、そのカモを見つけないと」サムが興奮して言った。「どんな男だった？」

「よく覚えてないな。グレーのスーツ姿だったが。向こうの柱のそばで落ち合うことになっている……」

「じゃあ、そこへ行こうぜ、ジョニー。払い戻しが始まるし、そいつを見逃したくないだろう」

ジョニーはその柱のところまで行って、五分ほど飛んだり跳ねたりして男を探した。サムは少し離れた場所に立って、心配そうに様子をうかがっていたが、ついにそばへ来た。「無理だ、ジョニー。ここは人が多すぎる。見つかりっこねえよ」

「いたぞ」冷ややかな声がした。「お仲間も一緒か」

ジョニーは振り向いた。筋骨たくましい男が怒りの表情でにらんでいる。ジョニーはあとずさりをした。「うーん、残念至極ですよね？」

「あんたにとってな。負け馬を勧めたんだ。あんたとお仲間がな。ミスター・賭博ブローカー。おまわりさん……」

一目散に、ジョニーとサムは逃げだした。

出口から二十フィート足らずまで来たときのことだ、ジョニーがさらにスピードを上げて、グレーのスーツを着た男に追いつき、大声で呼びかけた。

「よう、相棒！ なにか忘れてないか？」

男は振り返って、顔をしかめた。「わたしの知っているかたでしょうか？」

「知っているかただとも」ジョニーはぴしゃりと答えた。「おれがドンミゲルのことを教えてやったんじゃないか」

サム・クラッグが足早に近づいてきて、グレーのスーツの男を睨めつけた。男はそわそわと身体を動かした。「そうでした。でも――大勝負には出たくなくて、その、五ドルだけ賭けてみたんです」

「五ドルだと？」ジョニーはうなるように聞き返した。「あんたはおれの分として十ドル賭けたから、それで百五十ドルになるだろう。しかも、トンズラしようとしやがって……」

「おい、ジョニー」サムがささやきかけた。「探偵が来るぞ……」

「二十五ドルよこせ」ジョニーはすばやく言った。「そうすりゃチャラにしてやる……」

「わかりましたよ」カモが答える。「ほら、これを……」

「おい、そのダフ屋二人をとめてくれ！」大声が響いた。

ジョニーはカモから金をひったくって、ポケットに突っ込んだ。出口からくるりと背を向けたとたん、がっしりとした手に肩をつかまれた。

「ダフ屋行為をしていたな?」探偵が嚙みつくように言う。

「なんだと?」ジョニーは傲然と言葉を返した。

探偵はジョニーを荒っぽく揺すった。「そんな口の利き方をするな。この目で見たんだからな。それにそっちの大男も……」

突如として、ジョニーはにやりとしてみせた。「やあ、ミスター・ピンカートン、こいつはサム・クラッグ、ジュリアス・クラッグの甥だ……」

探偵の目に苦々しい色が浮かんだ。「まさか! あんまりだろう」

「やっぱりな!」ジョニーは声をあげた。「おまえの伯父さんのお仲間だぞ、サム」

「お仲間?」探偵は渋面になった。「ジュリアス・クラッグの仲間だというのか? わたしの人生最良の日は、あいつのためにゆったりとした耳に心地よい音楽が奏でられたのに、当の本人には聞くことができなかった日だ。それがいま――クラッグの甥が、彼が遺していったものを引き継ぎに来たとは……」

ジョニーは力が抜けた探偵の手から肩を引き離した。「なあ、話をしようじゃないか。ビールはどうだ?」

「飲めない、勤務中だから。それに、どのクラッグであろうと、もう関わりたくないんだ。健全じゃないからな」

「そういった件を」とジョニー。「話し合いたい」

「わたしと? いいや。そういったことについては知らんよ。クラッグと――連中とのあいだになにがあったにせよ、わたしの関知するところじゃない。わたしは競馬場で目を光らせているにすぎないんだ。この門の外では、連中は好きなことができるし、わたしも動じない」

「だが、ピート・スラットは競馬場の中でジュリアスと賭をしていた……」

探偵は不安そうに眉根を寄せた。「ピート・スラットのことはなにも知らない。しかし、もしわたしがクラッグの甥なら、スラットからは離れておくようにするね。あの男はすぐに銃を抜くからな」

ジョニーは勝ち誇ったように微笑んだ。「うん、どうやらあんたはまっとうなタイプの人間らしい。サムもおれも競馬はやらないと言ったら、どう答える?」

「おまえたちをダフ屋行為でつかまえたあとでか?　それで思い出したが――」

「ダフ屋行為などしていない」ジョニーは慌てて否定した。「さっきの男は、おれに借金をしていたんだ。高配当の馬を当てたから、貸した金を返してもらったまでのこと。それだけさ。けどな、いいか、サムは川の西側から来たばかりだ。あんたがジュリアスのことをどう思おうと、彼はサムの伯父で、サムは彼のお気に入りだった。大のお気に入りだったんだ。サムにはよくしてくれた。そうとも……」ジョニーは戸惑ったような表情で、何事かつぶやいているサムを見やった。「そうとも、ジュリアスはサムに財産を遺しさえした。ミズーリ州側にあるすばらしい牧場に大量の株券……債券も……」ジョニーは鋭い目で探偵をちらりと見た。「ほら、ジュリアスは相当貯め込んでいただろう?」

探偵はうなずいた。「そのはずだ。クラッグはこの競馬場を所有していたも同然だからな。つまり、競馬クラブや株主たちも存在するが、それでもやはり、クラッグはすべてを差配する胴元だったから、それがどういうことかわかるだろう……」

「いいや。だが、なんとなくは。ジュリアスは大物だった。評価も高かったんじゃないのか。謙虚で、甥には一度も自慢しなかった」

探偵は鼻先で笑った。「クラッグが永遠の眠りについたときにはという意味か？　生前のあいつは、〝おしゃべりジュリアス〟と呼ばれていたぞ。あんなに自分のことが好きなやつはお目にかかったことがなかった」

「あんたはかなり自分に酔っているぞ」サムが割って入った。

探偵はにやりとした。「おまえの伯父はあの世へ送られるほんの一週間前に、わたしをクビにさせようとした。おまえにとっては大切な人だったかもしれないが、わたしにはただのカスでしかなかったよ」

「伯父のことをそんなふうにけなすのか」サムは挑みかかるように言った。「それなら、あんたが探偵だってことを忘れて、二、三発殴っちまうかもな」

「そんな脅しが通用するとでも思っているのか？　この呼び子を吹けば――」

「ちょうど行こうとしていたところだ」ジョニーが大声で口を挟んだ。「助かったよ、いろいろ……。来いよ、サム……」友人の腕をつかむと、引きずるようにして回転式の出口を通り抜けた。

# 第十一章

二人で駐車場を歩いていきながら、ジョニーはくすくすと笑った。「言っただろう、競馬場へは金を持たずに行くほうがいいって。二十五ドル手に入ったぞ」

サムは身震いをした。「手錠をかけられずに出ていけるのは、奇跡にすぎないさ」

「何回、手錠をはめられた、サム？」

「いやというほどだ。ミネソタのろくでもねえ留置所を覚えているか？　アイオワでも――忘れられないのは、ニューヨークで放り込まれた……」

「わかった、わかった、忘れろよ。いつだって出してやっただろう？　おれたちはほんの数分で一ドル札を二十五枚も稼いだんだし、ジュリアスに関する情報も手に入れたんだぜ」

「なに？　おれは聞いてないぞ」

「そりゃおまえは耳でしか聞いてないからだ。おれはな、ずっとそうじゃないかとにらんでいたことを確認したんだ。つまり、ジュリアスは成功した胴元じゃなかったかということをだ。莫大な稼ぎを上げていた。だが、その金はどこにある？」

ステーションワゴンを見つけた二人は、中へ乗り込んだ。セントルイスに戻るハイウェイに乗ってから、サムがつぶやくように尋ねた。「あんたは、金はあったはずで、それをあの弁護士がくすねたと思っているのか？」

「誰のしわざかはわからんが、おまえの伯父が一財産残したのはまちがいない。おれたちの仕事は、それを探し出すことだ」

「なるほど」サムはうなずいた。「宝探しに異存はない。これまでのところ、おれが受け取った遺産はかなり悲惨だが、本当に札束の山でもあるなら、ぜひやろうぜ……」

「そうこないとな。状況を振り返ってみようぜ。ジュリアスは自宅の前で三発撃たれて殺され、犯人は車で逃走した。遺言書をつくっていなかったため、最近親者のおまえが相続人とされ、そのせいで、ジョージ・トンプキンズは……あの頭の切れるジョージは、すっかり落胆した」

「あいつは頭がよすぎて、いつか身を滅ぼすぜ」

「きっとな。同じ屋敷で寝起きする中で、ジョージが通りの向かいに住むスーザン・ウェッブにぞっこんだってことはおまえも気づいただろう。そのスーザンの父親はジュリアスに怒り狂っていて、おまえにまで怒りの矛先を向けてきた。クォードランドに圧力をかけて、屋敷とドッグ・ファームをおまえに手放させようとしたんだからな」

「そんなにおれを追い出したいなら、どうして自分から提案を持ちかけてこないんだ？　おれは喜んで耳を貸すが……」

「じゃあ、よく聞けよ。この先、ニューヨークの無法地域（ヘルズキッチン）から来たばかりのピート・スラットにつながるからな。あいつは、ジュリアスが三万二千ドルの配当金を支払っていないと主張している。事実かもしれないし、嘘かもしれない。スラットは厄介の種だ。ペンドルトン親子もそうだ。ジュリアスにはなんの借りもないと、躍起になっておれたちを納得させようとしている。そして連中のホラ話を裏付けているのは、そもそもおまえを探し出すことで一連の出来事を引き起こした、ほかでもない一級のインチキ弁護士野郎だ」

「ああ。そもそもポッツは、おれを探すまでもなかったと、あんたは思っているんじゃないのか」

「そう思ったさ、サム。ほかにも気にかかっていることがあるんだ――昨夜ポッツは、やけに不自然な感じで、ミス・ウェッブと一緒に姿を現した。ところで、彼女とは今夜デートだからな」

「デートだって？　くそっ、ジョニー、女性とは事を起こさないと約束しただろう……」

「そんな約束はしてないぜ、サム。ミス・ウェッブはとびきりきれいな娘なのに、生意気な青二才に関わり合って、自分をだいなしにしている。彼女は成熟した大人の男と出かけるべきだ――三十五歳くらいの男と」

「あばよ、二十五ドル」サムがぼそりとつぶやいた。

「はした金じゃないか、サム。一両日中には、おれたちは大金持ちになっているさ」

二人が屋敷に戻ったときには、午後五時を少しまわっていた。ジョージ・トンプキンズはまたリビングルームのソファにいたが、ジョニーとサムが部屋に入ったとたん、はじかれたように立ち上がった。

「そのソファは燃やすしかなさそうだな」とジョニー。

「自分に火をつけて燃やしちまったほうがいいんじゃねえのか」ジョニーがやり返す。「昼間、あんたらの友達が探しに来てたぜ」

「ペンドルトンか？」

「三、四人のな。それも、全員がやる気満々だった。ペンドルトンたちと入れ替わるようにして現れたピート・スラットもそうだ。また夜に来るとさ」

「スラットは田舎の空気が気に入ったにちがいないな。サム、犬を十五頭か二十頭、庭に放しておいたほうがよさそうだぞ、招かれざる客が屋敷に近づけないように」

ジョージが意地悪そうに忍び笑いをした。「あんたらの友達の銀行家を忘れちゃいけないよな」

「ヘンリー・クォードランドか？」

「そいつは小役人を送ってきやがった。おれが言ってるのは、カンケルのほうだ。十分ごとに電話をよこして……。ああ、まただ」

ジョニーは玄関ホールの方に振り返って、顔をしかめた。「出てくれないか、サム。おれはミセス……ヴァン・ピッチャーとお茶をしていると伝えてくれ。いや、ちょっと待て。おまえがあいつとしゃべるのはまずい。ジョージ、おまえが出ろ」

ジョージはにやにや笑いを浮かべた。「いやなこった。自分でなんとかしな」

「煙草を一本吸わせてやる、ジョージ」ジョニーが機嫌をとる。

「自分で出るんだな」

ジョニーは手の指を曲げたり伸ばしたりしながら、ジョージの細い首を絞めたいという衝動をこらえた。そうこうしているうちに、ミセス・ビンズが台所から出てきて、電話をとった。ジョニーは夫人が応える声に耳を澄ませた。「ミスター・フレッチャーですか？　いらっしゃるか見てまいります」

ミセス・ビンズがリビングルームの戸口に姿を現した。「ミスター・フレッチャー、お電話が――」

「また例の銀行屋だろう」ジョニーが夫人の言葉をさえぎって言った。「おれに債券を買わせようとしているんだ。押しの強い男でさ。うーん、おれは外出中だと伝えてくれないかな、ミセス・ビンズ」

「わかりました、ミスター・フレッチャー」夫人は電話の方へ戻っていった。

ジョージがジョニーに向けてせせら笑った。「ばあさんに面倒事を押しつけるってわけか……」

サムが喉の奥でうなるような声をあげたとたん、ジョージは部屋を出ていった。ミセス・ビンズが戻ってきた。「ミスター・カンケルでした。銀行を閉めないといけないんですが、あなたの小切手帳を持っていかせますから、小切手に署名をすませていただければ、今夜のうちに口座へ入っているか確認しますとのことです」

「ありがとう、ミセス・ビンズ。ミスター・カンケルはすばらしく親切だな――おれのために夜も銀行を開けていてくれるなんて」

夫人が台所へ戻っていくと、サムが心配そうに言った。「その小切手、厄介なことになるぞ。おれには予感がする」

「おれには予感はしない。小切手を切っちゃいないからな」

「ああ、けどな、そいつを利用して肉屋に信用させただろう」

「いいや、おれはそんなことしてないよ。おれの信用度に問題ないか、銀行に確認するよう店主たちに促しただけだ。〝問題ない〟とおれが言ったんじゃない。すべてカンケルに委ねたんだ。あいつは、おれの信用度はゼロだと店主たちに伝えることだってできた」

サムはもどかしそうに手を振った。「わかったよ、あんたはいつだってなにか筋が通っているような言い方をするんだ。ところで、食事はまだかかな?」

「もうすぐだろう。またハンバーグみたいなにおいがするな」ジョニーは鼻にしわを寄せた。「犬の餌を食いつづけていたら、そのうちおれは犬に変わっちまうかもな」

数分ほどして、ビンズがリビングルームに入ってきた。「今日の午後、広告を見たという人からすばらしくいい問い合わせ状が届きました。サスカチェワン州在住の男性で、繁殖場を始めたがっていまして、雄三頭と雌六頭の値段を尋ねてきたんです……」

「その男はいくらなら払うって?」サムが勢い込んで訊いた。

「ええ、一頭当たり百ドルですが、百五十ドルまではいけるんじゃないかと、わたしは踏んでいます……」

「返事は書面じゃだめだ」ジョニーが叫ぶように言った。「電報を打ってくれ。いや、それでも時間がかかりすぎる。おれが電話しよう。その男の名前と住所は?」

ビンズはポケットから封書を取り出した。「名前はウィリアム・J・フォーリーです。住所は州都のレジャイナ……」

ジョニーはビンズの手から封書をとって、電話機へと大股に歩いていった。

「長距離電話を頼む」ジョニーは送話口に向けて大声で言った。「カナダのサスカチェワン州レジャイナで、ウィリアム・J・フォーリー宛……。そうだ。こちらの電話番号はデミング二六二九。なに?」顔をしかめる。「わかったよ、そういう考え方ならな!」

受話器を叩きつけるようにしてフックにかけ、ジョニーは足音荒く戻ってきた。

「ビンズ、航空郵便で返事を送ってくれ。電話会社を金持ちにしてやることはない、あの名前もわからん交換手も……」

サムは鋭い目でジョニーを見た。「どうしたんだ?」

ジョニーはゆがんだ笑みを浮かべてみせた。「料金を滞納するかぎり、電話は明日とめるんだと――二十四ドルぽっちでよ……」

ドアベルが鳴って、ジョニーは玄関へ急いだ。ドアを開けると、二十歳そこそこの顔色の悪い男がジョニーの手に小切手帳を押しつけた。「ミスター・カンケルの使いでこれをお持ちしました。銀行にお忘れで……」

「そうだったな、ありがとよ。だが、万年筆をなくしたんだ」ジョニーは若者の顔の前でドアを閉めた。すぐにまたドアベルが鳴った。ジョニーはかまわず、大股にリビングルームへ戻った。

「サムが応対する。そして玄関先にいる若造に、おれは政治家たちと打ち合わせ中で、そいつのボスのささやかな件は、明日、片付けると伝える」

サムは異議を唱えようとしはじめたが、ジョニーが怖い顔をしたので、玄関へと行った。一、二分言い争う声が聞こえてきたものの、サムが戻ってきた。

「あいつ、納得していなかったぞ」

「疑わせておけばいいさ。やあ、夕食だぞ！」

# 第十二章

夕食後、ジョニーとサムは二階の自分たちの部屋に移動した。ジョニーは別のスーツを出して、バスルームへひげを剃りに行った。

そんな相棒をサムはむっつりと眺めていた。「ずいぶんめかしこんでいるじゃないか、ジョニー」

「ミス・ウェッブに友人がいるか訊いてやるよ――おまえのために。そうすりゃ、気分がよくなるか?」

「いいや。今回はならない。状況が気に入らないんだ。入れ替わり立ち替わり人が来てはドアベルを鳴らす。どうもおかしい。おれたちの顔の前でなにか爆発しそうな気がするんだよ」

「今夜は爆発しないさ、サム。明日はそうなるかもしれないが、今夜はちがう! おまえもさっさと一張羅に着替えれば、二人してビールとお楽しみといけるぜ」

サムは少し明るい表情になったが、そのあとしばらくしてステーションワゴンに乗り込んだときには、その顔はまた曇っていた。ジョニーがハンドルを握って、デミングのガソリンスタンドまで車を走らせる。二ガロンのガソリンを買うと、〈キャリコ・キャット〉への行き方を尋ねた。

「このマンチェスター・ロードを行った先です」店員が教えてくれた。「見逃しっこありません。青いネオンの巨大な猫の看板がかかってます。悪くない店ですよ、ミッキーフィンを気にしないなら」

「ミッキーフィン——催眠薬だって？」サムが驚きの声をあげた。「その手の店なのか？」

「まあ、そうじゃないかもしれませんが、前にガールフレンドを連れていったとき、八ドルもとられたんですよ。わたしの飲み物にミッキーフィンを仕込んだんじゃないかもしれません。けど、財布を盗まれたも同然でしたよ」

「ここだけの話だが」とジョニー。「おれ自身、盗人なのさ」そして、ガソリンスタンドから走り去った。

ガソリンスタンドの店員から聞いたとおり、〈キャリコ・キャット〉は通りから百ヤードほど引っ込んだ場所にあってさえ、目につきやすい店だった。駐車場にとめてある車の台数から判断するかぎり、なかなか繁盛しているようだ。

ジョニーはステーションワゴンを駐車係にまかせたものの、どこにとめたか目で確認した。そういったことは把握しておきたいのだ。場合によっては、すみやかに退却しなければならないこともあるからだ。

二人は店へと歩いていった。やたらとでかい建物にざっと目を走らせたジョニーは、それが翼棟を二つ増築した巨大な納屋にすぎないと気づいた。いたるところに絵が描かれ、ネオン管が張り巡らされている。

ドアマンが二人を通した。こぢんまりとしたロビーに、コイン式の有料体重計とキャンディ販売機、ハンカチの自動販売機が置かれている。短い廊下を進んでいくと、若い女性が二人から帽子をすばやく受け取った。手荷物預かり所の横に一台のピンボールマシンが据えられていた。

〈キャリコ・キャット〉の主要部を占める広々としたダイニングルームに入ってすぐのところには、

三台のピンボールマシンが置かれていた。部屋の中央にはダンスフロア――テーブル席の多さからすると、猫の額のような――がある。ダイニングルームの片側はバーになっていて、高さがある革張りのスツールがカウンターの前に並んでいた。バーの奥は一段高い楽団席だ。六人の黒人演奏者が楽器を奏でていた。

「来るのが少し早かったようだな」ジョニーが口を開いた。

「お席はまだまだございます。食前酒としてバーでビールを一杯いかがですか?」

サムは友人の袖を引っ張った。「〈ヒューズドーンズ〉だ、ジョニー!」興奮で声がかすれている。

「字は読めるぜ」ジョニーが言い返す。「ビールを二つ頼む」

バーテンダーは琥珀色の液体が入った細長いグラスを二つ運んできた。サムは口を開けると、二口で飲み干し、空になったグラスをカウンターに置いた。

「ちぇっ、なんてしけた量しか入ってないんだ」サムは不平をもらした。

ジョニーが渡した一ドル札のお釣りとして、バーテンダーが五セント硬貨を五枚と二十五セント硬貨を一枚カウンターに置く。ジョニーは金を数えながら顔をしかめた。

「こんなに量の少ないビールで、二十五セントもとられたのは初めてだぜ」ジョニーは不機嫌そうに言った。

「そのニッケル貨をくれ」とサム。「二杯目はおれがおごってやれるかもしれない」

「〝遊興専用〟」ジョニーが言った。「そう表示されているぞ」

「馬鹿げてる。建前さ。下に箱があるだろう。ゲームで勝った場合、ボタンを押せば箱が開く仕掛けだ。やって見せてやるよ」

しぶしぶながら、ジョニーはサムに五セント硬貨を手渡し、彼についてピンボールマシンのところまで行った。サムが投入口に五セント硬貨を入れると、ゲーム機にずらりと明かりがついた。遊び方を説明する。「一回のゲームで金属球が五つ打てる。こういったバネに球がぶつかると、そのたびに得点される仕組みだ……。くそっ、こいつは厄介だな、勝敗のラインを一万六千点まで上げてやがる。ふつうは一万二千点で、それなら勝つのもそう難しくないんだが」

「スコアボードは五万点まで記録できるぞ」

大男は一蹴した。「そんな点数を叩き出せたやつなんて一人もいないさ。三万点までいけば、四十枚のニッケル貨が手に入る……」

「四十ポイントと書いてあるぜ。五万点だと……」ジョニーは口笛を吹いた。「五百ポイント！　それだと二十五ドルだ。こんなゲームで本当にそんな賞金がもらえるのか？」

「運がよければだが、そこまでツキに恵まれたやつの話は聞いたことがない。きっとショック死したんだろうよ。さあ、行くぞ……」

サムは金属球を一つとって投入口に入れると、プランジャーを引っ張ってボールを打ち出した。

ジョニーは熱心に見守った。球が二つの羽根式のバネにぶつかってあっちへ行ったりこっちへ行ったりしたあと、細長い穴にするりと入ったとたん、ライトがにぎやかに点滅してスコアボードに千点が表示された。細長い穴を通過したあと、球は、渦巻き状のバネに二度触れて跳ね返り、のろのろと中央へ戻っていく。サムはゲーム機の縁をつかんで、やさしく揺らした。

球がバネに触れて、赤いライトが点灯し、さらに千点が追加された。サムが何度もゲーム機を押し動かす。球は一つのバネで六千点を叩き出したあと、ようやく次のバネに移った。球がゲーム機の下部にある〝出口〟に入ったときには、スコアボードは八千四百点を示していた。

「すごいな」とジョニー。「いつからこういうゲームをやっているんだ?」

「ずいぶん前からだ」サムがくすりと笑った。「おれには得意なことがいくつかある。この手のゲームもその一つだ」

「だが、さっきゲーム機を押し動かしただろう、サム」ジョニーがたしなめるように言った。「ほどほどにしないと、ゲーム機が傾いてしまうぞ。傾いたらスコアボードの点数が消えちまうんだろう?」

「ああ、けどな、おれは力加減を心得ているんだ。見てろ……」

サムは二つ目の球を送り出したが、今回は千点の赤いバネに二度しか当てられなかった。だが、ほかの〝加点箇所〟にあちこちぶつけた結果、一万千点までいった。

「三つの球であとたった五千点出せば、賞金が手に入るぞ」ジョニーは興奮していた。「最初の二つの球でこれなんだから楽勝さ」

三つ目の球で合計一万五千八百点までいった。

「焦るなよ、サム」ジョニーがささやくように言う。「ゲーム機を傾けて稼いだ得点をだいなしにするな。ミスはできないぞ」

くすくす笑って、サムは四つ目の球を送り出した。球は上部にある千点の細長い穴に入り、サムが巧みにゲーム機を揺り動かして、中央の千点のバネの上にきっちりと持っていく。ライトがにぎやかに点滅して、スコアボードに点数が表示され、最終的に球がゲーム機の下部の穴に入っていったときには、点数は二万八千五百となっていた。

「働くよりも稼ぎがいいじゃないか！」ジョニーは叫んだ。「だが、頼むから、今回こそ絶対にゲーム機を傾けないでくれよ。おまえがやったら、おれは心臓麻痺を起こしちまう」

サムはいたずらっぽくにやりとした。「今回傾いたら、おれはゲーム機を叩き壊してやる」

ゲーム機は傾かなかったが、それはサムが押し動かするのを控えたからだ。結果として、総得点数は三万八百までしかいかなかった。

「二ドル儲けたぞ！」サムが叫ぶ。ゲーム機の下部に手を伸ばして、ボタンを押す。小さな扉が勢いよく開いて、サムは大きな手を中に突っ込んだ。いっぱいのコインをつかんだ手を引き出し……仰天して大声をあげた。

「偽物だ！」

ジョニーは悪態をついて、サムの手からコインを一枚ひったくった。五セント硬貨とほぼ同じサイズだが、鉛製だ。表面に〝娯楽専用〟と文字が刻まれている。

「こんなのねえだろう」サムが食いしばった歯のあいだから言った。バーカウンターへつかつかと歩み寄り、バーテンダーを呼ぶ。

「おい、金を払えよ！」

バーテンダーは平然とサムを見つめた。「なんのお金を払えとおっしゃるんですか？」

「この偽物分のだ。二ドルの価値がある。あそこのピンボールマシンで勝ったんだ……」

「三万点超えですか？　すばらしいスコアですね。ゲーム機の上に表示してある〝遊興専用〟の文字は読んでらっしゃらないのでしょうか」

「読んださ。だが、あれにはなんの意味もないってことは、誰でも知ってる」

「おや、表示をまじめにとらないのですか？　それは残念ですね、ミスター、あれは言葉どおりの意味で書いてあるんですが……」

「ずるいだろう！」サムが大声で怒鳴った。「おれの金をよこしな。さもないとこの店をぶっ壊すぞ。聞こえてんのか……？」

「こいつは本気だぞ」ジョニーがきっぱりと言った。

バーテンダーはあくびをした。「ほう、そうですか」彼はカウンターの下に手を伸ばして、野球バットを取り出した――大ぶりのやつを。「壊してごらんなさい、ミスター……」

「やめて！」ジョニーの背後から声が聞こえてきた。

「いや、やらせろよ」別の声が言う。

ジョニーが首をめぐらせると、赤いベルベット地のワンピースを着たスーザン・ウェッブがいた。そのうしろにいるのは、タキシード姿のジョージ・トンプキンズだ。

「待てよ、サム」とジョニー。「やあ、ミス・ウェッブ。いったいどうしたというんだい？」

ジョージの口元がゆがんだ。「遠慮はいらねえ、店をぶっ壊させろよ、フレッチャー。この店のバーテンダーたちは気に入るぜ。それにおれも、見るのが楽しみだ……」

「ジョージ」スーザンが鋭くたしなめた。「約束したじゃないの！」

「わかったよ、スージー」とジョージ。「口をつぐんでおく。このあとずっと頭の中では考えることになるだろうが、それでも言わねえよ」

「あなたとミスター・クラッグも――テーブル席でご一緒しない？」スーザンはジョニーに微笑みかけながら尋ねた。

「おれたちも席につこうとしていたところだ。来いよ、サム、椅子に座って、落ち着こうぜ」

ジョニーとサムが店に到着してから何席か埋まっていたが、それでもまだ空席がたくさんあった。スーザンが先に立って、店の奥にあるテーブル席へと向かう。すぐに飲み物のメニューを持ったウェイターがやってきた。

ジョージが手を振って退けた。「シャンパンカクテルを二つ」

ジョニーはウェイターの手からメニューをひったくるようにしてとった。リストにすばやく目を走らせる。シャンパンカクテルは一ドル五十セント、リストの一番下にあったドラフトビールは二十五セントだった。

ウェイターに向かって、ジョニーは言った。「それと、ビールを二つだ」そのあとジョージを険しい表情で見た。

「自分が頼んだものは自分で払えよ」

「あんたはそっち側の分を払えばいいさ、フレッチャー」傲慢そうに言い返す。「おれは自分が頼んだものを飲む」

サムはにらんだ。「ジョニーは、自分の飲み物代は自分で支払えと言ってるんだ。それに、おれたちがビールでじゅうぶんなら、おまえだって――」

「おれたちにはじゅうぶんじゃねえんだよ」ジョージが言い放つ。

「サム」とジョニー。「いま何時だ?」

「さあ、どうしてだ?」

ジョニーはダラーウォッチを取り出した。「九時二十分だ。残すところ四十分だな。それともおまえ、子供が十時を過ぎても外出していていいと本気で思うのか？」ジョニーは厳しいまなざしでサムを見つめた。「ジョージはおまえの監督下にあるとわかっているだろう、サム。こいつを引き取ったんだから」

「てめえ、どうして……」ジョージはむせはじめた。

「ジョージ！」スーザン・ウェッジが割って入った。「それに、ミスター・フレッチャーも！　ジョージを子供扱いするのはやめてくれない？」

「こいつは二十一歳だ──自称」

「誰がちがうって言ってるんだ？」ジョージが食ってかかる。

「ミスター・フレッチャー」スーザンがきっぱりと言った。「今夜ここへ来るように頼んだのは、事態をはっきりさせたかったからよ。でも、そんな態度をとりつづけるなら……あなたはなにもかもだいなしにするんだわ」

「つまりきみは、今夜なにかを打ち明けようとしていたということか？　どうだろう、二人だけで──話さないか？」

「その必要はないわ。ミスター・クラッグと──ジョージにも関わりのあることだから」

「おや、そうなのか？」

「そうよ」スーザンがぴしゃりと答える。「わたしはミスター・ジュリアスがジョージに財産を残し損なったことをよく知っているし、それってフェアじゃないと思うの」

「おれも同意見だ」ジョニーが言いきった。「ジョージは、サムが相続したものの少なくとも半分は自分のものにする権利がある。マイナス面の半分を──え、なんだって？」

「わたしの話を聞いてるの?」激しい口調で訊く。「トラブルの元になったことをすべて打ち明けるつもりだと言ってるのよ。わたしは……父の利益に反して話すつもりなの。父はほかのみんなと同じぐらい頑なになっているし、こういうのはもう終わりにするべきだから。わかるかしら?」

スーザンの青い目が三人の男たちの顔を順繰りに見ていった。

「いいわ」スーザンは言葉を続けた。「父の所有地は百六十エーカーあって、あなたの――ミスター・クラッグの――土地は四十エーカーしかない。TAAはあくまで二百エーカーまるまるだと言うのよ……」

「なんの頭文字だ?」

「トランスアメリカン航空会社よ。セントルイスの近くに飛行場をつくりたがっていて、このあたりではわたしたちの土地が最も平坦だし、セントルイスからほどよい距離にあるの。これでわかったかしら?」

「航空会社はいくらまでなら出すって?」

「十万ドルよ。いい金額だわ」

「きみの父親は土地を売りたがっているのか?」

「ええ。売買を妨げていたのは、ミスター・ジュリアスよ」

「どうしてまた? きみたちが思っているようにジュリアスは破産状況にあったなら、喜んで五万ドルに飛びついただろう――」

スーザンが怒って声を荒らげた。「もう、あなたって人は! それよ――それこそがこの問題の発端なのよ。言うまでもなく、ミスター・ジュリアスは喜んで五万ドル受け取ったでしょうよ。実際、彼はそう言ったわ。でもね、あなたも彼と同じぐらい愚かよ。愚かでなければ、強情ね。わたしの父は百六十エーカー持っているのよ。ミスター・ジュリアスは——」

「二度も繰り返す必要はないさ。四十エーカーだけだろう」ジョニーはにやりとした。「つまり、きみの父親は、全体の土地の五分の四を所有しているから、売却額の五分の四を自分が受け取るべきだと思っているわけだ……」

「もちろんよ。それが筋というものでしょう。どうしてほかの考えができるのか理解に苦しむわ」

「そうは言っても」とジョニー。「航空会社は二百エーカーまるまるでないかぎり、買わないだろう。おれたちの四十エーカーがなければ、きみの父親は売れないわけだ」

「ミスター・ジュリアスの四十エーカーよ」スーザンが訂正した。

「サムの四十エーカーだ。おれにはサムがきみの父親の運命を握っているように思えるな」

スーザンは身を乗り出した。「ミスター・フレッチャー、本当に悪いんだけど——ちょっとミスター・クラッグと話をさせてもらえないかしら？　結局のところ、あそこは彼の所有地なんですもの」

「おれにはジョニーの話は最もなことに聞こえるが」サムはぶっきらぼうに答えた。「あんたのおやじさんはおれたち抜きでは売れない、そうだろう？　なのにどうして金の五分の四を受け取れて当然だと考えるんだ？」

「ちょっと待って、ミスター・クラッグ。父は売る必要に迫られているわけではないのよ。でも、あなたがたはどうなの？　あなたの土地屋敷には抵当権が設定されているでしょう——一万五千ドルだったかしら？」

「そうさ。それに、もっと多額の借金もある……ようだ。たとえ売却しても、手元には一セントも残りはしない――」

「だが、売らなけりゃ」ジョージ・トンプキンズが横から割り込んできた。「まずい立場になるんじゃねえのか。おれの言ってる意味がわかるなら」

「わからないね、ジョージ」ジョニーがそっけなく応じた。「ともあれ、おまえはどっちの側についているんだ？　それに、サムが借金をすべて返せるぐらいの金額で売ったとしても、おまえはどう関係してくる？」

「そこなのよ」とスーザン。「この三十分間、わたしが説明しようとしていたのは。父は土地を売る必要はないけれど、売りたがっている。父は――ほかに興味を抱いていることがあるのよ。だから、手短に言うと――結論を言ってしまえば――父は三万ドルなら喜んで出すわ」

「父親の指示でそんな提案をしているのか？」ジョニーはぶっきらぼうに尋ねた。

スーザンの小鼻が広がった。「まさか！　あなたがたにしゃべったことを知っただけでも、父は激怒するわ。でも、きちんと話を持ちかければ、父は譲歩するとわたしにはわかっているの」

「なるほど」とジョニー。「それなら、一万ドル残るわけか――」

「五千ドルよ」またスーザンが訂正する。「ジョージが五千ドル受け取ることになっているもの」

「誰がそんなことを言ってるんだ？」

「わたしよ……。ジョージにはその権利があるわ。ミスター・ジュリアスはジョージを大学に行かせるつもりだった。五千ドルあれば、大学に行けるでしょう」

「ちょっと待てよ」とサム。「セントバーナード犬はどうなる？」

「ジョージは喜んであなたがたに譲る心づもりよ」

サムが歯をむき出した。「ほう、そうかい。こっちは象並みにでかい犬の群れを食わせてやらなきゃならないのに、五千ドルの金がいったいいつまでもつと思ってる？　こうしよう、ジョージに犬をやる——一頭残らずだ——で、おれが一万ドルをいただく」

「第七ラウンドの始まりだ」ジョージ・トンプキンズが小声で言った。

「口を閉じてろ、若造」とジョニー。「それにだ、ミス・ウェッブ、きみの話にはいくつも穴が空いている。我らがセントバーナード犬が走り回れるくらいの大穴がな。ピート・スラットのことを忘れている。四人のさまよえるペンドルトンもな！」

「絶妙のタイミングだったな、フレッチャー」ジョージがだしぬけに言った。「うしろを見てみろよ！」

ジョニーは首をめぐらせて——顔をしかめた。

アンディ・ペンドルトンがのしかかるようにしてジョニーを見下ろしていた。隣には、アンディによく似ているが、一インチ背が高く、十ポンド重そうな男が立っている。

「やあ、ミスター・フレッチャー」アンディが言った。「弟を紹介するよ、アンガスだ」

アンガス・ペンドルトンは大きくうなずいてみせた。「おまえの言ったとおりだったな、アンディ、こいつは見るからにトラブルメーカーだ。おれの店をぶっ壊させようとしていたんだってな、ミスター・フレッチャー？」

「あんたの店？」

「そうとも、おれが〈キャリコ・キャット〉のオーナーだ……」

サムが椅子をうしろに押しやった。「喧嘩を売っているなら……」

「そりゃちがう、ミスター・クラッグ」アンディが小馬鹿にしたように言い返す。「喧嘩を売っているのは、あんたらのほうだ」

スーザンは椅子をうしろに押しやって立ち上がった。「ジョージ、家まで送ってちょうだい」

ジョニーは、剣呑そうなペンドルトン兄弟を見つめた。「おれたちも家に帰ったほうがよさそうだ」

「もうか?」とアンガス。「まだしばらくいたらどうだ? 手厚くもてなして、楽しんでもらうつもりなのに」

「もてなしと言うと」サムが決然と言葉を返す。「ピンボールマシンに偽物のコインを入れておくなんて、ここはどういう店なんだ。三万点までいったのに、おれが手に入れたものといったら? 片手いっぱいの鉛玉だぞ」

「〈ヒューズドーンズ〉で三万点を叩き出しただと?」アンディが信じられないといった口調で訊いた。

「三万点だ」サムがぴしゃりと言う。「おれの二ドルをよこせよ」

「どうかしてるぜ、クラッグ。〈ヒューズドーンズ〉で三万点を出したやつはいまだかつて一人もいない――」

「おれは出したんだよ」サムが大声をあげる。「ジョニーが証人だ――」

「本当だとも」ジョニーはうなずいた。「その証拠に、サムは鉛製のメダルを持っている」

「記念にとっておきな」アンガスがからかうように言い返す。「おい、そこの若いの」と歩み去っていくジョージ・トンプキンズに声をかける。「勘定を支払ってないぞ」

ジョージは戻ってきて、テーブルにしわくちゃの五ドル札を放り投げた。「釣りはとっておけ、ウェイター」彼はあざけった。

ジョニーは、出ていくスーザンとジョージの様子をうかがいながら、じりじりと店の出入り口に移動しはじめた。「来いよ、サム」相棒に声をかける。「今日はこれ以上の厄介事は願い下げだ」

サムはしぶしぶジョニーについていった。荷物預かり所で帽子を受け取ったとき、サムが鉛製のメダルを一枚カウンターに投げた。「チップだ、姐ちゃん！」

店先までステーションワゴンを転がしてきた駐車係にも鉛製のメダルを一枚渡す。ジョージとスーザンはすでに姿を消していた。

マンチェスター・ロードにステーションワゴンを走らせながら、ジョニーはいらだたしげに言った。「スーザンはおれと会う約束をしたとき、〈キャリコ・キャット〉のオーナーがペンドルトンだと知っていたんだろうか」

「そりゃ知っていただろうよ、ジョニー」サムはうなるように答えた。「どうしておれがペンドルトン兄弟を叩きのめさずに、あのいやったらしい店を出たのかわかるだろう？　あの店は罠だったんだ。サップを持った用心棒が半ダースいて、おれたちをボコボコにするのを待っていた。いや、サップを持った男なんてどうでもいいが、アンディ・ペンドルトンは懐に拳銃をのんでいて――」

「こいつも拳銃だぜ」背後からなめらかな声が聞こえてきた。なにか丸くてひんやりしたものがサムの首のうしろに押しつけられる。そっくり同じものがジョニーの首のうしろにも感じられた。

ジョニーはうめいた。「今度はなんだ？」

「今度は、三万二千ドルについて話そう」ピート・スラットが言った。「今朝はおれをはぐらかしやがって」

「勘弁してくれよ、スラット、本当に一つのことしか考えられねえのな。おれたちは三万二千ドルについてはなにも知らないんだ」

「だったら、どうして今日の午後、競馬場に行った?」

「どうしてそこへ行ったと知っている?」

「おれにはちゃんと目があるんだよ。なかなかいい仕事をしてたじゃないか。それでもまだ、競馬についてはなにも知らねえって言い張るのか?」

「おれには競走馬とセントバーナード犬のちがいがわからなかったんだ」

スラットはうんざりしたように息を吐き出した。「もういい、次の舗装路を左に曲がれ」

「そっちは通り道じゃない」

「いいや、通るんだよ」

「言いなりになれってか」サムが叫ぶ。「まっすぐ進め、ジョニー、こいつは本気じゃねえ」

「いいや、本気だとも」スラットはサムの首から銃口を離したかと思うと、頭に拳銃を叩きつけた。サムが痛みに悲鳴をあげて前に倒れ込む。スラットが身を乗り出して、さらにサムの頭を拳銃で殴った。そうしているあいだも、左手に握った拳銃はしっかりとジョニーの首に押しつけられていた。

ジョニーの背筋を冷たいものが這い下りた。力ないサムの身体がぐったりと寄りかかってきたとき、ジョニーはぞっとして息が詰まった。大男はふりをしているのではなかった。本当に気を失っていた。

「ハンドルを切れ、フレッチャー」スラットは抑揚のない声で命じた。

# 第十三章

　その家は、通りから四分の一マイルほど引っ込んだところにあった。六、七フィートほども高さのある低木が生い茂っているせいで、ジョニーは車を進めていきながらも、明かりがほとんど見てとれなかった。

　家のすぐ手前で、ジョニーはステーションワゴンをとめ、ピート・スラットの指示どおり、ホーンを短く三度鳴らした。

　暗がりの中に四角い明かりが浮かび上がって、男が一人出てきた。

「ピート?」男が問いかける。

「ピートだ」スラットが答えた。「マギーに出てくるよう言ってくれ。彼女のために小麦袋を一つ持ってきた」スラットはジョニーを拳銃で突いた。「いいぞ、うすのろ、車から降りろ」

　ジョニーは運転席から外へ出た。一瞬、足をとめてサムの顔をのぞきこんでから、家の方へ視線を向けて、息をのんだ。見たこともないほど大柄で太った女が、家の玄関口を完全にふさいでいた。

「こっちだ、マギー」スラットが声をかけた。

　伝説の怪力女アマゾネスを彷彿させる大女がのし歩いてきた。ジョニーは薄明かりの中で、女の体重はゆうに三百ポンドはあって、しかもそのほとんどは筋肉と骨だろうと踏んだ。彼女はステーションワゴンの中に腕を突っ込むと、スラットが口にした小麦袋ででもあるかのように、サムを引きずり出した。

上着の襟の部分を鷲づかみにして、サムを――かかとが地面を引っ掻いていくままに――引きずっていく。ジョニーはあっけにとられながら、ついていった。

気づくとジョニーは、貧しい農家によくある、台所とリビングルームが一つになったような部屋にいた。薪式の調理台に、防水布がかけられたテーブル、食器棚、椅子が何脚か――どの椅子も針金で補強されている。

マギーはサムを部屋の中央で放り出した。ジョニーは身をかがめてサムの状態を調べた。サムの頭にはひどい痣が二つあって、一つは耳のすぐうしろだ。とはいえ、息遣いに不自然なところはなかった。

「これでおれが冗談を言ってるわけじゃないと思い知っただろう、フレッチャー」スラットが口を開いた。

ジョニーは身体を起こした。周りにいる人間の顔を見ていく――スラットに、三十歳くらいの、これといって特徴のない顔色が冴えない男と、アマゾネス。彼女は、スラットともう一人の男を合わせたより、体重がありそうだった。

ジョニーは舌先で唇を湿らせた。「おれはいまだに三万二千ドルについては、なにも知らないんだ、スラット。ジュリアスの周辺にそんな大金があったとしても、おれたちはなにも知らされていない。サムが相続した遺産は、支払い期限を過ぎた請求書の束と……頭痛だけだ」

「警告してやってるんだぞ、フレッチャー」スラットの声は冷たく、感情がなかった。「ジュリアス・クラッグは三万二千ドルを持っていた。あいつがとりに来るよう連絡してきたんだ。それでとりに行ったら、殺されていた。いいか、おれは自分の金が欲しい。それも、いますぐ欲しいんだ！」

「おれは本当のことを話しているんだ、スラット」ジョニーは言い張った。「おれたちは金はまったく手に入れてない」

「そいつは嘘だ、フレッチャー。おまえたちをずっと見張っていた――おまえたちの行動すべてを。おまえ、銀行に行っただろう。大量の挽肉がドッグ・ファームに運ばれていくところも見た。精肉会社は取引を停止していたんだから、隠し財産を見つけたにちげえねえ」

降参したというように、ジョニーはうめいた。「感づいたのか。わかったよ、あんたの勝ちだ。おれたちは金を見つけた……」

「どこにある、フレッチャー？　おれに金を渡せ――」

「明日になるまで無理だ。金は……銀行だ。今日、おれが持っていったんだ」

「くそったれが」

「おれにはどうこうしようがない、スラット。朝になれば――」

「朝じゃ遅すぎるんだよ、この――！」

マギーが重量感のある足取りで近づいてきた。「あたいにまかせな、ピーティー」

「ああ、わかってるとも、マギー。もしこいつが嘘をついてりゃ、明日の朝、おまえにまかせるさ」

丸々とした女の顔にじっと視線を向けていたジョニーは、豚のようなその目が輝くのを見逃さなかった。小さな震えが身体をつらぬいた。「明日の朝、銀行に同行するよ、スラット」

「冗談抜かすな。おまえが銀行に電話すればすむことだ」

「わかった、銀行側はあんたに金を渡すだろう」

かすかに怪訝そうな表情がスラットの顔をよぎった。だがすぐに彼は言った。「片付けておかなけりゃならないことがあるんだ、マギー。おまえとガスパーで二人を見張ってもらわなくちゃならねえ。縛り上げておいたほうがいいだろう」

「そんな必要はないよ、ピーティー」とマギー。「あたい一人だって面倒を見られる——ガスパー抜きでも」

スラットはうなずいて、拳銃をマギーに手渡した。そのあと、それとそっくり同じ銃をジャケットのポケットから取り出し、念入りに調べたあと、また元に戻した。「二、三時間で戻る、マギー」

スラットは出ていった。ジョニーはステーションワゴンのエンジン音が聞こえるまで待ってから、マギーの方へ移動した。マギーはそんな巨体にしては驚くほどのスピードでジョニーの腹を殴った。ジョニーはあえいで、床に座り込んだ。

小山のような女が哄笑した。「そうはいかないよ、うすのろ。あんたみたいな痩せっぽちのイタチ野郎には無理だ。あんた、あたいの亭主のナットと体つきが似てる。あいつのどす黒い魂に呪いあれ。あいつはあたいが太りすぎてるからって、一緒に出かけようとしなかった……」マギーが細い目をぎらつかせてジョニーを見る。「あたいがあいつをどうしたかわかるかい？　細っちい首をへし折って、井戸に投げ込んだのさ。細い男ってのが憎くてたまらない」

「ガスパーはどうなんだ？」とジョニー。

「ガスパーは別だよ」マギーが言い返す。「あいつは結核だからね。ほかのどんな女もあいつとは関わろうとしない。どっちにしろ、死にかけてるし……」

その言葉を裏付けるように、ガスパーが咳をしはじめた。胸の奥の方からの耳障りな咳だ。口元に血がついている。ジョニーは身震いをとめられそうになかった。

「あきらめな、あんた――！」マギーはつっけんどんに言った。「あんたから金を手に入れたあと、ピートがあんたを生かすとでも思ってるのかい？」

「そう思うほど脳天気じゃないさ」とジョニー。「おれたちがここから出ていかないかぎり、スラットはあの金にはいっさい手をつけられない……」

「それがあんたの考えかい、間抜け。立ちな」

ジョニーは指示に従いはじめた。神話の巨獣べヘモスが腹に蹴りを入れてくる。ジョニーはまた床に座り込んで、激痛にあえいだ。巨大な片手が伸びてきて、皮膚の一部ごとジャケットとシャツをつかみ、ジョニーを立ち上がらせる。そうしておいて、空いている手でジョニーを殴った。マギーはその手に拳銃を握っていることを忘れていたか、気にかけていなかった。どのみち、たいしてちがいはなかっただろう。厚さも重さもあるその手は、素手でもジョニーの意識を失わせるにはじゅうぶんだった。


ジョニー・フレッチャーは、大勢の観衆を前にしてこそ本領を発揮する男だが、本気で心を傾ければ、相手が一人でも最高の売り込みをかけられた。そして、売り込みの意味合いが強いこの特殊な状況に、彼は一心に取り組んだ。

有望そうなものを、聖ペテロに一つ残らず提示する。しかし、灰色のひげの老人は首を振った。

「いいや、ジョニー。ホテル・マネジャーの件は、数には入れておらんよ。寒くて眠いとき、おまえには寝心地のよい暖かなベッドを手に入れる権利があるからだ。レストランの従業員のことも、重要ではない。この天上の世界では金は使わないし、人間が食べるのは当然のことだからだ。しかし、おまえがペテンにかけてきたほかの者たちはどうだろう？」

「デミングのあの銀行屋のことをおっしゃっているのでしょうか、聖ペテロ？」ジョニーは問いかけた。「彼から金を巻き上げたわけではありません、ご存じでしょう。とにかく――犬たちは腹を空かせていました。犬たちの鳴き声を聞くのが忍びなくて――」

「わかっているとも」と聖ペテロ。「銀行家のことを持ち出したのではない。いやいや、銀行家たちをここへ来させるようなことはせんよ。わしはああいった者たちのことであれこれ言ったりはしない。けれど、おまえに本を売っているモート・マリのことはどうだ？　親切な男なのに、ときどきおまえはずいぶんとひどい仕打ちをする。金があるときに本代を支払うと約束しておきながら、いざ金が手に入れば、おまえは出かけていって、浪費する」

「そうきましたか」ジョニーは悲しげに言った。「モートは立派な男です。あいつには本当に申し訳ないと思っています……」

「心苦しく感じてしかるべきだ。それに、言葉巧みに四十ドルを引き出して、結局のところ返さなかった刑事のことは？　なかなか実直な男だったぞ」

「ですが、警官でしたし、これまで警察がわたしにどんなことをしてきたかご存じでしょう」

「そうだったな、ジョニー。その件は大目に見るとしよう。だが昨日、おまえが賭ける馬をすすめた三人の男たちはどうだ？　言うまでもなく、勝ったのはそのうちの一人だけだ」

「あれも必要に迫られてのことです、聖ペテロ。そうですとも、ああするしかなかった。金を巻き上げてきたのは、本当にやむをえないときだけです。あなたはなにもかも記録につけているんでしょう。知っておかないといけないんでしょう?」

「たしかにわしは知っておるよ、ジョニー。だからこそ、おまえを迎え入れることはできないのだ——まだ。しばらく時間をおいて、出直しておいで。すまんな……」


ジョニーは目を開けた。仰向けに倒れていた。女巨人のマギーは、補強した馬鹿でかいロッキングチェアに座っていた。ぼってりとしたこぶしの中からリボルバーの銃口が突き出ている。マギーは目を閉じ、口を開けていた。列車が四十度の勾配を登っていくような音が、喉の奥から響いてくる。

頭を右に向けると、ガスパーがつぎを当てたキルトにくるまって床に身体を横たえていた。彼も眠っていた。

なにかがジョニーの左側に食い込んでいた。そっちへ顔を向けると、サムの肘だった。そっとサムの手首に指を当てる。肌は温かくて、脈拍も安定していたが、意識はないままだった。

ジョニーが頭を持ち上げると、床板がきしんだ。列車が走るような音がぴたりととまる。ジョニーは頭を床に戻し、目を閉じた。

列車が登坂を再開すると、ジョニーはまた目を開けた。

いまいましいことに、マギーのロッキングチェアはドアの前にあった。ガスパーは部屋に一つだけある窓の前で寝ている。ガスパーなら、余裕でなんとかできるが、マギーはどうだろう。ガスパーは悲鳴をあげるだろうし、マギーは銃を持っている。この女なら銃を使うということがジョニーにはよくわかっていた。

サムを肘でつつくと、相棒の口から低いうめき声がもれた。マギーのいびきがとまる。一分かそこらしてから、彼女はまたいびきをかきだした。飛び起きてマギーの手から銃をもぎとれないかと考えてみる。無理だと踏んだ。マギーはずいぶんしっかりと銃を握っていた。

ジョニーは家具の少ない部屋を丹念に見回して、武器になりそうなものを探した。椅子はどうだろう。使えそうではあったが、確信は持てなかった。以前、サムの頭に叩きつけられた椅子のほうが壊れて、彼本人にはすぐにはなんの反応も現れなかったことがあるからだ。マギーはサムに比べれば、はるかに贅肉がついている。たっぷり量のあるもじゃもじゃの髪だけでなく、その脂肪も緩衝材になるはずだった。

サムの身体がピクピク動いてジョニーにぶつかる。動きを抑えようと相棒の身体に手を置いたジョニーは、彼のジャケットのポケットにコインが入っていることに気づいた。かなりの数だ。マギーのいびきがとまったときに備えて、しばらく目を閉じた。

やがて、静かに息を吸った。ポケットに入っているのはコインではなかった。サムが〈キャリコ・キャット〉で勝ち取った四十枚の鉛製のメダルだ。いや、二枚使ったから、三十八枚か。

三十八枚の鉛製のメダル。

慎重に右足を胸元まで引き上げて、ジョニーは靴紐をほどいた。靴を脱いで、床に置く。そのあと、靴下を脱いだ。

右手に靴下を持ったまま、用心深くサムのジャケットのポケットに突っ込んで、鉛製のメダルが音をたてないようにやんわりと何枚かとった。それを靴下の先に詰める。

細心の注意を払いながら、ジョニーはその作業を何度も繰り返した。メダルをすっかり移し替えるのに十分ほどかかった。というのも、マギーの耳障りな息遣いが途切れがちになって、何度か手をとめるしかなかったからだ。

それでもなんとかその作業をやりおえた。用心のうえにも用心しながら、爪先部分を握って、メダルが移動しないよう靴下を結ぶ。靴下の上部をつかんで揺らすと、希望が湧き上がってきた。重りを入れた靴下は、ブラックジャックにもひけをとらないほど物騒な武器となった。

あとは、攻撃できるところまでマギーに近づくというささやかな問題だけだ。ジョニーは警戒しながら頭を持ち上げた。床板がきしんだが、いびきがとまるほどの大きさではなかった。身体を起こして、六フィートほど先のマギーを見つめる。すばやく飛びかかって、拳銃を握っている丸々とした手がしびれるほどの打撃を加えれば――

サムがうめき声をあげて、両足のかかとで床を蹴った。マギーのいびきがとまる。

ジョニーはいっきに床から立ち上がると、マギーに飛びかかった。そうしながらも、マギーの大きな手がさっと持ち上がるのを見逃さなかった。

無我夢中で手製のブラックジャックを振り下ろす。マギーの手に当たるのと発砲音が響いたのは同時だった。銃口をそらすことはできたものの、しっかりつかんだマギーの手から銃を取り落とさせるほど強烈な一撃ではなかった。たちまちジョニーは、マギーが痛みに襲われた手であらためて狙いを定める前に、行動をとるしかないと悟った。女を殴りたくはなかった――恐ろしいマギーのような女でさえ――が、自分とサムの命がかかっていた。

手製のブラックジャックを横ざまに振って、マギーの顎に叩きつけ、骨がいやな音をたてるなか、もう一度振って、打ちつけた。マギーが突き刺された豚のような金切り声をあげて大きくのけぞり、ロッキングチェアが彼女とともにすさまじい音をたててぺしゃんこになった。

拳銃がマギーの手から飛んで床に落ちると、ジョニーはすぐさま拾い上げた。銃を手に向きを変えて、なんとかキルトから抜け出していたガスパーに狙いを定める。

「動くな！」ジョニーは叫んだ。

ガスパーは驚きの目でジョニーを見つめた。マギーは悲鳴をあげつづけている。

サムは床を蹴って、いきなり身体を起こした。「くそっ、ジョニー！」大声で叫ぶ。

「サム」ジョニーはほっとして言った。「大丈夫か？」

サムは頭を振った。顔は傷や痣だらけだ。「大丈夫だ、ジョニー。その強烈な武器でなにをしたんだ？」

「そこの女の顎を砕いた」

マギーの悲鳴はくぐもった泣き声に変わっていた。ジョニーが手を貸してサムを立ち上がらせる。

大男はかなりふらついていた。ジョニー自身は洗濯物のしわ伸ばし機を通ってきたかのように感じていた。背中はずきずきするし、腹の痛みときたら、まっすぐ立っていられないほどだ。ジョニーは靴下のブラックジャックをポケットにすべりこませて、素足に靴をはいた。

「来いよ、サム。さっさとずらかるぞ。スラットがすぐにも戻ってくるかもしれないからな」

「うう、なんて女なんだ！」サムの声には驚嘆の響きがあった。

ジョニーはマギーに目を向けようともしなかった。玄関まで歩いていくと、ドアを勢いよく開けて、夜の中へと踏み出した。ひんやりとした空気に思わず息をのんだが、しばらくすると、元気も出てきた。サムはジョニーの隣でよろよろしながら歩いていた。

# 第十四章

〈クラッグ・ドッグ・ファーム〉の前でジョニーがタクシーの運転手に料金を支払ったとき、時刻は午前二時半となっていた。二人で門の方を向いた瞬間、サムがジョニーの腕をつかんだ。

「ガキがパーティを開いているぜ、ジョニー。見ろよ、この明かり――と車を！」

犬舎のそばに車が三、四台とまっていて、屋敷のほとんどの部屋に明かりがついているようだった。ジョニーは不平をもらしはじめてすぐに、敷地内にとまっている車のうちの一台の形式に目がとまった。窓のない大型車だ。

「なにかあったな、サム」ジョニーは低い声で言った。「ちょっと話してこよう」

門を押し開けると、屋敷の方へ歩きだした。影になった場所から男が一人現れて問いただした。

「誰だ?」

「あんたこそ誰だ?」ジョニーが問い返す。「おれたちはこの家の者だ」

「そうか。では、すぐに屋敷へ入ってくれ。みんなきみたちを待っている」

玄関ドアを開けて、ジョニーはリビングルームへと入っていった。室内にこもる煙草の煙を透かして、人々を見た。知っている顔もいくつかあったが、ほとんどは初めて目にする顔だ。

その場を仕切っているのは、四十がらみのずんぐりとした男だとすぐに見抜いた。男は、オクラホマ州では小ぶりだろうが、ミズーリ州では大きな黄褐色の帽子を——屋敷の中で——かぶっていたからだ。

ジョニーは口を開いた。「こんばんは、署長。誰がオスカーに毒を盛ったんだ?」

とたんに、室内が静まり返った。ジョニーに声をかけられた男が、ジャケットのポケットから両手をさっと出す。「きみがフレッチャーだな。なぜ誰かが誰かに毒を盛ったと思った?」

「オスカーは犬だ。おれたちが帰宅したときに吠えなかったから、オスカーになにかあったのだと推測した。犬一頭のために、警察署長がこんなに大勢を集めるとは思えんし」

「ミスター・フレッチャー」とスーザン・ウェッブ。「こちらはリンドストローム保安官よ。気をつけて、なにかが——」

「わたしにまかせてもらおうか、ミス・ウェッブ」保安官が鋭い口調で割って入った。

ジョニーはすばやく室内に視線を走らせた。スーザンとその父親が二人ともいる。シャツ姿のジョージも。目を赤く泣きはらし、頬に涙のあとの残るミセス・ビンズは、モリス式安楽椅子に腰かけていた。

アーサー・ビンズの姿はなかった。

「ビンズは?」すぐさま尋ねて、ジョニーは反応をうかがった。ミセス・ビンズが手で顔をおおう。

保安官がじっとジョニーを見つめた。「亡くなった」ようやく乾いた口調で答える。「それで——きみとクラッグにはなにがあったのかね?」

そのときになってはじめて、ジョニーは自分のひどい様相に意識がいった。サムの乾いた血がこびりついた痣だらけの顔に目をやって、自分の顔も似たようなものだろうと思う。

「事故に遭ってね。なにがあったんだ……ビンズには？」

「午後十一時から午前一時まで、きみたちはどこにいた？」リンドストローム保安官が逆に訊く。

「カークウッドから二マイルほど離れた家にいた。マギーという名の女が住んでいて――」

「女性の名字は？」

ジョニーは肩をすくめた。「名乗らなかった。おれたちはスラットなる男に背後から銃を突きつけられて、その家に連れていかれたんだ」

ジェームズ・ウェッブが聞こえよがしに鼻を鳴らした。保安官の顔に疑わしげな表情が浮かび、ジョニーはこのあと厳しい状況になりそうだと予想した。

サムがぶつぶつとつぶやきはじめ、保安官は彼に顔を向けた。「で、きみはどうなのかね、クラッグ？」

「ジョニーと一緒だったよ、本当に」サムはうなるように答えた。「嘘だと言うなら――」

「落ち着いてくれないか」と保安官。「誰もきみを疑っているわけではないんだ――いまのところは。今夜ここで人が一人殺され、わたしは職務としていくつか質問をしているだけだ」

両方の手のひらを上に向け、ジョニーは肩をすくめてみせた。スーザン・ウェッブに視線をそそいでいると、保安官がまた尋ねた。

「午後十一時から午前一時まで、どこにいた？」

「マギーという名の女が所有している家だ。ピート・スラットなる悪党に無理やり連れていかれたんだよ」

「さっきもそう言ったな、フレッチャー。裏のとれる供述が欲しいんだよ」

「裏はとれないだろうな。いまごろマギーはいなくなっちまってるさ。あいにく、おれがあの女の顎を砕いてやったから……。いや、そうだといいんだが！」

保安官は仰天した。「なんだって？」

ジョニーは苦笑してみせた。「このマギーは三百ポンドはある女でね。ゴリラのガルガンチュアよりたくましい。ガルガンチュアだって打ち負かし――いや、おれとサムを叩きのめしたのは、その女なんだ」

「女性が？」

リンドストローム保安官の部下の一人が咳払いをした。「そういう女が実際にいますよ、保安官。カークウッドにほど近いカリー・ロード沿いに住んでいます。自分がカークウッド署の配属だったとき、警察はその女と揉めまして……」

保安官は部下をじろりと見た。「その女についてはあとで確認しよう。ところで、このスラットの件はどういうことなのかね、フレッチャー？　なぜこの男はきみたちを連れていったんだ？」

「そこが肝心なところだ。おれはスラットと話し合おうとしたが、あいつはとんだ石頭で」

保安官がジョージ・トンプキンズに顔を向けた。「ジョージ、スラットという男について聞いたことはあるか？」

ジョージはうなずいた。「ああ。そいつはジュリアスが三万二千ドルの配当金を支払わないと言い張ってた。なんだってフレッチャーとクラッグから金をとれるはずだと考えたのかはわからねえけど――」

「いやいや、もういい、ジョージ」いくぶん慌てて保安官はさえぎった。「スラットはわたしが調べることにしよう。だが、フレッチャー、問題の時間にきみとクラッグがどこにいたのか、きみの言葉だけでは証明にならないのだ」

「おれたちをここまで乗せてきたタクシー運転手の証言はどうだ？」

「午前一時から一緒だったのかね？」

「まさか、もちろんちがう。そのタクシーはほんの三十分前に拾っただけだ。カークウッドで。マギーの家から逃げ出したのが、一時ちょっと過ぎだった」

「それはきみがそう言っているだけだ。ミス・ウェッブ、この二人を最後に見たのは、午後十時頃だと証言したね？」

「そのとおりです。〈キャリコ・キャット〉で」

「十時十分だった」とジョージ。「そいつらはちょうど店の経営者と口論を始めていた」

「人物評価をありがとよ」ジョニーが皮肉っぽく言葉を返した。

ジョージはにやにや笑った。

保安官は眉根を寄せた。「わたしの考えがわかるかね、フレッチャー？　きみたちは約四時間にわたって——十時十分から二時までのあいだ、所在が知れていない……」

「あんたの考えでは、保安官」とジョニー。「スラットとマギーなら、その間のおれたちの所在を説明できる」

「その証人たちを探し出すのが難しいだろうと言ったのは、ほかでもないきみだぞ」

「三百ポンドの女だぜ、保安官？」

保安官は考えを修正した。「その女に警戒するよう発令を出そう。当然のことだ。だが——」

ジョニーは間髪を入れずに訊いた。「それで、ビンズはどうやって殺されたんだ?」

「撃たれたのだ、三発も」

「いつ?」

「十一時から一時のあいだ」

「銃声は誰も聞いてないということか? 三発も撃っているのに?」

リンドストローム保安官は苦い顔をした。「ミセス・ビンズは寝室に引き取っていた。アーサーはたいてい十一時頃に犬舎へ夜間の犬の様子を見に行っていた。夫人は十二時四十五分頃に目を覚ましてはじめて、夫がベッドにいないのに気づいた。そのあとジョージ・トンプキンズを呼んで――」

「ジョージはそのときには屋敷にいたわけか?」

「いたさ」ぴしゃりとジョージが言う。「十時四十分に屋敷に帰ってきていたし、ちゃんと――ちゃんと証明もできる」彼はスーザンに視線を向けた。

スーザンはすでに顔をしかめていた父親をちらりと見やった。ジョニーはスーザンに目を据え、彼女はうなずいてみせた。

「ジョージは〈キャリコ・キャット〉からまっすぐわたしの家へ送ってくれました。十時半のことです」

「わたしは娘が家に入るのを見ました」ジェームズ・ウェッブが無愛想に断言した。

「それなのに、銃声を聞かなかったのか、ジョージ?」ジョニーが問いただした。「一発も?」

「おれの部屋は屋敷の中でも、犬舎とは反対側にある。それに、おれはぐっすり眠っていた。嘘偽りなく……」

「オスカーはどうなんだ、ジョージ？　おまえが帰ってきたとき、そのへんにいなかったのか？」

ジョージは少し考えてから、首を振った。「覚えてねえよ。あいつがそばにいるのに慣れっこになってるから。いや、思い返してみると、いなかったような気がする。そのときはなんとも思わなかったけどな」

「オスカーはどうやって殺されたんだ？」

リンドストローム保安官がにらみつけた。「さっききみが言ったとおりだよ。毒殺されたのだ。なんともくそ――失礼――やけにおかしい」

「どうしてだ？」

「犬が毒殺されたんだぞ。おかしいだろう？　何者かがビンズを撃ち殺し、だが、犬には毒を盛った。犯人が銃を持っていたなら、どうしてあっさりと犬を射殺しなかった？」

ジョニーは舌で頬の内側を押した。「その理由は、保安官、火を見るよりも明らかだ。犯人はビンズのそばまで行くのに、オスカーをやり過ごさなくてはならなかった。オスカーを射殺すれば、ビンズを撃つ時間がなくなってしまう。おれ自身を例に考えてみよう。五十フィート離れた場所で誰かが犬を撃ったら、おれなら五秒後には、二マイル離れた線路の反対側に行ってるな……」

保安官は歯をむいて怒鳴った。「冗談を言っている場合ではないんだぞ、フレッチャー」

「誰が冗談を言ってるって？　おれは核心を突こうとしていたんだよ。サムとおれなら、ビンズに近づくのに犬を毒殺する必要はない。オスカーはおれたちの犬だから、知ってるだろうが」

「きみたちの犬？　この土地屋敷はクラッグの所有だと思っていたが」

「所有者はサムだ、保安官。だが、オスカーはそんなことは知らなかった。弁護士がオスカーに伝えなかったので――」

「ふざけるのはやめるよう忠告したはずだぞ、フレッチャー！」保安官が声を荒らげた。

ジョニーはやれやれといった顔でため息をついた。「だったら、おれがやってもいないことで非難するのはやめてくれないか。おれに――サムにも――アーサー・ビンズを殺害するどんな動機があるというんだ？　昨日、会ったばかりの相手だ。彼に対して含むところなどなかった。それどころか、好感を持っていた」

「あ、あの、ちょっとよろしいでしょうか、保安官？」ミセス・ビンズが口を差し挟んだ。「夫のアーサーは、今夜、食事のあとで、お二人はなんて立派なかただろうって、わたしに話したばかりなんです。自分によくしてくれると言って――言ったんです」

リンドストローム保安官の額にしわが寄った。「だがあなたは、夫君にはほかに関係者はいなかった――敵もいなかったとおっしゃったでしょう」

「ええ、いませんでした。いったい誰がどうして――うちの人にあんな仕打ちをしたいと願ったのかわかりません。アーサーはとっても善良な人で、仕事が気に入っていて……」ミセス・ビンズが口にできたのはそこまでだった。こらえきれなくなったように泣きだした。

スーザンはミセス・ビンズに駆け寄ると、すぐに家政婦を連れて台所へ向かった。保安官はミセス・ビンズがリビングルームを出るまで落ち着かない様子で待っていたが、姿が見えなくなると、ジョニーに言った。

「たしかに、飼育員にすぎないビンズを殺す動機は誰も持っていないように思える。ただし……」保安官は咳払いをして、顔をしかめた。「ただし、三万二千ドルの件になにかかからんでいれば別だが」

「おれはビンズが、ジュリアスが競馬の胴元だったことさえ知っていたかどうか怪しいと思うぜ」ジョージが割って入った。

「胴元と言ったのか？　ジュリアス・クラッグが……」

ジョージは小さく笑った。「あんたはジュリアスが胴元だったことを知らなかったのか？」

「わたしが？　どうして知っていなければならないんだ？」保安官は憤然と言いかけたが、すぐに落ち着きを取り戻した。「つまり、ジュリアス・クラッグについてよくは知らなかった。てっきりまっとうな市民だとばかり」

ジョージが保安官を見下すような笑みを浮かべ、法の執行官は慌ててそっぽを向いた。

「ではみなさん、今夜ここでできることはもうなさそうだ。その、フレッチャー、いや、つまり、クラッグ、警備の者を一人置いていこう」

「ここには二百頭からの番犬がいるんだぜ」ジョニーは微笑した。「敷地内に放せばすむ」

「いやいや、それはやめてもらいたい。もしかすると——手がかりとなるものがあるかもしれないのだ。いまは暗くて見えないが、夜が明ければ捜査させるつもりだから」

「ああ、もちろん、そうだよな。拡大鏡も忘れずに」

リンドストローム保安官は玄関へ歩きだしたが、足をとめていまいましそうにジョニーを睨めつけてから、屋敷を出ていった。彼の部下たちもあとに続いた。

ジョージとジェームズ・ウェッブは、ジョニーとサムとともにリビングルームに残った。スーザンを置いて帰れないウェッブは、娘が戻ってくるのが待ちきれない様子で、台所の方へ首を伸ばしている。スーザンが来る気配がないとわかると、ウェッブは暖炉のそばへ移動して、暖炉を背に立った。

「この件に触れておいたほうがいいだろう、クラッグ」ジェームズ・ウェッブはサムに向かって口を切った。「どうやら娘がすでに持ちかけているようだから——わたしに内緒で。単純な話だ、航空会社にうちの所有地と合わせて売るためにきみの土地が必要なのだ。妥当な金額を提示しよう——二万五千ドルだ……」

「三万ドルだと聞いたが、ミスター・ウェッブ」とジョニー。

「わたしは言っていない」

「まあ、どのみちおれたちは承諾していないが」

「どういう意味だ？　もっと出せとでも？」

「そうとも、五万ドルだ」

ウェッブは侮蔑に満ちた目でジョニーを一瞥した。それから、足音も荒く台所のドアの方へ歩きだした。「スーザン！」

ジョニーは軽く暖炉に寄りかかった。「航空会社や鉄道会社に土地を売った者はいつだって大金を手にする。映画で見たよ。ミスター・ウェッブ、あんたはこの会社からたっぷりはずんでもらっていない。先方は十万ドルを提示したなら、十五万ドルは払う用意があるはずだ——」

「スーザン！」ジェームズ・ウェッブは声を張り上げた。「家に帰るぞ」

「あんたは有能なセールスマンじゃないのかもしれない、ミスター・ウェッブ」ジョニーは話を続けた。「それなら、総額の半分を手に入れるために、喜んでおれが交渉するとしよう。おれは国内屈指の、とびきり優秀なセールスマンだから……」

スーザンがリビングルームに戻ってきた。父親の怒った顔にちらりと目を向けて、玄関ホールに続くドアへと静かに歩いていった。

「おやすみなさい」

「失礼する！」父親のほうは語気が荒かった。

ジョニーが首を振っているうちに、玄関ドアが乱暴に閉まる音がした。「あの商売上手さんたちは激怒していたな」

「そりゃ、あのときあんたが言っちゃいけないことを口走ったからな」とジョージ。「あんたは取引をぶち壊しにしたんだ」

「いいか、ジョージ」ジョニーは叱りつけた。「お子ちゃまには、その手のことは理解できないだろうよ。大人の話に首を突っ込むんじゃない……さもなくば、奥歯を叩き出すはめになるぞ」

ジョージは猛烈な勢いでリビングルームを出ていった。そのあと、サムはジョニーにくどくどと言った。「今回ばかりはあのガキと同意見だぜ、ジョニー。三万ドルは三万ドルだ。この件に首までどっぷり浸かっているのはわかってるだろう」

「わかっているとも、サム。だからこそ、より多くの金を要求してるんだ」

「そうはいっても、三万ドルでじゅうぶんじゃないか、ジョニー。未払い金や借入金を返済しても、一万ドルは残る。誰に言わせたって、でかい金だぞ」

「ガキのことはどうする？　ウェッブの娘は、あいつに五千ドル渡してほしがってるんだぜ」

「それでもおれたちの手元には五千ドル残る――」

「犬に餌をやらねえと、サム。そうとも、ひと月分の餌代でほぼ消えるだろうよ。ところで、土地を売ったら、犬はどうするつもりなんだ？」

「放してやるまでだ」サムはぶっきらぼうに答えた。「犬なんてどうでもいい」

「そうか、おれはどうでもよくない。オスカーのことを考えているんだ。いったい誰がどうしてオスカーを毒で殺したがる？」

「やっぱりな！」サムが大声を出した。「土地でも金の問題でもないんだ。探偵ごっこのためだ。あんたはあれこれ探り出したいんだ。前にも言っただろう、ジュリアスはおれの伯父で――」

「だが、ビンズはちがう。誰がなんの目的で、彼のように無害な男を殺したいと願う？」

「わかるわけねえだろう」サムはやけっぱちな口調になった。「ビンズのことは気の毒に思う――けどな、おれは今夜すでにいやというほど殴られて痣だらけだから――」

「そいつはまた別の話だ、サム。おれたちがあんなことをされたまま、やり返さないとでも言うのか？　おまえ、それでも男か？」

「おれは間抜けさ、ジョニー。あんただって――」サムは途中で言葉を切って、驚きの表情を浮かべた。それが徐々に変わっていき、突然、小さく笑いだした。

「は、は、は」ジョニーはおもしろくもなさそうに笑った。

「ただ滑稽に感じてさ、ジョニー。あの薄汚いデブのマギー。おれは女相手にやり合ったことは一度だってない。だが、あんたは――あんたはマギーを男みたいに扱った」

「また笑ってやるよ」ジョニーは冷めた口調で言った。「は、は、は！　あの女、おれがかつて経験したこともないほど強く殴りやがった。行こう。ガタガタになった身体を休めようぜ」

# 第十五章

悲劇に見舞われたにも関わらず、ミセス・ビンズは翌朝八時に朝食をテーブルに用意していた。手抜きもせずに、量もたっぷりとあった。

食事をしながら、ジョニーはジョージに言った。「今日、おまえには犬の世話をしてもらわなきゃならない」

「おれが？」ジョージは大声で聞き返した。「半トンの肉をあいつらにやるだけでもどんだけ大変かわかってるのか？」

「サムが手伝うさ」

サムが悲鳴のような声をあげた。「絶対いやだ、ジョニー！　おれが犬をどう思っているか知ってるだろう……」

「飼育員を見つけてくるまででいいんだ、サム」聞こえるか聞こえないかの声で付け加える。「何日間か」

サムは不機嫌なままだった。「あんたは今日なにをするつもりなんだ？」

ジョニーはかぶりを振った。「さまざまなことを片付ける」

ドアベルが鳴って、ジョニーはダイニングルームからリビングルームへ足早に行った。サムがあとを追う。しばらくして、ミセス・ビンズが部屋に入ってきた。

「ポーリングとおっしゃるかたがお見えです、ミスター・フレッチャー」

「聞き覚えのない名前だな。どんな人だい？」

ミスター・ポーリングがミセス・ビンズの背後から顔を突き出してきた。「よろしいですか？」と陽気に言う。彼はポケットから折りたたんだ書類の束をすばやく取り出し、サムに突き出した。「あなたにです、ミスター・クラッグ」

「召喚状だ」サムが悲鳴をあげる。

「四通です」執達吏が言い足した。「デミング精肉会社、M&G食料品店、ホッチキス供給会社、それにウィリアム・クォードランド。では、ごきげんよう、みなさん！」

ジョニーがつかまえるよりも早く、執達吏は玄関ドアから出ていった。ジョニーの顔の前で閉まりかけたドアが、元気あふれる別の若い男に開けられた。

「ミスター・フレッチャー」二人目の若い男が言った。「ミスター・カンケルが、昨日あなたがお切りになりかけた小切手に、ぜひとも署名を終えてくださるよう申しております」若い男は微笑みながら、ジョニーに万年筆を手渡した。ジョニーは前の晩に万年筆をなくしたと言い訳したことを思い出した。

ジョニーは冷ややかに告げた。「帰ってくれないか。小切手帳がどこかにいってしまったんだ。ついさっき探していたところで……」

「ご心配にはおよびません」潑剌とした若い銀行員が答えた。「白紙の小切手もお持ちしました。さあ、どうぞ」

ジョニーは白紙の小切手を受け取って、ドアに押し当てた。そこに万年筆を突き立て、激しく咳き込んで、ペン先をつぶした。「まいったな!」大声をあげる。「悪いことをしたね。だが、心配はいらない。サムが――ミスター・サミュエル・クラッグが三十分ほどしたら町へ出かける。きみに新しい万年筆を買ってくるよ……この小切手を持っていったときに。じゃあな!」ジョニーは玄関ドアをきっちりと閉じた。

ふたたびドアベルが鳴ったが、ジョニーは気にとめなかった。裏口から屋敷を出て、足早にガレージへ向かう。ステーションワゴンをバックさせていたとき、大型のリムジンに乗ったリンドストロー厶保安官がドッグ・ファームに入ってきた。引き連れてきていた三人の保安官代理が、箱や黒い袋を車から降ろしていく。

「出かけるのか、フレッチャー?」保安官が問いかけた。

「ああ、銀行にな。かまわないだろう?」

「すぐに戻って来るつもりかね?」

「三十分かそこらだ。いいか?」

リンドストロームはしぶしぶうなずいた。ジョニーはギアをセカンドに入れて、ステーションワゴンを大急ぎで敷地から出した。マンチェスター・ロードへと進めたとき、ジョニーがバックミラー越しに後方を見やると、保安官のリムジンがついてきていた。ややスピードを落として、バックミラーに映っている車に目を凝らす。リムジンに乗っているのは運転者の保安官代理一人だけだった。

地元警察のほとんどはドッグ・ファームに集合しているという安心感から、ジョニーは時速五十マイルを超える猛スピードでデミングを駆け抜けた。

ビッグ・ベンド・ロードで車をとめ、たっぷり一マイル歩いて、ドラッグストアへ行った。チョコレート・ソーダを一杯注文し、カウンターに代金を置いて、ソーダには手をつけずに、公衆電話ボックスへと向かう。だが、中へは入らず、そのすぐそばにある通用口に身をすべりこませ、急ぎ足で廊下を進んで、脇道に出た。通りの角まで走っていき、ちょうど保安官代理がドラッグストアへ入っていくのを確認した。

ジョニーはステーションワゴンに戻って、すばやくUターンをし、いちばん近い角を右に曲がった。しばらくのあいだ、脇道から脇道へと車を走らせてから、ビッグ・ベンド・ロードへ戻った。

十五分後、ジョニーはフォレスト・パークを抜けて、キングスハイウェイに出ると、北に進路をとった。キングスハイウェイを三マイルほど進んだあと、だしぬけに口笛を吹いた。右手にブロックの半分近くを占めている六階建ての建物があった。

建物の角に出ている巨大な看板にはこうあった――〈ペンドルトン・ノベルティ・カンパニー〉。

ジョニーはステーションワゴンを縁石にとめて、正面玄関に歩いていき、モダンなデザインのレセプションルームに入った。クロムにマホガニー材という組み合わせのデスクの向こうに、どんなバーレスクショーでも華を添えそうなブロンド美人が座っている。

二人のセールスマンがデスクに身を乗り出して、その受付係に弾んだ様子で話しかけていた。

「失礼」ジョニーはからかい口調で声をかけた。「一般客はビジネスの件で会えるかな?」

セールスマンたちは一インチたりとも場所を譲ろうとはしなかったが、ブロンドの受付係は二人のあいだから物憂げにのぞきこんだ。「誰かとお会いになりたいのでしょうか?」面倒くさそうに訊く。

「ああ、実は〈ヒューーズドーンズ〉を二百台購入する件でミスター・ペンドルトンに会いたかったんだが、きみの手が空かないようなら……」

「あら、大丈夫ですわ。まったく問題ありません、本当に。ちょっとお待ちください」受付係は受話器をとって、しばらく待ったあと、言った。「飛び込みのお客様が二百台のゲームマシンの件でお見えです、マイク」

ジョニーはまばたきをし、あらためて受付係を見た。「ちっちっ」

ブロンド美女はパーマをかけた髪をなでつけ、ウェーブを伸ばそうと空しい努力をした。「そのドアを入って、右に向かってマイクの名前を大声で呼んでください」

「マイクというのは?」とジョニー。

「営業部長のマイク・ペンドルトンです。きっとあなたからお金を巻き上げますわよ」

「たぶんね」ジョニーはうめくように答えた。ドアを開け、ずらりと並んだデスクの列を見渡した。広々とした部屋の左半分はほとんどを女性が占める一方で、右半分は男性が多かった。男性の大半は帽子をかぶって、葉巻を吸っている。

右側の壁際はおよそ縦横四十フィート分が柵で囲われていた。内側にはデスクが三つほどに、革張りの肘掛け椅子が十脚あまり、そのうえソファまで二つ据えられている。二十個ほどの痰壺が要所に置かれていた。

囲いの中には男が一人だけいた。山高帽を深々とかぶっているせいで、耳の上部が折れて横に突き出ている。回転椅子にゆったりと背中をあずけて、馬鹿でかい靴をはいた足をデスクに投げ出していた。吸いさしの葉巻をくわえているものの、火はついていなかった。

マイク・ペンドルトンはアンディやアンガスさえもしのぐ大男だった。

ジョニーは息を吸って吐き出した。「おうい、マイク！」大声で呼びかける。

マイク・ペンドルトンは叫び返した。「やあ、あんた。こっちだ！」

ジョニーはクロム製の柵の入口を見つけて、押し開けた。マイク・ペンドルトンは足をデスクから下ろして立ち上がり、腕を伸ばして、ジョニーの肩を威勢よく叩いた。

「なにがいい？」マイクは快活に訊いた。そうして、またジョニーを景気よく叩く。ジョニーは床に倒れ込みそうになって、思わずマイクのデスクにつかまった。

次に叩かれそうなったら身をかわそうと、ジョニーは用心深く大男を見た。「ええ、そうですね、〈ヒューズドーンズ〉を何台か拝見させていただければと思っていたのですが……」

「ああ、もちろん、見てもらうとも、そのうちに。だが、まずは一杯やらんとな」マイクがクロム製の棚をこぶしで叩くと、扉が開いて、酒瓶が現れた。「スコッチにライウイスキー、シャンパン――これは軟弱者用――どの銘柄か言ってくれ」

「コカ・コーラを」とジョニー。

マイク・ペンドルトンがどら声をあげた。「なんだって、冗談だろう！」ふたたびジョニーの肩を叩こうと片手を上げたが、当のジョニーはすばやく身を引いた。

マイクはスコッチウイスキーのボトルとチェイサー用のタンブラーを二個ひっつかんだ。どちらのタンブラーにもたっぷり半分はウイスキーを注いで、そのうちの一つをジョニーに突き出した。

「さあ、ぐいっとやってくれ。そうすりゃ、チェイサー代わりに次のを注いでやる」

マイクは頭をうしろに傾け、口を開けて、ウイスキーをいっきに喉へ流し込んだ。ジョニーはあっけにとられて見つめていた。

「飲んでくれよ」マイクが大声で促す。「ほら、ひと息に」

ジョニーはウイスキーの入ったタンブラーをマイクのデスクに置いた。「わたしはアルコールはいっさい口にしないんです」しかつめらしく言う。「酒も煙草もやりません。バプティスト教会の牧師ですので……」

「なのに、ゲームマシンの販路に手を出しているのか？」マイクはあえいだ。

「わたしは魂を救うために説教をします」ジョニーは答えた。「そして、自分自身の魂がばらばらにならないよう、スロットマシンを運用するのです」

「こりゃ、くそたまげた！　あんた、どこから来たんだい、牧師さん？」

「アラバマ州です。それと、どうか悪態をつかないでください。さもなくば、商談はどこかほかへ持っていくしかなくなりますから」

「こいつはまいったな。うちのおやじと兄貴たちに聞かせてやらないと。いや――みんなおれの言葉を信じないだろう。おれだって信じるものか。ところで、牧師さん、いつまで町にいるつもりだい？」

「いくらかゲームマシンを買うまでのあいだだけです」ジョニーは答えた。「わたしは地元にささやかな販路を持っていますが、割り込みを――いえ、その、範囲を広げているところでして、最新式のマシンをいくらか導入する必要があるのです。そう、賞金の調節ができるものを」

「おお、そうとも！　我が社の〈ヒューーズドーンズ〉は調整がきくぜ。まったく賞金が出ないようにもできるし、プレーヤーにひと息つかせたいときは――あるいは、サクラに妙技を披露させたいようなときは――調整すれば、九十パーセントの賞金を出すこともできる。そこが〈ヒューーズドーンズ〉

の優れた点だ」

「本当にマシンが負かされることはないのですか？　教区にはこの手のピンボールマシンにやたら強い者もいるんですよ」

「〈ヒューズドーンズ〉が相手では、腕は上がりようがない」マイク・ペンドルトンは断言した。「ついてきてくれ、その理由をお見せしよう」

マイクが近づいてきたので、ジョニーは慌ててあとずさりをしたが、大男は柵に手をかけて飛び越えただけだった。オフィスの奥へ向かいはじめる。ジョニーは安全な距離を保って、あとに続いた。分厚いオーク材のドアをマイクが蹴り開け、〈ヒューズドーンズ〉が並ぶ部屋へと入っていく。箱から鉛製のメダルを一つかみとった。

「じゃあ、牧師さん」マイクはくすりと笑った。「このマシンがどんな動きをするかよう く見ていてくれ」

マイクは鉛製のメダルを投入口に入れて、金属製の球を打ち出し位置に送り込んだ。球を打ち出す。球は羽根式のバネにぶつかってはじかれ、千点の細長い穴にきれいにすべりこんだ。

そこから下の赤いバネに移動して軽く触れると、また千点が追加になった。マシンをわずかに揺らして、球を戻し、ふたたび赤いバネに当てる。加点されたが、球はその衝撃で勢いよく横手に飛んでいってしまった。

「ほらね！」マイクが叫んだ。「赤のバネで点数を稼げるのは、おれでも二度が精いっぱい。どうしてかわかるかい？　近くで目を凝らしてくれ。ほかのバネはどれも真円形だが、この赤いのは上部が卵型になっている——そのうえ、曲線は微妙にゆがんでいて、肉眼ではほとんど見てとれないだろうが、球をとんでもない方向へ弾き飛ばす構造となっているんだ」

「興味深いですね」ジョニーはつぶやくように言った。「ですが、それでも、そこの中央のバネに何度もうまく当てて、たった一球で一万二千点を叩き出した人物を見たことがありますよ」

「そいつはうちの旧モデルの一機種にちがいない」マイクは一蹴した。「バネを改良するまでには、数多くの機種を出しているから。だが、新しい機種にはすべてこういったバネをつけてある。悪くないだろう？　二百台、予約を入れておくかい？」

「うーん、そうですねえ。でも、まずはもう少し見てまわりたいのですが」

「もちろん、かまわないとも、牧師さん。アラバマの警察はどんな感じだい？」

「保安官が一人いて……」

「どこでもそうだろう。なあ、あんたの地域の保安官は給料だけで生活してるのかい？　信仰心のあつい地域でも、例外はないんじゃないのか」

「我が町の保安官が袖の下を受け取るだろうということですか？」

「ささやかな鼻薬だよ。というのも、融通がきく相手なら、片腕の盗賊のいい機種があるんだ」

「片腕の盗賊？」

「初心者向けのゲームマシンだ。来てくれ、お見せしよう」

マイクは別のドアを押し開けて、ジョニーを中へ通した。片腕の盗賊——スロットマシン——が、広大な部屋に所狭しと並んでいる。マイクがにやりとした。「いかがかな？　このあたりじゃ法に触れるが、西部ではこれをプレーして住宅ローンを返済する者もいるとか。ネバダ州ではホテルの部屋にまで置いてあるよ」

ジョニーの目が輝いた。「大当たりを出す方法を教えてくれませんか」

「は？」マイクは驚いた表情でジョニーを見てから、大きくにやりと笑った。「いいだろう、手っ取り早い方法を教えよう――だが、荒っぽい連中が近くにいるところでやって、つかまらないようにしてくれよ」

マイクは鉛製のメダルをスロットマシンに入れて、レバーを引き下げた。カラフルな果物の絵のついたドラムが気持ちよく回転しはじめ、やがて突然、ぴたりととまった。チェリーとレモン、人気のあるガムの広告が表示されている。

「大当たりが出る確率を知ってるかい？」マイクが訊いた。「何十億分の一だよ。そうはいっても、少額の当たりなら、かなり頻繁に出すことができる。ほら、こうやるんだ……」

スロットマシンにもう一つ鉛製のメダルを入れ、またドラムが回転すると、チェリーの絵が二つとレモンの絵が一つ並んだ。マシンがうなりをあげはじめたかと思うと、カチリと鋭い音がする。それと同時にマイクがマシンをこぶしで思いきりよく叩いた。

取り出し口に十二枚の鉛製のメダルが吐き出される。マイクはくすりと笑った。「どうだい？　本来ならメダルは二枚しか出ないところだが……箱が開くぴったりのタイミングで強い衝撃を与えると、中身をすっかり吐き出すんだ。このやり方がどういう経路で広まったのかは、うちの社としてもわからんが、さっきも忠告したように、この手を使って荒っぽい警備員たちにつかまらないようにしてくれよ。それと、あんたの顧客にもしゃべらないように。教えてしまうと、あんた自身の献金皿からくすねとられることになるからな」

「アラバマでは」とジョニー。「献金皿に入っているのは、たいてい大統領選の缶バッジですよ」

マイク・ペンドルトンは腹を抱えて笑った。「牧師さん、あんたおもしろいな！　ところで——本当は展示会に来たんだろう？」

「展示会？　いや、まあ、そうです……」

「まだ行ってないのか？」

「ええ、あとで顔を出そうと思っていました」

「だったら、いまから一緒に行こう。おやじに言い付けられたんでなければ、おれだってオフィスに残ったりしてなかったさ。とはいえ、こうして格好の獲物が——客が——現れたわけだから。行こうぜ、なにをぐずぐずしてるんだい？」

「ちょっと待ってください」ジョニーは強い口調で言って、腕をつかもうとした大男の手から逃れた。「この商談を先にまとめたほうがいいかと……」

「ビジネスより、まずはお楽しみだ！」マイクはくすくす笑った。「うちの社の展示会を見てないなら、なにも見てないのも同然だ。そりゃ一級品が集結してるんだから。展示されているマシンはどれも、代表の中の代表のようなものだ」彼は唇を鳴らした。「ありとあらゆる機種がそろっている」

ジョニーはこれ見よがしに身を震わせた。「あなたはわたしが聖職にある身だということをお忘れですか……」

「忘れちゃいないさ。あっはっは！　うちの社の展示会は、きっと気に入るはずだ。あんたのような人でもな。絶対に！」

気づいたときには、ジョニーの腕はマイクの巨大な手につかまれていた。マイクはジョニーを前へと押しやって、レセプションルームを通り抜けながら、受付係をどやしつけた。「いいかげんにしろ、ドリス」

別の戸口へ押し込まれながら、ジョニーは小声で言った。「ずいぶん魅力的な受付係ですね……」

「ドリスが？　いやいや、あんたなら展示会を気に入るよ！　会場にいるお色気たっぷりの女たちを見てからにしてくれ。おれのポンコツはあそこだ。さあ、来て」

その〝ポンコツ〟は輸入車で、屋根がなかった。どのフェンダーも傷だらけだ。マイクはジョニーをフロントシートに押し込んでから、小走りに車を回って運転席に乗り込んだ。

「〈ヒューズドーンズ〉を二百台と言ってたな？　すごいぞ！」

車は縁石から急発進して、前にとまっていた車の左後部のフェンダーをぐしゃりとつぶし、たちまち車の流れに乗った。ジョニーは帽子を両手でつかんで、シートの中で身を低く沈めた。

気の荒いペンドルトン一家のやんちゃな息子が怒鳴った。「展示会、待ってろよ。うおおおお！」

マイクは急ハンドルを切って片側二輪だけで交差点を曲がると、東に向かう、かなり交通量の少ない通りに車を疾走させた。ジョニーが生き延びられたのは、ほかに走っている車がほとんどなかったからにすぎない。マイク・ペンドルトンがそのまま車を走らせ、往来の激しいジェファーソン・アヴェニューやオリーブ・ストリートまで行っていたとしたら、おそらく二人とも生きてはいられなかっただろう。運も尽きていたはずだ。

展示会が開かれている大型のコンベンションホールに到着したとき、ジョニーの膝からは力が抜けていた。

コンベンションホールの玄関には警備員がいた。大声で挨拶をしてよこす。「おはようございます、ミスター・ペンドルトン」そして、背中を叩こうとするマイクの手から、すばやく身を引いた。

ジョニーとマイクはホールへ入っていった。だだっ広い場所に、壁や柵などで囲まれたブースが並び、その中におびただしい数の展示物が置かれている。旗や宣伝用の垂れ幕が掲げられ、ありとあらゆる色があふれかえっていた。

「こっちだ、牧師さん！」マイク・ペンドルトンが大声でジョニーを呼んだ。「我が社の展示物はそこだ……」

退散する頃合いだったが、ジョニーはすでに深く関わりすぎていたし、手を引こうとしているものにすっかり好奇心をそそられていた。そこで、足早にマイクについていった。

突然、ジョニーは足をとめた。目が見開かれていた。ブースにはスロットマシンがずらりと並び、六人の若い女性が、同じく六人の太って頭に毛のない男たちをもてなしている。グラスの触れ合う音がし、酒がごくごくと飲まれ、女たちがさざめき合って……

驚きのあまりジョニーが口笛を吹くと、マイクが顔を振り向けた。「こんなのは安っぽい飾り付けだ、牧師さん。驚くのは向こうの展示を見てからにしてくれ！」

ジョニーはマイクについていった。会場の奥の一角はほかより倍は広いブースになっていた。床には分厚いラグが敷かれ、モダンな椅子や背のないソファといった家具とともに、ピンボールマシンが並べられている。ブース内では、盛大なパーティが催されていた。白の短上着に身を包んだ格調高いボーイまでいて、飲み物を運んでいる。

パーティに参加している女性は八人いて、男性はその三倍ほどもいた。どの女性も若くて美しい。男たちはほぼ全員が、極悪非道のギャング映画にエキストラとして出演できそうだった。

「やあ、みなさん！」年若のマイク・ペンドルトンが響き渡るような声で呼びかけた。「調子はどうです？」

悪党面の男たちがマイクを取り囲む。マイクは連中の背中をバシバシ叩き、腹にジャブを放ち、中の一人には逆さヘッドロックをかけて床に引き倒すという、きわめつけの親愛の情を示した。

そのあと、マイクは一人の女性を探し出して、荒々しく抱き締め、唇に盛大な音をさせてキスをした。女性のほうは気にもとめていないようだった。マイクが彼女を放したとき、ジョニーはその女性をとっくりと眺めた。スーザン・ウェッブに色気を足しても、美人コンテストで競わせれば、彼女を打ち負かせるほどの魅力だ。

かなり背が高くて細身なのに、つくべきところにはきちんとついている。髪はゴールデンブロンドで艶やか。端整な顔立ちで、ただほんのわずかにきつい印象だ。女優さながらの物腰と身の構えだった。

「もう、マイクったら！　その友達は誰？」

「友達？　ああ……」マイク・ペンドルトンが破顔になる。「これは牧師さんの――名前はなんだったかな？」

「フレッチャーです」ジョニーはぼそぼそと答えた。

「ああ、そうだ、アラバマから来たフレッチャー牧師だ。いいか、みんな、この牧師さんはおもしろい人だ。生業で魂を救い、自分の魂を救うためにゲームマシンを動かしている。わかるか？　あっはっは！　平日はマシンを動かし、日曜に説教をするわけだ。いいご身分だよな？　はっはっは！」

豪快な笑い声がジョニーの周囲ではじける。ジョニーはにらみつけた。

やがてゴールデンブロンドの女性が足首を蹴って、身体をすべりこませてきた。「マイクのことは気にしないで、牧師さん。赤ん坊の頃にウイスキーのボトルで頭を打ったのよ。お名前はなんだったかしら——フレッチャー？」

「そうです」

「ジ、ジ、ジョニー・フレッチャー？」

「ああ」

「それで、自分は牧師だとマイクに話したの？」

「そのとおり。きみはどういう人だい？」

「どうってことのない人間よ。マイクの妹というだけ。参考までに言っておくと、名前はジルよ」

「本当に！　だが、マイクと兄妹だなんて、ありえない。アンディとも……アンガスとも」

「自分でも不思議に思うことがあるもの。でも、父も母もそうだと言うから」

「きみのおふくろさんはすばらしい人にちがいないね。おやじさんには会ったよ」

「そう聞いたわ。で、どうしてここに来たの？」

ジョニーはにやりとした。「来たかったわけじゃない。マイクに引きずってこられたんだ」

「そうね。想像がつくわ。でもあなた、冗談を飛ばしすぎじゃないかしら。牧師のふりをするなら、控えたほうがいいんじゃない？」

「おうい、牧師さん！」マイクが何人かの頭越しに呼びかけた。「あんた向きのいい女がここにいるぜ。ベティって名前で、赤毛だ」

「わたしはブロンドが好みなんですよ」ジョニーは言い返した。「ここにいる女性こそ、わたしに向いています」

「フレッチャー牧師」とジル・ペンドルトン。

「マイクのせいだよ。おれにウイスキーをしこたま飲ませようとしたから。それで、とっさに頭に浮かんだことを口にしたのさ、わたしは牧師です、とね」

「そもそもどうしてマイクに会いに行ったの？　情報を引き出すため？　ところで父とアンディがいまここにいない理由を知っているかしら。あなたたちのドッグ・ファームに出かけているのよ。もう戻ってきてもいい頃だわ——喧嘩になっていなければ。たぶんなってないでしょうけど。だって、アンガスも連れていったから……あの三人を相手に喧嘩を売ろうなんて者はふつういない……」

「じゃあ、驚くことになったかもしれないな」ジョニーはつぶやくように言った。「サム・クラッグのところでは」

「クラッグ？　あらあら……ねえ、ここを出ましょうよ。あなたとお話がしたいの」

「おれもあんたと話がしたい。マイクから身を隠せるかな？」

「やってみましょう……こっちよ」

ジルはジョニーの手を驚くほど強い力でつかむと、ずらりと並ぶピンボールマシンのあいだに彼を引っ張った。垂れ幕を持ち上げて身をかがめ、隣のブースに入り込む。ジョニーがあとに続くと、垂れ幕から手を離して、幕が下りるままにした。

ジョニーの先に立って、コンベンションホールの正面玄関へと向かう。「外のほうが安全だわ。あなたの車はある？」

「ここにはない。マイクはおれを白髪に変えさせたくて、無理やり助手席に乗せたんだ」

ジルは身を震わせた。「マイクはもう何年も前に運転免許証を取り上げられているのよ。タクシーを拾いましょう。このあたりのバーはろくなのがないの」

タクシーに乗り込んだあと、ジョニーは言った。「おれは土地勘がないから、きみが運転手に行き先を告げてくれないか……」

「〈カピストラーノ〉はいい店だわ。いいえ、だめね、こんな早い時間には開いてないわ。運転手さん、グランドとワシントン・アヴェニューの交差点で降ろしてちょうだい。そのあたりでお店を見つけましょう」

ジルは背もたれに身をあずけて、いくぶんジョニーの方に顔を向けた。「ねえ、昨日、父とあなたたちのあいだでなにがあったの?」

「どうということはないよ。ささやかな意見の相違があったんだ」

「父は誰とでも意見の相違があるから、そのことで一晩じゅう大騒ぎをしたりしないわ。それが、ミスター・フレッチャーについては相当いらだっていたから……」

「ジョニーでいいよ、ジル。昨日はアンディが暴れてね。相棒のクラッグとおれで暴れ返してやったわけだ」

「正直に言いなさいよ。ほかに何人いたの?」

「おれたちだけだ。サムがアンディを殴り倒した、たった一人で」

「そのサム・クラッグに会いたいわ。でも、信じられないわね。自分の兄弟のことはわかっているから」

「おれはサム・クラッグをわかっている」

「どのくらい大きな人なの? 背丈が八フィートあって、横幅が六フィートとか?」

ジョニーは小さく笑った。「アンディとほぼ同じ体格で、つまり、アンガスやマイクよりも小柄だ」

「そのちっちゃなサムがアンディを打ち負かしたの?」

「こう言っちゃなんだが、アンガスだけでなく、マイクも連れていったほうがよかったかもな」

「馬鹿言わないで。あら——着いたわ」

ジョニーが運転手に料金を支払って、ジル・ペンドルトンはあたりを見回した。「通りの向こうにこぢんまりした店があるわ」

間口が狭くて奥行きのあるバーで、高いスツールが置かれているが、ブース席はなかった。二人はスツールに腰かけて、ジルはダイキリを、ジョニーはランチタイム前にどうかと思いながらも同じものを頼むことにした。

「それじゃあ」ジルがカクテルを少し飲んだあとで、口を開いた。「あなたとクラッグは、いったいなんの件で、うちの家族と揉めているの?」

「おれたちは引き継いだんだ。というか、相棒のサムが。サムの伯父は、きみの家族のビジネスに多額の資金を融通した」

「ジュリアス・クラッグのこと? ええ、そのとおりよ。それでなにが問題なの?」

「ジュリアス・クラッグに会ったことはあるかい?」

「あるわ。とても興味深い紳士だったわよ——タフで手強い男(カーリー・ウルフ)を紳士とみなすなら」

ジョニーはくすりと笑った。「ジュリアスは口のきけない動物にやさしかった。犬用の賄い宿を経営していたんだ。セントバーナード犬のために。それぞれの犬は一日当たり五ポンドの肉を食う。サムはその挽肉の請求書も相続した。それで、ジュリアスがきみのおやじさんに貸した金が必要なんだ」

「でも、そのお金は返したわ！」

「なるほど、きみはそんなふうに振る舞うつもりなのか」

「だって、本当のことだもの。父はそんなことでわたしに嘘はつかないわ」

「絶対に？」

「そう言われると……自信はないけれど。でもここ半年、会社は順調にいってるわ」

「半年間だけ？」

「半年前に、〈ヒューズドーンズ〉を発表したの。大当たりしたわ」

「ゲームそのものはあくどいがな」とジョニー。「ゆうべサムは二ドル分勝った。なのに、賞金は支払われなかった。〈キャリコ・キャット〉でのことだ」

「あなた、あちこちに顔を出しているのね、ジョニー・フレッチャー」

「おれは巡回セールスマンだからな。ピート・スラットについてはどんなことを知ってる？」

「なにも知らないわ。名前を聞いたのも初めてよ」

「ニューヨークから来たチンピラさ。それで思い出したが、この町だとどこに行けばメリケンサックが買えるかな？」

「〈フェイマス・リーダー〉には行ってみた？　〈グランドバー〉は？」

「きみのおやじさんは、そこでブラックジャックを手に入れたのかい？」

「そんなことはどうでもいいでしょう。あなた、展示会にいたんだから——どういう世界の人たちが相手か見たはずよ。スロットマシンをＹＭＣＡに置いたりはしないの」

ジョニーは片頬をゆがめたものの、すぐに顔をしかめた。「電話を一本かけてきてもかまわないかな?」

「ええ、かまわないわよ、そばで聞いていてもいいなら」

そのバーに公衆電話はなかったが、カウンターの下に電話機があって、ジョニーが使えるようバーテンダーが持ってきた。

ジョニーはドッグ・ファームに電話をかけた。サムが出た。「ジョニー!」と叫ぶ。「どこにいるんだ? 午前中ずっと探してたんだぜ。警察署に問い合わせたり、安置所にまで――」

「なにがあった?」ジョニーはサムの言葉にかぶせるようにして訊いた。

「いろいろだよ。なあ、あの犬、オスカーは毒を盛られて死んだだろう? それで、埋めてやろうとして、首輪を外した。びっくりしたことに、首輪の内側にファスナーのついたポケットがあってさ……」

「本当か!」ジョニーは驚きの声をあげた。「中になにが入っていた?」

「しゃべっていいのか? つまり、電話越しに伝えて大丈夫か? 首輪の中に五万ドルの約束手形がしまい込まれていた。ジュリアス宛で、振出人はアンドリュー・ペンドルトン。仰天だろう! 実際に、ジュリアスは事業に一枚嚙んでいたんだ……」

「そうとは言いきれないぞ」とジョニー。「だが、じつに興味深い。うーん……ほかには?」

「この手形を発見するほんの少し前にペンドルトン親子がやってきたが、おれはやり合う気分じゃなかったから、追い払った――近くで見つけたショットガンで。ああ、それから――銀行屋が顔を出して……」

「あいつのことはどうでもいい。ほかに誰か訪ねてきたか？」

「向かいの家の娘が来た。娘とジョージは長いあいだヒソヒソ話し合ってた」

「そいつはおもしろくないな。なあ、いいか、サム、大事に扱えよ——そのブツを。おれはあと一時間で戻る。じゃあな！」

ジョニーが電話を切ると、バーテンダーが声をかけた。「いまの通話料は五十セントです、お客さん」

ジョニーは一ドル札をカウンターに置いた。「じゃあ、これで。飲み物代も込みだ」

「店を出るの？」ジル・ペンドルトンが訊く。

ジョニーはにやりとした。「そうだ。きみのおやじさんは嘘をついた……ジュリアスが貸した金のことで。返金はされていなかった」

ジルの美しい目が曇った。「まちがいないの？　わたしは父がすっかり返済したと言ったのをたしかにこの耳で聞いたけれど」

「サム・クラッグが約束手形を発見した」

「そうなの。そこで……揉めたの？」

「いいや、手形はきみのおやじさんたちが帰ったあとで見つけたんだ。きみの家族は平和裡にドッグ・ファームを去ったよ」

二人でバーから歩道に出ると、ジルがジョニーに片手を差し出した。「また会うことはあるかしら？」

「きっとあるよ。タクシーが来た。きみはその車に乗って、コンベンションホールに戻ってくれ。おれは別のタクシーを拾ってペンドルトン社の近くにとめた自分の車をとりに行く」

ジル・ペンドルトンを乗せたタクシーが走りだすのを見送ってから、ジョニーは別のタクシーをとめて、乗り込んだ。「キングスハイウェイへ」運転手に告げる。「そのまま走ってくれ。目的地が近づいたら、指示を出す」

十分後、ジョニーは言った。「次のブロックがそうだ」

「でしたら、ここで降りたほうがいいですよ」タクシーの運転手が助言した。「次のブロックで事故があったようです。通行止めになってます」

ジョニーはタクシーを降りて、メーター分の料金を支払った。チップを渡しながら右の方へ目をやって、息をのんだ。すぐさま事故現場に向かって駆けだした。

大勢集まっている野次馬をかき分けて進むのは骨が折れたが、なんとか通り抜けると、目の前に現れたのはステーションワゴンだった。もう一台は、マイク・ペンドルトンの外国製の〝ポンコツ〟だ。いまや完全にスクラップ状態で……だがそれは、ステーションワゴンも同じだった。

マイク・ペンドルトンは悪びれるふうもなく警官に説明していた。「そう、おれが車をとめようと道端に寄せてると、そいつが無謀にもおれの右手に飛び出してきて、ぶつかったんだ。そのあと車を飛び降りて逃げやがった。ふん、五万ドルの損害で訴えてやる」

「でたらめだ、おまわりさん」野次馬の一人が大声で叫んだ。「わたしは一部始終を目撃してました。その男は正気の沙汰とは思えないような運転で、時速七十マイルですっ飛ばしてきたと思ったら、突然、縁石の方へそれてブレーキをかけたんです。それで車が横滑りして、合法的に駐車していたステーションワゴンに突っ込んだ。そっちの車には誰も乗ってませんでしたよ」

「おれを嘘つき呼ばわりするのか？」マイク・ペンドルトンがすごんだ。「あんたがその気なら、こっちはあんたで通りをモップがけして、ゴミ箱に投げ込んでやる」

目撃者はマイク・ペンドルトンの恐ろしげな形相を目の当たりにして、尻込みをした。

交通巡査が気がかりそうに言った。「いいですか、ミスター・ペンドルトン、あなたの言葉を疑っているわけではありませんが、最近、何度も事故を起こしてらっしゃいますし、この車の所有者が告訴すれば……」

「告訴させればいい」マイクが怒鳴る。「運転していたやつはどこにいるんだ、そんなに非がないなら？　あんたに訊くが、そいつはどこなんだ？」マイクは腕を大仰なしぐさで振り回したあと、ジョニーの姿に気がついた。

「牧師さん！　なあ、このとんまに――いや、この警官に――言ってやってくれよ、おれの車に乗っていたと。事故がどんなふうに起こったか話してやってくれ。さあ」

ジョニーはぺしゃんこになったステーションワゴンに目をやった。ミズーリ州のナンバープレートが、妙な気まぐれによってラジエーターに叩き込まれ、それがいやでも目を引いた。

ジョニーは慄然とした。「ミスター・ペンドルトンの話のとおりです、おまわりさん」

警官は安堵のため息をもらした。「そうなんですね、牧師さん？　差し支えなければ、お名前をお聞かせ願えないでしょうか――報告書を書くために」

「ジョン・フレッチャーです」

「ジョン・フレッチャー牧師様だよ」マイク・ペンドルトンが補足する。「敬称を省かないように、巡査」

マイクは急に歩み寄ってきて、ジョニーの腕をつかんだ。「行こうぜ、牧師さん。商談が途中だ」

マイクの手から腕を引き抜こうとしたが、若い巨人は小さく笑って、鋼鉄のような指をジョニーの二頭筋に食い込ませてきた。

「契約書に署名をくれるまで、逃がさないからな。おとなしくついてきてくれ。でないと、腕に物を言わせてもらうぞ」

抵抗しても無駄というものだった。マイクは早くもジョニーを引っ張って人混みを抜け、ペンドルトン社の建物へとせき立てていた。レセプションルームの奥まで行ってようやく、マイクがジョニーを放す。それから背中を勢いよく叩かれたジョニーは、膝を折りそうになった。

「おれの妹を無理やり連れ出すなんて、どういう魂胆だい？　それと、妹はいまどこだ？」

「妹さんはコンベンションホールに戻りましたよ。それに、無理に連れ出したりなどしていません。彼女が一杯おごってほしいと言ってきたんです」

「ジルが？　なんてこった、あいつ、あんたに惚れちまったにちがいない。聖職者だなんて、まいったな！　わかったよ、じゃあ、二百台の〈ヒューズドーンズ〉を引き渡そう。片腕の盗賊は何台欲しい？」

「ほんの少し」ジョニーは弱々しく答えた。「十台か十二台」

「二十台渡すよ。一台につき百二十ドルでかまわない。二百台の〈ヒューズドーンズ〉は一台当たり七十二ドル五十セントで。うーん、締めて一万六千九百ドルだ。さあ、支払いを頼むよ。財布を出して」

ジョニーはぶるっと身を震わせた。「そんな大金は持ってきていませんよ。マシンは代金引換で送ってください」

「ちょっと待った！　うちの社は代引き配送での販売はしていない。あんたの地元の至急便運送代理店を手配してもらうことになる。支払保証付き小切手なら受け取れなくもないが」

「その手の小切手は持ち合わせていません」

マイク・ペンドルトンは顔をしかめた。「あんた、ここまでたいした金も持たずに来たのかい？　だったら、手付金をもらおう。さて……」マイクはジョニーのポケットというポケットを叩きはじめた。ジョニーは身を引こうとしたが、マイクに壁際へと追い詰められた。

どうしようもなくなって、ジョニーは叫んだ。「お金はホテルにあるんです――〈コロネット〉に。いろいろ見てまわるまで、発注はしたくなくて――」

「もうたっぷりと見たはずだ」マイクがぴしゃりと言う。「展示会にいたあのごうつくばりどもにあんたをつかまえさせて、くずマシンをたっぷり売らせるとでも思うのかい？　在庫の〈ヒューズドーンズ〉と片腕の盗賊はいつ入荷したんだったかな？　さあ、あんたのホテルへ行こう」

「あなたの車は大破しましたよ」ジョニーは言葉を返した。

「だから？　セントルイスじゃ、まだ馬車だって走ってるぞ」

結局、二人は建物を出て縁石まで行き、マイクはジョニーを便利きわまりないタクシーに押し込んだ。「コロネット・ホテルまで」マイクが轟くような声で言う。「駄馬をのろのろ走らせんじゃないぞ」

マイクは座席の背にもたれて、うれしそうにジョニーを見た。「牧師さん、おれはあんたが気に入ってるし、あんたもおれがなにをしようとしてるのか、想像つくんじゃないか？　そう、うちで晩

飯を一緒に食ってもらうつもりだ。アンディもアンガスもおやじも、きっと大興奮する。ジルだって
――あいつ、いい子だろう？　自分の妹のことを言うのもなんだが！」

ジョニーもジルについては同意見だったが、タクシーがリンデル・ブールバードに入ると、窓の外を落ち着かなげに見た。あと数分で、コロネット・ホテルに到着する。そうすれば、絶体絶命の大ピンチだ。

「そうとも」マイクが話を続ける。「あんたに一杯おごってくれと頼むなんて、惚れたに決まってる。ただ、あんた、酒はやらないんじゃなかったのか？」

「ジルのような女性を相手に断れるでしょうか？」

「そりゃ、無理だな」マイクは唇を鳴らした。「牧師にしちゃ、じつに心が広いな。はっはっは！　思い返すたびにいっそうおかしくなってくる――日曜には魂を救って、平日はゲームマシンを運営して自分の魂を救う。本当におもしろいやつだよ、あんたは！」

タクシーが急に車の流れを横切って、カーブを描く私車道へと入っていった。運転手が急停車をすると、ドアマンが駆け寄ってきて、ドアを引き開けた。

「おはようございます、お客様」ドアマンは礼儀正しく挨拶をした。

マイク・ペンドルトンがジョニーの機先を制した。運転手に紙幣を放り投げると、ジョニーの腕をつかんでタクシーを降りる。「さあ、着いたぜ。これで、ささやかな契約を結べるな？」つかんだ手に力を込め、ジョニーは腕に何週間も痣が残るだろうと思った。

逃げようがなかった。ジョニーはマイクに連れられるままロビーに足を踏み入れ、フロントに向かった。血走った目を鍵棚に走らせる。

「一四四四号室の鍵をください」ジョニーはひと思いに言った。

フロント係は鍵棚からその鍵を取り出して、カウンターの上にすべらせた。マイク・ペンドルトンがエレベーターの方にジョニーを押しやる。「豪勢な出張旅行だな、牧師さん」マイクは豪華な調度類が置かれたロビーをキョロキョロと見回した。

あとどのくらいマイクをごまかしていられるだろうか。ジョニーは、なにもかもバレて自分の正体を認めるしかなくなれば自分はどうなるかと考え、背筋がぞっとした。

一四四四号室はエレベーターの近くにあった。前屈みになって鍵を錠に差し込みながら、非常階段がそばにないかと期待しつつ、左右の廊下に目をやる。だが、非常階段は見当たらず、ジョニーは観念して息を吸い、一四四四号室のドアを開けた。

マイクはジョニーを部屋に押し込んですぐ、大声をあげた。「おい、牧師さん、これはいったい……！」肌色の衣類の一部が椅子の上にかけられていた。

ジョニーは顔を赤らめた。「その……このことをあなたに伝えようとしていたんです。いいですか、これはあなたが思っておられるようなことでは……」

「この薄汚い卑劣漢！」マイクが怒鳴った。「聖職者のくせにホテルの部屋に女を連れ込むなんて。なるほど！　それでおれの妹に言い寄ったのか。気に入らねえ。ジルのやつ、まったくどこに惹かれたんだか……」

「誤解なさっています」ジョニーは言い募った。「説明させてください――」

「説明するまでもない、聖人ぶった偽善者め。アラバマに送り返してやる、あんたとともに――」

なにとともにジョニーをアラバマに送り返すつもりだったにせよ、次の瞬間、自分たちが入ってきたばかりのドアが押し開かれて女性が小さな悲鳴をあげたせいで、マイク・ペンドルトンは言い終えられなかった。

ジョニーは振り返った。女性は背が高く痩せていて、少なくとも二十年はキャリアのある学校教師でなかったら、ジョニーはセントバーナード犬の伯父といったところだった。

女性が金切り声で叫んだ。「このけだものたち、わたしの部屋でなにをしているの?」

「すみません」ジョニーはやけっぱちになって言った。「この男の——せいなんです!」

親指でマイク・ペンドルトンを示し、慌てふためいてドアの方へ駆けだした。学校教師は行く手をさえぎろうとしたが、ジョニーは無我夢中で彼女を脇へ押しやった。廊下に走り出ると、跳ねるようにして二歩でエレベーター——ちょうど扉が閉まりかけていた——に飛び乗った。

中へ入るときにかすり傷を負ったものの、乗ってしまえば、もう安全だった。ただし、エレベーターボーイがいた。若者は訝しげな顔でジョニーを見た。「何事ですか?」

「妻だよ!」ジョニーはごくりと唾をのみこんだ。「あいつが……」

若者はくすりと笑った。「別の女性と一緒のところを押さえられたわけですか?」

ジョニーはエレベーターボーイに一ドル札を渡して、人差し指を唇に当てた。

タクシーを拾ってフォレスト・パークを突っ切る頃まで、ずっと身体が震えていた。だが震えがとまると、急に笑いがこみ上げてきた。

「マイクはどうやって切り抜けたんだろうな」

三十分後、タクシーは〈クラッグ・ドッグ・ファーム〉の前にとまった。料金を支払いながら、ジョニーは保安官のリムジンが消えていることに気がついた。代わりに小型のクーペがとまっている。

デミング第一中央銀行の頭取ミスター・オーガスト・カンケルがクーペから飛び出してきた。

「ミスター・フレッチャー！　あの小切手のことでお会いしたかったんです。是が非とも」

「小切手とは？」

「ミスター・クラッグの口座に入金されようとしていらした一万ドルの小切手です」

「ああ、あれか」とジョニー。「あの件は気が変わった。あんたたち地元の人間の中にはいやな態度をとる者もいるから、だったら連中の好きにさせて、どうなるのか高みの見物といくよう、クラッグに忠告してもいいかと思ってな」

「ですが、ミスター・フレッチャー！」オーガスト・カンケルは仰天したように悲鳴をあげた。「あの小切手をくださらなくてはなりません。わたしは――わたしは、かなり高額の支払いを保証したも同然なのです……」

「なんでそんなことを？」

「あなたの支払い能力に問題はないかと店から問い合わせがあったためです」

「おれの支払い能力？」

「いえ、ミスター・クラッグのです」

「で、先方にどう答えた？」

「もちろん、問題はありませんと回答しました。あの小切手のことを勘定に入れていましたから」

「それは親切に。ありがとよ」

「いえいえ、実情はちがいます。あの小切手がなければ、わたしはどんな請求額も保証できません」

「だったら、しなけりゃいい。クラッグがなんとかするだろう」

「ここでの財政的な面を管理しているのはあなただと理解していました」

「おれはクラッグに手を貸しているが、それだけだ。ただし、デミングのビジネス関係者にはかなり嫌気がさしてきている。取引はよそへまわすかもしれん」

カンケルはうめき声をあげた。「そうなれば、わたし自身が言質を与えたお金はどうなるんです？　三百ドルは……」

「そいつは気の毒だな。だが、そんなことはするべきじゃなかった」

「ですが、店の者たちは、わたしに電話するようあなたに言われたと話していました」

「おれが？　馬鹿げてる。肉を数ポンド注文した。そうすれば請求書が送られてきて、ふつうは金を支払う月初めに店が処理すると思うに決まってるだろう。新しい請求書のことだ。古い請求書は、あんたの不満たらしいお仲間の市民――告訴している連中――が保有している。まあ、いくら訴えたって、無駄だろうがな」

オーガスト・カンケルはじっとジョニーを見つめた。やがて、かぶりを振って向きを変え、自分のクーペに戻った。車に乗り込む前に、肩越しに声を飛ばした。

「こういうのは気に入りません、ミスター・フレッチャー。それに、わたしはこれで話は終わりだと思っていませんよ」

「いつでも会いに来てくれ、ミスター・カンケル」ジョニーは陽気に答えた。「あんたに犬を一頭売ってやってもいい、行儀がよくて、きちんとしつけられたペットを――」

ミスター・カンケルはエンジンキーを回して、ギアをバックに入れた。

ジョニーは屋敷の方へ向かった。細く開けたドアから様子をうかがっていたサムが、ドアを大きく開いて、外へ出てきた。

「聞いていたぜ、ジョニー。おれたちはもうおしまいだな」

「まだだ。今日の分の肉はある――無理をすれば、明日の分もある。明日にはこの件は片付くと踏んでいる。手形はどこだ？」

サムは取り出した。ジョニーは仔細に調べた。〝要求払い〟手形で、日付は一年半前だ。〈ペンドルトン・ノベルティ・カンパニー〉の社長として、アンドリュー・ペンドルトンの署名がされていた。

「なるほど、サム」とジョニー。「これが示すところによれば、おれたちはゲームマシンのビジネスに関係しているようだな」

「おれが見たところでは、ドッグビジネスよりいいって感じでもないが」

「全体像を見てないからだ。たとえば、連中の展示会。今朝、おれは展示会が開かれてるコンベンションホールにいた。マイク・ペンドルトンに連れられて。アンドリューには娘がいるのを知っていたか？」

サムは鼻を鳴らした。「どんな女だ？　雌ゴリラのマギーみたいなのか？」

ジョニーは唇をすぼめた。「いいや。とてもそんなふうには言えない。だが、おまえはペンドルトン家のほかの連中を見ている。ジルの容姿を想像してみろよ」

「ジル？」

「彼女の名前だ」

サムはうさんくさそうにジョニーを見た。「娘と話したのか？　そのジルを、あんたは直接知っているように聞こえるんだが」

「一杯おごってやったんだ……。ジョージ・ポージーはどこだ?」

「ジョージならどこかそのあたりにいたぜ。あいつを働かせるのにはずいぶん苦労した」

「しいっ!」とジョニー。「どこであいつを見つけられるか見当がつく」

ジョニーは勝手口のドアを静かに開けて、ミセス・ビンズにうなずきかけると、足音を忍ばせてリビングルームに通じるドアへ向かった。ドアを開けたとたん、煙草の煙が鼻腔に押し寄せてきた。

「やあ、ジョージ」ジョニーは柔らかな口調で声をかけた。

寝そべっていたソファからジョージは飛び起きて、玄関ドアへと向かった。

「ちょっと待て、ジョージ!」ジョニーが大声で呼び止めた。

ジョージはドアの手前で足をとめたものの、手はドアノブに伸ばされたままだ。「暴力はなしで頼むぜ、フレッチャー」若者はせせら笑った。

「暴力だって?　話がしたいだけだ。おまえが吸っている煙草を買う金はどこで得たものだ、ジョージ?」

若者の目が険しくなった。「どういうことだ、フレッチャー?」

「単なる好奇心だ、ジョージ。ほかのみんなは犬用ビスケット代もないありさまなのに、おまえはずいぶん金回りがよさそうだから。煙草が買えるし、ナイトクラブに出かけてシャンパンが飲めるし……」

「それがどうした?　おれは一文無しとは言ってねえぞ」

「たしかに、言ってないな。とはいえ、サム――」

ジョージが玄関ドアを開けるよりも早く、サムが猛然と玄関ホールを突き進んで、彼をつかまえた。

大声でわめいてめちゃくちゃに蹴ってくるジョージにたくましい片方の腕を巻きつけ、両腕を身体にぴったりとつけて身動きとれなくさせる。

「おとなしくしろ、青二才。さもなければひっぱたくぞ」サムが怒鳴った。

すっかり静かになったわけではなかったが、ジョージは激しく抵抗するのはやめて、身をよじる程度になった。軽い足取りで近づいていったジョニーは、若者が唾を吐きかけてくるような気がして、ひょいと首をすくめた。

しかしジョージは、罵るだけにとどめておいた。

「放せよ、うすのろども。おれにこんなことをする権利なんてないぞ。この……」

ジョニーは茶目っ気たっぷりにジョージのポケットを軽く叩いていった。ズボンのポケットからは小額紙幣とコインで八ドル分を見つけたが、胸ポケットでは大きな収穫があった。厚みのある財布だ。分厚い札束を抜き出して、ジョニーは口笛を吹いた。「札束だ、サム、大量の紙幣だ」

「なのに、この若造は、おれたちみんなにひもじい思いをさせてきたわけだ！」

ジョニーは紙幣を数えた。全部で百八十八ドルある。「これはこれは、ジョージ、この融資に心から感謝する」

「融資だと！」ジョージは大声をあげた。「おまえらにその金を貸したりしてねえぞ。おれから盗んでるんじゃねえか。おまわりにしょっぴかせてやる……」

「わかったとも、ジョージ」ジョニーは言葉を続けた。「いつかおまえにも同じようにしてやるよ。おれたちに金を貸してくれるなんて、ほんといいやつだな、サム？」

「たしかにな！」大男はくすくすと笑った。

サムがジョージを放してやると、若者は二、三フィート飛び退いてから、二人に顔を向け、二頭の……セントバーナード犬に襲われようとしている一匹の猫のように背を丸めた。

「そいつはおれの金だぞ、フレッチャー。返せよ。でないと、痛い目を見るぞ」

「おまえに返せば、こっちが痛い目を見る。必要なんだよ。ところで、この金はどこで手に入れた？」

「ジュリアスがくれたんだよ。おれの金だ！」

「死者に鞭打つようなことは言いたくない」とジョニー。「だが、ジュリアス・クラッグがそんな大金をおまえにやったんだとしたら、おれが——最初に——思っていたよりも倍は間抜けだったたってことだな」

ジョージはいきなり向きを変えたかと思うと、台所に通じる廊下を駆けだした。ドアが乱暴に閉まる音が聞こえる。ジョージが屋敷を飛び出していったのだ。ジョニーはリビングルームに戻りはじめた。

「ジョージがおれたちにこんな隠し事をしていたとはな！　こっちがビールですますしかないときにシャンパンを頼んでいたわけだ」

「ジョージは本当にジュリアスから金をもらったと思うか？」

「ああ、思うね。ただし、ジュリアスが金を手渡したとは考えていない。ジュリアスが撃たれたあと、最初に彼のそばへ行ったのはあいつじゃなかったか？」

「ポケットなんかを探ったってことか？」

「ジュリアスは胴元だった。賭元ってのは多額の現金を持ち歩くものだ」

サムは丈夫な白い歯で下唇を噛んだ。「いま、状況はどうなってるんだ、ジョニー？　誰がジュリアスを殺したのか、見当はついているのか？」

「殺された理由さえわかればな。それがわからなくて頭がおかしくなりそうだ。どうしても動機が探り当てられない。いいか、ジェームズ・ウェッブはジュリアスに腹を立てていた。犬のことでだと思っていたが、それよりも、ジュリアスが分け前をたくさん欲しがりすぎたことで条件のいい取引ができなかったせいだと判明した。ウェッブがジュリアスを殺したとは思えない。相続人について知らなかったし、どっちにしても、取引を長引かせるリスクは冒せなかった。すばやい反応を得られなければ、航空会社は話をほかへ持っていくだろう。そうだ……それで思い出した。この航空会社にはおれが自分で交渉するつもりだった。いますぐ電話してみよう」

ジョニーは電話帳をとって、セントルイスの十二丁目にあるトランスアメリカン航空会社の総本部の電話番号を調べ出した。電話をかけたジョニーは、総括管理者につないでくれるよう頼んだ。

「デミングでの飛行場用地に関する件だと伝えてくれ」ジョニーは交換手に言った。

長く待たされたあと、電話口に出た総括管理者の最初の言葉にジョニーは仰天した。「申し訳ありませんが、当方ではもう関心はございません」

「なんだって？」ジョニーは思わず大声になった。「飛行場が必要なんじゃないのか？　ここよりもっと適した場所があるとでも？」

「いくらでもございます。市街地により近い土地をすでに購入済みです……」

「購入済み？　いつのことだ？」

「ええ、数日前のことです。残念ですが……」航空会社の総括監理官が電話を切る音がした。

しばらく受話器を見つめたあと、ジョニーはフックに戻した。「こりゃ驚いたな。何日も前に取引が無効になっていたなんて。なあ、どう思う?」

「あれを聞けよ、ジョニー!」サムが叫んだ。「犬どもが……」

かすみのかかった頭をはっきりさせようと、ジョニーは首を振った。とたんに、犬の吠え声が耳に入ってきた。ジョニーたちが到着した最初の晩に負けないほど大騒ぎしている。

ジョニーは悪態をついた。「あの悪ガキめ! 犬舎に行って、犬たちを興奮させてるんだな」

「思い知らせてやる」サムは怖い顔で裏口に向かった。

サムが裏口にたどり着くより早く、ドアが外から勢いよく開けられて、恐怖で顔をゆがめたジョージが飛び込んできた。

「クラッグ! フレッチャー!」ジョージが悲鳴のような声をあげる。「犬舎の中で男が死んでる。おれが見つけた。おれ——」

ジョージは苦しげに息をついた。

ジョニーは最後まで聞かなかった。ジョージのそばを駆け抜けて外に出る。オリンピック記録並みのスピードで庭を横切って、長い犬舎の手前側にあるドアを引きちぎるような勢いで開けた。

# 第十六章

犬が吠えたり、うなったり、遠吠えしたりする騒々しさはすさまじく、ジョニーはうろたえて立ち止まり、あたりを見回した。そのとき、通路の向こうの端にうずくまっている服を着たものが目に入った。

通路の奥へと走りだし、近づくにつれてその速度が上がる。やがて、ぴたりと足をとめた。男の顔はこっちに向いていた。まばたき一つせず、口を大きく開け、虚空をにらんでいる目をまじまじと見て、死んでいると悟った。

弁護士のジェラルド・ポッツだ！

背後から重い足音が通路を近づいてくる。サム・クラッグが大声で訊いた。「誰なんだ、ジョニー？」

相棒を振り返る。「ポッツだ、弁護士の」

「ポッツだって！　なんてこった。こいつはどうやってここに来たんだ？」

ジョニーは目を見開いた。「そうだ、どうやってポッツはここに来たんだ？　外に車はない。おまえが最後に犬舎にいたのはいつのことだ？」

サムは片方のごつい手の甲で顎をこすった。「いま何時だ？」

ダラーウォッチに目をやった。「十二時を少しまわったところだ。おれが屋敷に戻ってきたのが十一時半過ぎ」

「そうか、あんたが戻ってくる一時間前には、おれは犬舎を出ていた。あの銀行屋からは隠れていたが、そのしばらく前には休憩をとりに……」

ジョニーは鼻を鳴らした。「休憩をな！　ペンドルトンたちはいつ帰った？」

「ああ、連中は早い時間にここへ来ていた。十時頃には帰ったんじゃないかな」

「おまえはいつ犬を埋めてやったんだ？」

サムは顔をしかめた。「埋めてない。そこの大きな箱に入れてある。埋めるつもりだったが、あの首輪に気がついて……」

「それは何時のことだ？」

「さあ、ペンドルトンたちが帰って、ほんの数分後のことだ。五分か十分くらい」

「そのときジョージはここにいたのか？」

「いいや、穴を掘るために、あいつにシャベルをとりに行かせた。手形のことはしゃべってない」

「そりゃよかった。手形を見つけたあと、おまえはどうした？」

「屋敷に戻ってあんたに電話した」

ジョニーはまた鼻を鳴らした。「おいおい、いいか。おれが電話をかけたんじゃないか。おまえはどこに連絡すればいいか知らなかっただろう」

「そうだった。あんたがおれに電話したんだ。犬の首輪の中に手形を見つけてから三十分くらいあとのことだった」

ジョニーは歯をむいてうなるように言った。「おまえを証人席に着かせるような弁護士はいないだろうよ！　おれが屋敷に戻ったのが十一時半過ぎ。おまえは銀行屋から隠れていて、おれが電話したのが十時半頃。その三十分前となると――」

「混乱させないでくれよ、ジョニー」サムが口を挟んだ。「おれのやり方で整理させろ。十時頃にペンドルトンたちが帰った。十分後、犬の首輪を見つけた。あんたが電話してきたのが十時半頃。カンケルはそのときすでにここにいて、外の車の中で座っていた。あの銀行屋は、あんたが電話をよこす前に来ていたんだが、おれは話そうとしなかったにすぎない。だからこそ、おれは屋敷の中にいて、あんたからの電話をとったってわけだ」

「じゃあ、カンケルはいつやってきたんだ？」

「十時十五分頃だ。おれが犬の首輪を見つけた直後に……」

「ちょっと待て！」ジョニーは叫んだ。「おまえは十時十分に犬の首輪から手形を見つけた。犬の首輪を外したとき、おまえはどこにいたんだ？」

「犬舎の中だ。ゆうべ警官が犬をそこに置いた」

ジョニーの目がきらりと光った。「ところで、そういった動きがあったあいだ、保安官や保安官代理はどこにいた？」

「保安官たちは早々に帰っちまった。しばらく調べまわっていたが、そのうち一人がリムジンで戻ってくると、すっかり興奮して、一人残らず車に乗り込んで、慌ただしく走り去った。そのときはまだペンドルトンたちも来ていなかった」

「サム、この先こそ真剣に考えろよ。おまえの記憶ちがいでなければ、ポッツは、おまえが犬の首輪に仕込まれた手形を見つけて屋敷に戻ってから、カンケルが現れるまでのあいだに――五分から十分のあいだに――ここへ来た。その間――そうだな、十分としよう――厳密に言って、おまえはなにをしていた？」

「なにもしてない。おれは屋敷に入った。あんたに連絡しようとして、電話帳を手にとったものの、あんたのいそうな場所がわからなかったってことは覚えてる。その直後にドアベルが鳴って、それがカンケルだった」

「応対したのか？」

サムは大きく顔をゆがめた。「いいや、召喚状を持ったやつがまた来たのかと思って。ミセス・ビンズに出てもらったんだ。おれは二階へ逃げた」

「屋敷の中にいたのは、おまえとミセス・ビンズだけか？　ジョージはどこにいた？」

「犬を埋めるための穴を掘っていたと思う。屋敷に入ってくる物音は聞こえなかった。おれは二階に潜んで、あんたの電話がくるまで窓から外をうかがっていた。電話のあと、また二階へ戻った」

「その間、やってきた車は一台もなかったんだな？　出ていった車も？」

「おれの知るかぎり、ない。車の音も聞いてないし――見てもいない」

ジョニーは困惑して首を振った。そのとき、犬舎の外からにぎやかな音が聞こえてきた――犬たちは、ジョニーとサムが中に入ってから数分後には、かなり静かになっていた。

犬舎の反対側のドアが開いて、男たちが次々に入ってきた。

「ここでなにが起きているのかね？」リンドストローム保安官が轟くような声で訊いた。

部下を大勢引き連れて、どたどたと通路をやってくる。

ジョニーは渋面をつくった。「またずいぶんと早いな！」

「ジョージが呼んだんだ」サムがうなるように言う。

保安官代理のうち、一人、二人は銃さえ手にしていた。

「ミスター・ポッツじゃないか！」リンドストロームが大声をあげた。ジョニーのそばをかすめるようにして通りすぎ、しゃがんで死んだ男を観察する。「頭を強打されている」

リンドストロームは立ち上がると、ジョニーをにらみつけた。

「こういうのが、ここでは日常茶飯事になりはじめているぞ」

「そうだな」ジョニーはげんなりした口調で応じた。

奥のドアからジョージがおずおずと顔を突き出した。首を引っ込めたかと思うと、ジェームズ・ウェッブが犬舎に飛び込んできた。

「この騒ぎはなんだ、また人が殺されたのか？」

「パーティじゃないんだぞ」ジョニーが鋭く言い返す。

「まだ軽口を叩くのか」とリンドストローム保安官。「きみはあちこちで、いろいろ言ったり――したり――しているようだが、フレッチャー。いったいどういうことだ？」

「なんのことかな？　友人のサム・クラッグがこの土地を相続したのはほんの二日前のことだ。感じのいい静かな場所じゃないかという期待を胸に、ここへ来た。それでこんなことに出くわしている」

「ここは感じのいい静かな場所だったんだよ――きみの友人が来るまでは」

「ほう、そうかい？　ジュリアス・クラッグは動脈硬化で命を落としたんだったかな？」

リンドストローム保安官が顔をゆがめた。「それはひと月前のことだ。あのあとは何事も起きていない、きみたちが現れるまでは」

「おれたちが来たことで、一連の事件がはじまったと考えているのか、保安官？　そうなんだろうな——おそらくは！　だが、どうしてだ？」

「このすべての背後になにがあるのかどうしてわたしにわかる？」

「答えてやるよ。このポッツは、おれたちがセントルイスに来た最初の夜、屋敷にやってきた——おれたちが到着して半時間と経たないうちにだ。サムに何枚かの書類へサインをさせて、遺産を引き渡した。すべての手続きをかなり急いでいたぜ」

「どうしてポッツはそんなに急いだのだろう」

「なぜだろうな。おれにわかっているのは、きわめて重要と思われるいくつかの事柄をポッツが言い忘れたということだけだ。たとえば、ミスター・ウェッブがジュリアス・クラッグをある不動産取引に引き入れようとしていたこと……」

「わたしが自分で話す」ジェームズ・ウェッブが鋭い口調で言った。「クラッグとはお互いにさして仲がよくなかったことは、秘密でもなんでもない。彼に、近隣の者を一晩じゅう起こしておくほどの頭数の犬を連れてくる権利はなかった。あの犬たちは地域社会全体にとって有害な存在と言えるだろう……」

「だったら、鶏も有害な存在というわけだな」とジョニー。「しかしだ、養鶏業者が逮捕されたというのは聞いたことがない」

「ここは住宅地だ」

「市街地の外にある。だが、実際に住宅地だとするなら、ミスター・ウェッブ、自分の土地とこの土地を飛行場用に売ろうとしていたのは、どういう了見だ?」

ウェッブの顎に力が入った。「あの取引は成立していない、フレッチャー。きみも知ってのとおりだ。きみらがこの土地を売るチャンスはないんだ」

「ああ、知っているとも。あの商談は流れた……一週間ほど前に。トランスアメリカン航空はとっくの昔に用地を買収していたのさ。あんたも承知していただろう、ミスター・ウェッブ?」

「今朝、初めて知った。先方と連絡を取り合っていなかったから」

「だが、ゆうべおれたちがあんたの申し出を受けていたらどうなっていた?」

「きちんと決める前に確認していたはずだ」

「へえ、あんたが?」

「いいかね」リンドストローム保安官が割って入った。「少しわたしにしゃべらせてくれ。個人的な取引や細々としたことには興味がない。ここで人が殺されたのだよ、二人も……」

「三人だ」ジョニーが訂正した。「ジュリアスのことを忘れないでくれ」

「忘れたわけではない。ただ、あれは一か月前のことだ。今回のはいま起きている。わたしは、ジュリアス・クラッグを殺害した者が、アーサー・ビンズとジェラルド・ポッツを殺したのだと考えている。いいか、フレッチャー、今度はわたしが話す番だ。トンプキンズが遺体を発見したんだったな?」

ジョニーは、人垣のはずれで突っ立って、いまにも吐きそうな顔をしているジョージの方へうなずいてみせた。保安官が向きを変えた。

「そうだな?」

ジョージは頭を小さく上下に振った。「そうだ」聞こえるか聞こえないかのような声で答える。

「いつ発見した？」

「保安官に連絡する直前。この犬舎から屋敷に走り込んで、フレッチャーとクラッグに知らせたあと、急いで電話をかけに行った」

「十二時二十二分のことだ。通報があったとき、わたしは時計を確認した。ドク」保安官は、いつの間にかそばに来て、遺体の脇にかがんでいる男に声をかけた。「死んでからどのくらい経っていそうだ？」

「解剖してみないことには、なんとも言えんね。よく調べなければ、答えられん。だが、遺体と血液の凝固の状態から見て、かなり時間が経過しているだろう」

「十五分？　三十分か？」

「二時間とか？」ジョニーがあて推量をした。

ドクターは肩をすくめた。「わからんよ。遺体を詳細に調べなければならない。とはいえ、死後硬直が始まっている」

「そんなに早く始まるものか？」

「一般的にはちがうが、そういう場合もある。解剖が終われば、もっとずっと明確に答えられるよ」

「それでかまわない、ドク」と保安官。「では、ジョージ、どういう経緯で、遺体を発見するに至ったのかね？」

ジョージはジョニーにちらりと目をやってから、上唇をめくりあげた。「あいつらがおれを屋敷から追い出したんだ」

「追い出した?」

ジョニーはジョージから金を取り上げたことを考え、彼がそのことをぶちまけるだろうと覚悟した。ところが、ジョージはぶちまけず、別のことをしゃべった。

「あいつらはおれにビンズの仕事を引き継がせた。犬に餌をやりに来て、これを……見つけたってわけだ!」

「今日、それより前に犬舎に入ったことは?」

「あるよ、何度も。朝早く、あんたたち警察が来てたとき、おれはここで働いていた」

保安官はうなずいた。「そうだ、たしか、おまえを見かけたよ。おまえとクラッグを。ところで、フレッチャー?　きみは今朝どこにいた?」

「ダウンタウンにいた。スロットマシン製造業者の展示会に出席するために」

「ほう?　きみはスロットマシンのビジネスに一枚嚙んでいるのか?」

「ジュリアス・クラッグはそうだった」

「初耳だ」

「ジュリアスについて、あんたはいろいろなことが初耳のようだな、保安官。彼が競馬の胴元だったことも知らなかった」

保安官は聞こえよがしに咳払いをした。「いつ展示会から戻ってきた?」

「十一時半頃だ。戻ってきたとき、ミスター・オーガスト・カンケル――そう、銀行屋の――が、外の車の中で待っていた。ビジネスの件で少しばかり話をしたあと、サムが迎えに出てきて、二人で屋敷に入った。ジョージがこの――事件のことで叫びながら入ってきたときも、おれたちはまだ屋敷の中にいた」

「そのとおりか、ジョージ？　クラッグには訊くまでもない、二人は仲がよすぎるからな」

ジョージはうなずいた。「そのとおり……だと思う。フレッチャーが戻ってきた物音は聞いてないが、屋敷へ入ってからは出てきてなかった」

「クラッグについては？」保安官はジョージに尋ねた。

「知らない。午前中はあちこち動き回っていたぜ」

「おれだってしゃべれるぞ」サムがうなるように言った。

「では、話してくれ。今朝なにをしていたのか、時間を追って教えてほしい――われわれが立ち去ってからのことを」

サムは左手を上げて、五本の指を大きく広げた。右手の人差し指で、左の親指を折り曲げる。

「あんたたちがここを出たのが九時半。十分後にペンドルトンの集団がここに来た……」

「なんの話をしている――ペンドルトンの集団？」

「そう言ってるだろう。みな家族だよ。おやじのペンドルトンに、息子が二人。連中は〈ペンドルトン・ノベルティ・カンパニー〉を経営している。あいつらは十時頃までぐちゃぐちゃしゃべっていて、そのあと、おれとジョージで穴を掘って、ゆうべ毒で殺された犬を埋めてやることにした」

「穴を掘ったのはおれだ」ジョージが苦々しげに口を挟んだ。「そんとき、おまえがなにをしていたかは知らねえ」

「きみはなにをしていたんだね、クラッグ？」リンドストロームが尋ねた。

「おれたちが取り掛かったのは十時だった。いや、ジョージが穴を掘りはじめたのがという意味だが。

おれは犬舎に来て、犬の首輪を外してやり――」サムは言葉を切って、ジョニーにすばやく目をやった。

ジョニーは石のように硬い表情でサムを見つめ返す。保安官がサムの視線をさえぎった。「どうして犬の首輪を外したんだ？」

「そりゃ、いい首輪だったからだ。ここにいる全部の犬に首輪を買ってやることはできないんだよ。言ったように、おれは犬から首輪を外して、屋敷に入った。そのあとすぐに銀行屋がドアベルを鳴らして、おれは二階に逃げた」

「どうしてまた？」

サムは訴えかけるような目でジョニーを見た。ジョニーが答えた。「サムは銀行屋が好きじゃないからだ。アレルギー反応を引き起こすんだよ」

リンドストローム保安官は不機嫌そうな声をあげた。「フレッチャー、彼は自分でしゃべれるぞ。クラッグ、きみはどのくらいのあいだ二階にいたのかね？」

「銀行屋がいなくなるまで」

「一、二分ほどか？」

サムはごくりと唾をのみこみ、またジョニーが代わりに答えた。「カンケルは一時間あまりここに残っていた。十時十五分から十一時半頃まで、屋敷の外にとめた車の中にいたんだ」

「カンケルはここに一時間十五分もいたのか？」保安官が驚きの声をあげた。「きみを待って？」

「そうだ」

「用件は？　ふつうカンケルは人々を待たせる。彼が一時間以上も誰かのために待つなんて聞いたことがない」

「ビジネスがらみだったからだろう」

「どんな?」

「個人的なビジネスだよ。事件とはなんの関係もない」

「たしかかね?」

「ああ、まちがいなく」

保安官は眉を寄せた。「きわめて重要な用件だったのだろう。とはいえ、そこまで重要なものもわたしには思いつかないが――ただ……」なにか急に思い当たったような目になった。「クラッグ、カンケルはきみが屋敷に入ってすぐに訪ねてきたと言ったかね? そして、フレッチャーが戻ってくるまでここに残っていた?」

「やあ」とジョニー。「ようやくエンジンがかかってきたな。あんたが来る前に、おれはその点に気づいていたよ。サムが死んだ犬からあの――首輪をとって屋敷に戻ったのが、十時十分頃。そして、屋敷に入って五分から十分――少なくとも五分、せいぜいいっても十分――後に、カンケルが現れた……」

「だとすれば、ミスター・ポッツはそのあいだに殺されたにちがいない……」保安官は一瞬目を丸くしたものの、すぐに疑わしげな表情になった。「きみが事実を語っていればの話だが、クラッグ」

「嘘をついてるって言うのか?」サムが嚙みつかんばかりの勢いで聞き返す。

犬舎の外で車のホーンが執拗に鳴り響いた。静かになっていた犬たちが、またうなりはじめる。だが、盛大に鳴きはじめるよりも早く、犬舎のドアが開いたかと思うと、巨人のような身体が戸口をふさいだ。

アンディ・ペンドルトンだ。

「おい、フレッチャー！」彼は怒鳴った。

「中に入ってくれ、アンディ」ジョニーも叫び返す。「家族も連れてな」

すでにアンガスとアンドリューはアンディに続いてきていた。三人ともドアを入ってすぐのところで足をとめた。

「先客がいたとは知らなかった」アンディが轟くような声で言う。

「ああ、そうなんだ。こっちへ来いよ、ここに死体があるんだ。たぶんあんたらも知った顔だ」

# 第十七章

父親のアンドリューがアンディの前に回り込み、先頭に立つかたちで、ペンドルトンたちは通路を進んできた。保安官とその部下たちが道を空けたために、新来者たちは、弁護士ポッツの死体が見えるようになった。

「驚いたな、ジェラルド・ポッツではないか」アンドリューが言った。「なるほど、ついに報いを受けたということか」

「なんだって?」リンドストローム保安官がいらだちをあらわに聞き返した。

「聞こえていただろう」とアンドリュー。「ポッツは弁の立つ弁護士だった。なんでも言うことを聞く弁護士は好きじゃないが、口のうまい弁護士はもっと嫌いだ。ポッツはジュリアス・クラッグの代弁者だった」

「あんたの言うとおりだよ、ミスター・ペンドルトン」ジョニーがすかさず言った。「この男は、ジュリアスがあんたに貸した金の細々とした点を処理していた」

白髪頭の古狐の目がぎらついた。「借りた金は返したぞ」

「本当か? だったら、どうしてここに顔を出しつづける? おれがあんたの話を信じるとは思わないのか?」

「わしは口達者な弁護士がからんでいたことは何一つ信じない」アンドリューが刺々しく答えた。「ポッツは自分のためにならないほど抜け目がなかった。自業自得。それだけだ。行くぞ、息子たち！」

「おいおい！」リンドストローム保安官が叫んだ。「まだ帰ってもらっては困る。そんな話をしたあとでは」

「誰がわしを引き止めようとする？」

「保安官がするよ」ジョニーが口の片端を吊り上げた。「彼の仕事だ」

ペンドルトンたちが険悪な表情をリンドストローム保安官に向けた。「わしらは保安官も好きではない」一家の家長が宣言した。

リンドストロームが落ち着かない様子で口元をピクピクさせる。だが、大勢の部下が見ているということが彼に勇気を与えた。「わたしもきみたちの誰一人として好きではない。まったくもって気に入らない」

「いいだろう、だったら、邪魔せんでもらおう！」

「そうはいかない……きみたちがいくつかの質問に答えるまでは」

「なら、さっさと質問して、終わらせろ！」アンドリューが鋭い口調で言葉を返す。「われわれは忙しいんだ」

「今朝、ここに来ていたのはきみたちだろう」保安官が質問に取り掛かった。「用件はなんだった？」

「フレッチャーは話さなかったのか？　だとしたら、あんたにはいっさい関係がないと考えたにちがいない。そのとおりだ」

「関係あるとも。今日ここで起こったことは、すべて把握する必要がある。ここを立ち去ったのは何時だった？」

「十時だ。ポッツが殺されたのはいつだね？」

リンドストロームは腹立たしげに手を振った。「そのあと、きみたちの中で戻ってきた者はいないのか？」

「いるさ」ナイトクラブのオーナーであるアンガスが口を開いた。「みんなついさっき戻ってきた。気づかなかったのか？」

リンドストロームの顔が赤くなった。「十時からいままでのあいだに、という意味だ。ミスター・ポッツは十時十五分頃に殺されたのではないかとみている」

「その頃なら、セントルイスへ戻る途中だった」最年長のペンドルトンが答えた。「さあ、もういいだろう。失礼する！」

アンドリューは背を向けて、大股に歩み去りはじめた。リンドストロームはペンドルトンたちを呼び戻そうと口を開けたものの、また閉じて、サム・クラッグをすごい目つきでにらんだ。「きみが彼らにアリバイを与えたんだぞ、自分でな」

サムは頭をかいた。「おれは連中が十時頃に出ていったと話しただけだ。戻ってこなかったと言った覚えはない」

「いいや、言ったも同然だ。きみはミスター・カンケルが訪ねて来る前に、ほかの車が来たとも話さなかった」

「サムは屋敷の中にいたんだ、車は一台だって見られたはずがない」ジョニーがサムをかばう。

「音は聞こえただろう」リンドストロームがぴしゃりと言い返す。

ジョニーは肩をすくめた。「あんたがボスだ、保安官。それと、よければ、もう行っていいかな——昼飯の時間になってるから」

保安官は身震いをした。「食う気なのか？　このあとで？」

「問題でも？　夜まで食べずにはもたない。ほかに反対意見は？」

それ以上は出なかったので、ジョニーは犬舎の奥にあるドアに力強い足取りで向かった。サムが続き、そのサムの数フィートあとからジョージがついていった。

三人が屋敷に戻ると、スーザンがリビングルームで座っていた。

「いったいどういうことなの？」はじかれたように立ち上がりながら、悲鳴のような声で尋ねた。

「誰がミスター・ポッツの死を望むというの？」

「どうしてポッツが殺されたことを知っているんだ？」ジョニーが間髪を入れずに問い返した。

スーザンの視線が無意識にジョージに向けられた。ジョージの小鼻が広がる。「おれが電話したんだ……保安官に連絡したあとで。やっぱりポッツだったよ、スージー」

スーザンは力なく座り込んだ。「ここでなにが起きてるの？　どうにもわからないわ。昨夜のことといい——今朝のことといい！」

「野放しになっている殺人鬼がいるということだ」ジョニーが暗い声で答えた。「三人を殺した人間が。しかも、死体が三つから四つに増えたって、犯人は一度しか絞首刑にされない——」

「四つって？」スーザンがあえいだ。「誰が……」

「さあな。また殺人が起きるかどうかさえ、おれにはわからない。だが、連続殺人というのは、始まりだしたら、いつとまるのか誰にもわからない。どうにも気に入らねえ」

「ジョニー」とサム。「なにもかも放り出して、とっととここから出ていこうや」

「出ていくとも、この殺人鬼を突き止めたあとでな」

サムはあくまで反対しようとしたが、決然としたジョニーの顔を見て思いとどまり、代わりに訊いた。「昼飯はなにかな?」

「昼飯ですって!」スーザンが金切り声をあげた。両手で顔をおおって立ち上がり、玄関ドアへと駆けだしていく。ジョージが追いかけていった。

ドアが勢いよく閉まる音がして、サムは驚いたような声で尋ねた。「彼女、いったいどうしたんだ? 昼飯はなんだろうと思って、それを口に出しただけなんだが」

「ハンバーグに決まっているだろう、サム」ジョニーは容赦なく言った。「今日の晩飯も。明日の朝もな。ハンバーグばっかりさ」

だが、昼飯はなかった。台所のレンジに鍋などはのっているものの、料理はできていなかった。ミセス・ビンズの姿がない。彼女は二階の自分の部屋にいた。ポッツの死が耳に入っていたのだった。

ジョニーはやれやれといった顔でため息をついた。彼自身、かなりうんざりしていた。リビングルームに戻ると、肘掛け椅子に身体を投げ出した。サムが部屋に入ってきて、しばらく行ったり来たりしたあと、うなるように訊いた。

「今度はなんだ、ジョニー?」

「正直なところ、サム、おれにもわからない。今回ばかりはお手上げだ。さっぱり見当もつかない」

「だったら、最初から見直したらどうだ? おれはたいして力にはなれないだろうが、あんたはしゃべっているうちにいつもひらめくじゃないか」

ジョニーはうっすらと笑みを浮かべた。「おまえは手を引かせたいんじゃなかったのか?」

サムは鼻を鳴らした。「本当に八方ふさがりってときに、おれがあきらめたことはあったか? なにもかも片付いても、ここを好きになることはねえだろうが、いまのところ——片はまだつけている最中だ」

「おまえの言うとおりだな、サム。おれはポッツが怪しいとにらんでいた。あいつはジュリアスの弁護士だったから、自分が利用できそうな彼の情報をあれこれ握っていたんだろう。そのうえで、ウェッブとペンドルトンに関して嘘をついた。ペンドルトンは借金を返したと言ったよな。だが手形は、それが事実と反することを示している」

「それだと、ポッツはペンドルトンと手を組んでいたように聞こえるぜ」とサム。「ペンドルトン側はどんな手でも打っただろう。五万ドルがかかっているんだからな」

「おれだって、その点を見逃していたわけじゃないさ。五万ドルの金は、ペンドルトンたちがポッツを始末したがる理由にもなる。ビンズは——連中は手形がまだ存在するとわかっていて、探し出したかった。手形を破り捨てれば、五万ドルは返さずにすむからな」

「けどよ、どうして連中はいままで待ったんだ? おれたちが現れるまで一か月もあったのに」

「ペンドルトンについては、その点がどうにも引っかかる。今日やれる喧嘩を明日に延ばすような連中じゃない。それでミスター・ジェームズ・ウェッブに疑惑が向くわけさ。例の航空会社の話は穴だらけだ」

「そうなのか? あんたが犬舎でしゃべっているのを聞いていたが、おれにはさっぱりわけがわからなかった」

「トランスアメリカン航空は一週間前に用地を取得している。だからさ、サム、おれはこの一両日、ウェッブはどうやって生活してるんだろうと不思議に思っているわけだよ。どうやって暮らしを立てているのか。これから突き止めるつもりだ」

「それも悪くないかもしれないが、どうもおれには、ウェッブは殺人をやらかすような人間に思えねえ。ってことは、ペンドルトンか――いや、そうだ、ピート・スラットのことを忘れるところだった！　あいつはどうだ？」

「スラットは長生きするタイプじゃない。だがな、三万二千ドルを手に入れる前にジュリアスを殺したんだとしたら、あいつは救いようのない大馬鹿者だ」

「おれはあの雌ゴリラに殴られたところが痛むぜ。銃を持ってないときのスラットにぜひとも会いたいな」

「おれもだ、サム。あいにくそんな心楽しい機会には恵まれないかもしれないが」

外で車のホーンが二度鳴らされた。

ジョニーは目をしばたたいた。「いったいなんだ？」

サムが窓へと向かった。「おいおい、この音はまるで――いや、本人だ、ジョニー。あの大富豪のファラデーが、どでかい車に乗ってきているぞ！」

すぐさま立ち上がって、ジョニーは窓辺へ足早に歩いていった。サムの言うとおりだった。マーティン・ファラデーはすでにキャデラックから降り、屋敷の玄関に進んできていた。

ジョニーは玄関ドアを開けてファラデーを迎えた。「おや、ミスター・ファラデー、お元気ですか？」

「まああだ、フレッチャー。昨夜ここで起きた事件のことを新聞で読んでな」

「昨夜？　犬舎のそばで大勢の人間が動きまわっているのはどうしてだと思うんですか？　新たな事件が起きたんですよ」

　ファラデーが息をのんだ。「また殺人が？　嘘だろう！」

「残念ながら、事実です。イロクォイ・ザ・ナインスはどうしていますか？」

「イロクォイ？　モホーク・ザ・セブンスのことか？　セントルイスの店にいる。毛をブラッシングして、爪を整えてもらっているのだ。見事な犬だよ、モホークは」

「ええ、本当に、ミスター・ファラデー。モホークに仲間をこしらえてやる気はないんですよね？　寂しくさせないように」

「実のところ、その気はあった。だからこそ、戻ってきたのだ。きみも知ってのとおり、わしは馬の繁殖はあきらめている。競馬場で出くわすたぐいの人間が好きになれなくてな。犬を何頭か飼ってみようかとしばらく思案していたのだ」

　ジョニーの目が熱っぽく輝いた。「火曜に聞くニュースの中では最高に言い知らせですよ、ミスター・ファラデー。あの犬種を盛り立てるには、あなたのような人が必要なんです。東部のドッグショーで〈クラッグ・ドッグ・ファーム〉の犬を何頭かあなたに紹介できたらと思っていました……そうですとも、われわれにとって、とても意義あることになるはずです。六頭買ってくだされば、あなたが耳を疑うようなお値段にしますよ」

「ほう？　だが、六頭か！　わしはちまちましたことはやらん。決してな。きみのところの犬をすべてまとめて買おうと思っていた。犬舎ごと」

サムがよろめいて、倒れまいと窓枠をつかむ。ジョニー自身、身体がぐらりと揺れたような気がした。

「ドッグ・ファームを丸ごとですか、ミスター・ファラデー？　それはどうでしょうか……。つい先ほど、しごく条件のいい提示を断ったばかりでして。そうは申しましても、競走馬の繁殖を続けてこられたあなたの手腕からいって……申し入れを考えてみてもいいかもしれません。どう思う、サム？」

サムはむせ込んだ。「ゲホッ、ゲホッ！」

「そうきたかね」とファラデー。「わしはじっくり考えたのだよ。ドッグ・ファームの状態は劣悪だし、ここへ引っ越してくることにすれば――そうするかどうかは決めかねているが――建物も新しくしなくちゃならん。だが犬は――そう、わしが主に関心を寄せているのは犬だ。たしかきみたちは二百頭を所有している。一頭当たり二十ドルでどうだろう。締めて四千ドルだ」

「四千ドル！　冗談もほどほどにしてくださいよ、ミスター・ファラデー。ここには三百ドル以下の象――いえ、犬はいないと知ってらっしゃるでしょう。あなたはモホークをお連れになって……」

「ああ、連れていったとも。はっはっ！　アーチボルドは昨日きみが仕掛けたいたずらの話を聞かせてくれた。あいつはきみが銀行を襲ったと考えていたぞ」

「ははは」ジョニーはにこりともせずに笑った。「わたしは預金を少々したにすぎません」

「ほう、そうかね？　ここへ来る途中、銀行に寄ってきた。ほんの十五分ばかし前のことだ」ファラデーは言葉を切って、舌で頰を内側から突いたあと、微笑した。

ジョニーも赤面するくらいの慎みはあった――少しは。「ちょっとダンケルをからかっただけです」

「カンケルのことかな？　ひとまず休戦にしないか、フレッチャー。わしはささやかな遺産を手にして、それを倍増させた――自分自身の力でだ。ここの状況については、調べてきたのだよ。抵当のことや……ツケが溜まっていることも承知している。競売にかけても、このあたりでは犬は二頭と売れないだろう。わしが抵当を引き受け、さらに二千ドルを上乗せしよう」

「さっきあなたは、犬だけで四千ドルだと言いましたよ！」

「犬だけならだ。きみたちは三千ドル分の餌代を支払っていない。いいだろう、ドッグ・ファームと犬、それに未払いの餌代を引き受けよう。それでどうだ？」

ジョニーは驚きの目で見つめた。「それで、われわれが得るものは？」

「頭痛止め一箱だよ。きみにはここで巻き返す機会は千に一つもない。たしかに、きみはなかなか頭がいい、フレッチャー。あの銀行の頭取を煙に巻くやり方は見事だった。だが、二度通用するだろうか？」

「アイデアならいくらでもありますよ」

「そうか。では、この状況から抜け出す手立てを考えることだな。わしは明日の晩までコロナード・ホテルにいる。わかったか？」

ジョニーが憂鬱そうにうなずくと、ファラデーはサムに軽く頭を下げてみせ、屋敷から立ち去った。車のホーンが聞こえて、ジョニーは窓辺へ行った。ファラデーの大型車が私車道から出ていくところだった。

「ペンドルトンから五万ドルを回収したら、犬はファラデーにくれてやるさ」サムがぼそりとつぶやいた。

「金を回収したら、ファラデーに札びら切ってここを引き取らせてやる」とジョニー。「あんなに恥をかかされたのは生まれて初めてだ。マイク・ペンドルトンに――あの家族の中でいちばん身体のでかい――喧嘩をふっかけたいぐらいの気分だったぜ」

「アンガスやアンディよりでかいのか？　一つの家族の中でそういう大男は三人が精いっぱいだったんだな。ところで、妹の体重はどのくらいだ？　二百ポンドとか？」

「いいや、そこまではいかない」ジョニーは小声で付け加えた。「九十ポンドくらい軽いかな」

ジョージが玄関ドアから入ってきた。戸枠に寄りかかる。「これまでだ、フレッチャー。おれは出ていく」

「わざわざ教えてくれなくていいぞ、ジョージ」ジョニーはいらだたしげに言った。「大事なことをあれこれ考えている最中だ」

「おれだってそうだ。あんたがおれから盗んだ金が必要なんだよ。ニューヨークへ行くんだから」

「外国人部隊にでも志願するのか？　あそこは女にフラれた男が行くと相場が決まってるがな」

「おれはフラれてねえよ、フレッチャー。スーザンもニューヨークへ行くんだ」

「ほう？　おまえと一緒にか？」

「いや。けど、あとから来る」

「彼女の父親はどう言ってる？」

「スーザンは二十一歳だ……」

「同い年か――おまえの言葉どおりなら」

「おまえになんの関係がある？」

ジョニーは忍び笑いをした。「なんの関係もないさ、キッド。いつ出発するんだ？」

「あんたがおれの金を返してくれたらすぐに」

「で、おれが返さなかったら？」

「あんたは返さなきゃならねえんだよ。おれの金だ。ニューヨークまでの鉄道運賃が三十九ドルだし、駅へ行くまでにもいくらか金がかかる」

「ホレイショー・アルジャーの小説に登場する少年たちは金に恵まれていたためしがない。おれだってそうだ。十セント硬貨一枚もないままニューヨークに到着したことなんてザラにある」

「たしかにな、ジョニー」サムがうなずいた。

ジョニーは片頰をゆがめて笑った。「〈四十五丁目ホテル〉に立ち寄れよ。おれの名前を出せば……おまえを叩き出してくれるぜ」

「冗談言ってる場合じゃないんだ、フレッチャー。あの金をよこせ——さもないと、ただじゃおかないぞ！」

「わかった、悪かったよ。だが、金はまだおれが持っておく。どっちにしろ、おまえはジュリアスからそいつをくすねたんだ。金はサムのものだ」

「ジュリアスが遺言書を残してたら、クラッグは遺産になんてありつけなかっただろうよ」ジョージは苦々しげに吐き捨てた。

リンドストローム保安官が玄関のドアベルを鳴らし、応答を待たずにドアを押し開けた。「われわれはもう引き上げるぞ、フレッチャー。だが、わたしがきみなら、町を出るなんてことは考えないだろうな」

「犬舎には鍵をかけてくれたんだろうな？」ジョニーは小馬鹿にしたように聞き返した。

リンドストローム保安官はそれには答えずに立ち去った。

ジョニーはジョージに向き直った。「なあ、ちょうどあることを考えていたんだ。スーザンの父親はなんの仕事をしているんだ？」

「仕事はしてない。身を引いたんだ」

「なにから？」

「金を稼ぐことから。うなるほど金を持ってる」

「だったら、どうして航空会社との取引をまとめることにあれほど熱心だったんだ？」

「おまえが熱心だったんじゃないか、フレッチャー。おれは他人のことを触れて回ったりしねえ」一瞬、ジョージはどうしようか迷ったものの、階段の方へ足を向けて、二階へと上がっていった。

サムはジョージが視界から消えるのを待って、ジョニーに訊いた。「あいつ、本当に出ていくと思うか？」

「いいや、サム。なあ、おれはずっとなにかを見落としている。スーザンのことでだ。ジョージは彼女にどんな影響力を持ってるんだ？　そう、スーザンはジョージに惚れてはいない──好意を持ってるふりをしている」

「ポッツは母性本能がどうのこうのと言っていたが」

「おれは、そういうのとはちがうと思う。スーザンは母性というには若すぎる。とはいえ、あれだけのべっぴんだから、年上の男の気を引くのに困るわけはない。あの年頃の娘は、大人っぽい相手を好むものだ……」

ジョニーは不満そうにうなって、玄関ホールの電話機へと向かった。ウェッブ家の番号を調べて、電話をかける。スーザンが応答した。

「ジョニー・フレッチャーだ、スーザン。ある個人的なことを尋ねてもかまわないかな？　ジョージ・トンプキンズに惚れているのか？」

受話器の向こうからはっと息をのむ音がしたあと、スーザンは返事をした。「他人に訊くには個人的にすぎる質問じゃないかしら、ミスター・フレッチャー」

「そうかもしれない。ただ、どうしてこんな質問をしたかというと、ジョージがすぐにニューヨークへ行くと言って聞かないからなんだ。きみはそのことを知っていたかい？」

一瞬の間のあと、「ええ」

「きみはニューヨークへ行くつもりなのか——あとから？」

またしても、答えが返ってくる前に少し間があった。「ええ」

ジョニーがさらに突っ込んで訊こうとしたとき、スーザンが冷ややかな声で言った。「では、さようなら！」そして、電話が切れた。

「サム」とジョニー。「だんだん腹が立ってきたぜ。この二日というもの、おれたちは他人に振り回されっぱなしじゃないか。しかも、おれたちの周辺でばかり死体が転がるし、おれはもう嫌気がさしてきた」

「ほら、始まるぞ」とサム。

「ああ、始めようぜ！　ここまでおれたちは防戦一方だった。攻勢に出るときがきたんだ」

「ちょっと待っていてくれ、ジョニー。すぐ戻ってくる」

サムは二段飛ばしで階段を上がっていったかと思うと、一分と経たないうちに下りてきた。上着の右ポケットがふくらんでいる。「おいおい、サム、そこになにを入れてるんだ?」

「どこに?」

「ポケットだ。ふくらんでるじゃないか――ここだよ!」ジョニーはサムの上着の裾をつかんで、ポケットに手を突っ込んだ。きらりと光る一組のメリケンサックを取り出す。

「どこで手に入れたんだ、サム?」ジョニーは目を丸くした。

「ブロードウェイの〈コイル・ビリヤード場〉にいた男からだ。二週間前のことだ。何人かで番号順に的球に当てるケリープールをやっていたら、その鮫野郎が的球をいくつかごまかしやがった。おれがひっぱたいたら、そいつがこれを指にはめてかかってきやがって。それで、記念品としてもらっておいたのさ」

ジョニーは右手にメリケンサックをすべりこませて、こぶしを握ってみた。パンチを空に繰り出す。「この手のものは所持が禁じられていることを知らないのか、サム? たちまち警察につかまって、ムショ送りだぞ……」ジョニーは、メリケンサックをねたにジル・ペンドルトンをからかったことを思い出していた。

サムは肩をすくめた。「おれには必要ない。暖炉に投げ捨ててくれ」

ジョニーは自分のポケットにメリケンサックを入れた。「路上で捨てよう。来いよ」

二人でガレージへ向かう途中、ステーションワゴンがないことにサムが気づいた。「あのくそガキ、車を持っていきやがった!」

「ジョージなら屋敷にいる」とジョニー。「おれがステーションワゴンに乗って帰らなかったんだ」

「どうしてだ？　どこに置いてきた？」

「ペンドルトン社の前だ。マイク・ペンドルトンがあいつのおんぼろ車で突っ込んできやがった」

「なのに、そいつに弁償させなかったのか？」

「アンガスとアンディは見ただろう。二人は家族のうちじゃ弱っちい。おまえも待っていればマイクに会えるぞ。いや、おまえのほうから会いに行くんだ。おれもまだ、マイクとはあれっきりってことにはならないだろうからよ」

「はん？　そいつは背丈が九フィート、横幅が八フィートあるのか？　体重が四百ポンド以上あるのか？　そうでないなら、おれがそいつにひと言ふた言、言ってやる」

新型のビュイックに乗り込みながら、ジョニーはあっと思った。「サム、こういった車のことを――おれたちは見落としていたぜ。売れば数百ドルにはなったはずだ。ひょっとすると、千ドルまでいったかもしれない。まあ、ペンドルトンから金を回収するわけだし、いまとなってはどうでもいいことだが」

「これから行くのはペンドルトン社か？」

ジョニーは顔をしかめた。「いや、まだだ。まずはミスター・ジェラルド・ポッツのことでちょっと調べようと思っている」

「だが、ポッツは死んだぜ」

「ああ、けどな、ライリー、ライアン、リオーダンはまだ生きている。法律事務所でのポッツの地位は四番目にすぎなかった」

サムは納得したような顔になった。「あのポッツは最初から信用できなかった。ジュリアスの財産に手をつけていたんじゃないかという気がしてならなかった」

「実際にそうだったんじゃないのか。それを調べよう」

いまではセントルイスまでの道筋になじみができていたジョニーは、これまでのどの場合よりも早くダウンタウンに到着した。ワシントン・アヴェニュー沿いの駐車場にビュイックをとめて、二人で〈ライリー・ライアン・リオーダン・アンド・ポッツ〉法律事務所まで歩いていく。

プラチナブロンドの受付係が鼻を赤くしていた。いままで泣いていたのだ。

「やあ、イヴォンヌ」ジョニーが陽気に声をかけた。「その涙はどうしたんだい？」

「訊くまでもないことでしょう」彼女は激しい口調で答えた。「ミスター・ポッツが……」

「人はみな、いずれ死ぬ」ジョニーは哲学的に言った。「おれもこの事務所を出たあと、路面電車に轢かれるかもしれない。いや、それとも、そのうちミセス・ポッツがきみのアパートメントを訪ねていくかもな……」

「なんですって？」

「おや、失礼」ジョニーは低い声でつぶやいた。

「ミスター・ポッツは何年も前に離婚してるわ」

「なのに、ポッツと再婚しようって女は一人もいなかったのか？　あいつみたいにやり手の弁護士は、しこたま儲けていただろうに」

「ミスター・ポッツは裕福ではなかったわ。それに、彼のことをそんなふうに言うなんて聞き捨てならない。ええ、ほんと、あなたってていやな人ね。ミスター・ポッツもあなたのことを嫌っていたわ」

イヴォンヌが息をついた隙に、ジョニーはやさしい口調で言った。「おれたちがすべきなのは、いい酒をたっぷり飲んで、悲しみを紛らわすことだ!」

涙で光る目でイヴォンヌはさっとジョニーを見た。「あなた、うまいことを言うわね!」

「そうとも。だが、まずは、ミスター・ライリーと少し話がしたい」

「手紙を書くしかないわ――お墓の上に。ミスター・ライリーは四年前に亡くなったの。事務所に名前が残ったままなのは、社名の入った文房具類がまだたくさんあるせいよ」

「じゃあ、ライアンは?」

「彼はシカゴの人よ」

「それなら、アイルランド系の――リオーダンは?」

「ええ、ミスター・リオーダンならここにいるわ。面会をご希望かしら?」

「どうしてもってわけじゃないさ。カーテン越しに話してもかまわない」

「口の減らない人ね」美しいイヴォンヌは鼻を鳴らした。席を立って、一室へと入っていく。二分ほど姿を消していたが、戻ってくると、口をゆがめるようにして言った。「ミスター・リオーダンはいい顔はしなかったけれど、お話しするそうよ」

ジョニーがリオーダンのオフィスへ入っていくと、巨大なマホガニー製のデスクの向こうにずんぐりとした赤ら顔の男が座っていた。「あなたと握手ができるなんて、これほどの喜びはありません、ミスター・リオーダン」ジョニーはいくぶん訛を入れて弁護士に挨拶をした。

ミスター・リオーダンの赤ら顔がいっそう赤くなる。「ジェラルドからきみのことは聞いている。トランプ手品もするかね?」

ジョニーはくすりと笑った。「死者を鞭打つようなことは言いたくありません、ミスター・リオーダン。ですが、共同経営者だったあなたなら、ポッツが人をだましていたことはご存じだったはずです」

「ここから出ていきたまえ！」リオーダンが声を荒らげる。

「そうしましょう」とジョニー。「けれど、わたしが立ち去ったあと、ものの十分もすれば警察が来ますよ。ポッツはジュリアス・クラッグの遺産執行を担当していて、彼の財産をかすめとっていました。あなたは彼と組んでいたわけで――」

「その件には関わっていない」リオーダンは怒鳴った。「ミスター・クラッグの遺産はポッツが単独執行者だった。なにもかも一人で処理していたのだ。わたしは何一つとして知らない」

「五万ドルがからむささやかな問題があるんですよ。ここにいるわたしの友人はジュリアスの相続人で、遺産をごまかされたと文句を言っています」

「そうとも」とサム。「おれの金を返してくれ」

「そんなお金は持ってないんだよ」リオーダンがやけ気味に答えた。「遺産がマイナスであろうと、当方にはいっさい関係がない」

「関係ないわけないでしょう、書類に名前が入っていますよ。〈ライリー・ライアン・リオーダン・アンド・ポッツ〉法律事務所と――」

「望みはなんだ？」リオーダンが大声で聞き返した。

「五万ドルだ」サムがうなるように答える。

「わたしは五十ドルだって持っていない。事務所の経営状態は悪いんだ。来週はみずから訴訟する人を探すため、怪我人を乗せた救急車を追いかけようと考えているぐらいだからな」

イヴォンヌがドアから顔を突き出した。頭にはいくぶん斜めに帽子をかぶっている。「もう帰りますわ、ミスター・リオーダン」きっぱりと告げる。

「われわれも失礼するよ」とジョニー。「よく考えてください、ミスター・リオーダン。明日の朝、また来ます」

受付まで戻ったところでイヴォンヌが言った。「あなたの助言に従うつもりよ――飲みに行くわ」

「おれたちも協力するよ」ジョニーが申し出る。

「じゃあ、行きましょう」

エレベーターで階下に降りながら、ジョニーはイヴォンヌに尋ねた。「つまり、ポッツはジュリアス・クラッグの金に手をつけていたわけだな?」

「リオーダンったら、口が軽いわね」イヴォンヌが言い放つ。「あの人が少々いただいていたとしても、それがなんだというの? ジュリアス・クラッグには痛くもかゆくもないでしょう。彼は亡くなっているんだから」

「だが、おれは生きている」とサム。「金はおれのもとへ来るはずだった」

「それでなにをするつもりだったというの?」イヴォンヌが問い返した。

三人で建物を出ると、イヴォンヌが先頭に立って通りを渡り、カクテルラウンジへ行った。こぢんまりとしたブース席に身体を寄せ合っておさまる。

ウェイターがやってくると、イヴォンヌはすっぱに言った。「スコッチをダブルで。グラスが空になったら、すぐに次のを持ってきて。そうやって、間を空けずに次々と持ってきてちょうだい」

「ちょっと待った」ジョニーが口を挟んだ。「自分の飲み代は自分で払ってくれよ」

「自腹ですって？　しみったれね。わたしから情報を聞き出す気でいるくせに、飲み物代は自分で払わせるの？」

ジョニーはウェイターに向かってにやりとしてみせた。「スコッチのダブルを次々に持ってきてくれ。おれたちにも同じものを頼む……。なるほど、きみはおれが情報を引き出そうとしていると思っているんだな？」

「ちがうの？」

「ちがわない。ポッツは遺産をかすめとっていた、そうだろう？」

「遺産って？　二百頭の吠える巨大な動物たちのこと？　ドッグ・ファームには取り立てて言うほどの現金はなかったわ。五千か六千ドルぽっちよ」

「それでも、ポッツは勝手に持ち出していた」

「現金の多くは、遺言執行者として活動できるよう、裁判所が彼に渡したんじゃないかしら」

「そうかもな」とジョニー。「ところで、きみはポッツの秘書にはちがいなかったわけだから――」

「〝には〟というのは、どういう意味かしら。わたしは彼の秘書だったわ」

「いいだろう。ともあれ、きみはポッツの業務を知っていた。一年半ほど前、ジュリアスがアンドリュー・ペンドルトンに融資したことについても……」

「ペンドルトンは借金を返したわよ」

「おい！」サムが怒鳴った。「あいつは返したりなんか――」

ジョニーがサムの言葉をさえぎった。「ペンドルトンはいつ返済したんだ？」

「ジュリアスが――ミスター・クラッグが亡くなる前の日のことよ」

しばらくのあいだ、ジョニーはイヴォンヌをじっと見つめた。やがて、かぶりを振った。「ピート・スラットについてはどんなことを知っている？」

イヴォンヌは眉をひそめた。「厄介な相手だということだけ」

「あいつについては、誰もが口をそろえてそう言う。もう耳にタコができたぜ。あいつはこの件にどう関わってくるんだ？」

「ねえ、いいこと、わたしはあなた以上に、スラットにはうんざりしていた。あの男が事務所に来るたび、ぞっとしたものだわ」

「事務所に来ていた！　なんの用で？」

「スラットはいつジュリアスの相続人が現れるのか知りたがっていたの。ジュリアスが彼に支払うはずだったというお金を相続人から回収しようと算段していたのよ」

「それで問題は、誰がおれたちにスラットをけしかけたかだな。ポッツか……」

「あいつの鼻にパンチを食らわせておくべきだった」サムが大声をあげた。

「誰に？」とイヴォンヌ。

「あんたのボスだったポッツにだよ」

なんの前触れもなく、イヴォンヌがわっと泣きだした。ウェイターが飛んできた。「どうなさったんですか？」

「てめえは自分の仕事だけしてろ」ジョニーが語気鋭く言葉を返す。

「面倒事は困ります」ウェイターが色をなして言った。「ここはちゃんとした店です。荒っぽいまねはご遠慮願います」

　イヴォンヌが激しく泣きじゃくる。

「まいったな」とサム。「彼女、おれたちとここへ来る前、耳まで水に浸かっていたにちがいねえ。ダブルのスコッチでも、ここまで速く酔いは回らないだろう」

　ジョニーは身をひねるようにしてブース席から出た。テーブルに一ドル札を二枚置く。「行こう」

「この女性を残したまま店から出ていくおつもりではないでしょうね？」ウェイターが甲高い声をあげた。

「そのつもりだ。彼女とはここで会ったんだから」

「それはちがいます。あなたがたがこの女性をお連れしたんです」

「彼女がおれたちを連れ込んだんだ。てっきりおれはこの店で仕事しているのかと思っていた」

「当店では歩合制の女性は置いておりません。ここはちゃんとした店で――」

「わかってる、ちゃんとした安酒場なんだろう。だったら、通りの向こうにある〈ライリー・ライアン・リオーダン・アンド・ポッツ〉法律事務所に電話しろ。彼女はそこで働いてる」

　イヴォンヌが甲高い声で泣きわめくなか、ジョニーとサムは急いでカクテルラウンジをあとにした。

「アルコールに弱い女は苦手だよ」ジョニーが不平をもらした。

「おれもだ」サムがうなずく。「どっちにしても、あの女は好きじゃなかった。ポッツとグルになってジュリアスの金を使い込んでたんだぞ」

「いま泣きわめいている最大の理由はそれだろう。もう金は残ってないからな」

「これからどこへ行く？　屋敷に帰るのか？」

「まさか、見当外れだ。まだほかにすることがある……。おまえ、ジル・ペンドルトンに会いたいか?」

サムは渋面になった。「なんのために? おれは彼女の兄貴たちに会ってる。おれにはそれでもうじゅうぶんだ」

「うーん。それでも、ジルには会っておくべきだと思う。ペンドルトン家のよりよい面を見せてやるよ」

「二百ポンドの女だろう? しばらくはマギーだけで腹いっぱいだ」

「ちっちっ。おれが電話をかけてくるあいだ、そこで待ってろ」返事を待たずに、ジョニーはドラッグストアへ駆け込んだ。電話帳をめくって、アンドリュー・ペンドルトンがマコーズランドに住んでいることを突き止める。

ジョニーは公衆電話ボックスに入って、その番号にかけた。聞き覚えのある声が応答した。

「教会関係者だ」ジョニーはくすりと笑った。「調子はどうだい、ハニー?」

「わたしはいいわよ、でもあなたはそうじゃないでしょう」ジル・ペンドルトンはやり返した。「マイクが追いかけているもの。あれは汚いやり方だったわね」

「先に彼が汚いやり方をおれに仕掛けてきたんだぜ……。おやじさんとほかの兄さんたちは家にいるのか?」

「いないわ。父は展示会からさっき電話してきたところよ。向こうで兄さんたちみんなとディナーをとるって。つまりどういう意味か、あなた、わかるかしら?」

「ああ、わかる。きみはディナーを食べるのか?」

「それって、ただの好奇心？　それとも、お誘いかしら？」

「誘っているんだ。おめかしして、どこかで会ってくれないか」

「無理だわ。母が家で一緒に夕食をとりたがるもの」

「だったら、一杯やりに、ちょっと出てこないか？」

「メリットはなに？」

「おれの相棒、サム・クラッグが一緒にいる。会わせたいんだ」

「なんのために？　あなたがしてくれた話だと、彼はわたしの兄さんたちの上を行くわけでもないでしょう。大男なら、もう見飽きているわ」

「サムのほうがずっと上だよ。いずれにしても……きみに見せたいものがあるんだ。ジュリアス・クラッグ宛に振り出された、きみのおやじさんの署名がある約束手形だ……」

受話器の向こうから、小さく息をのむ音が聞こえてきた。そのあとジルは言った。「あなたたち、どこにいるの？」

「今日の昼前に一杯やったバーで会おう。それと、家族は連れてこないでくれないか。いいね？」

「わかったわ。十五分でお店に行くわ」

ジョニーは電話を切って、公衆電話ボックスを出た。だがすぐに引き返し、電話帳の業種別欄を調べて、ある住所を古い封筒に書きとめた。

歩道まで出ていくと、サムが気を揉んでいた。「おれの頭がどうにかなったんじゃないかと言うだろうが、ピート・スラットが車で通りすぎていったぞ」

「頭がどうにかなったんだよ、サム。スラットがこんなところにいるわけがない。いや、いるんだろうか。とにかく、グランド・アヴェニューへ急いで行って、ジル・ペンドルトンに会うんだ」

「一家全員にもか？」

「いいや、ジルだけだ。聞き出したいことがあるんだ。彼女なら話してくれるだろう」

「あんたにかかれば、みんな話すさ。だがおれは、ペンドルトンの女と無駄話が始まったら、すぐに一人で暇つぶしをするよ」

「なに言ってやがる。さあ、行くぞ」

ジョニーは駐車場から車を出して、急ぐことなくグランド・アヴェニューへ走らせた。その日の早い時間にジルと一杯やったバーのほど近くに車をとめる場所を見つけた。二人は車から降りて、バーへ入っていった。

ジル・ペンドルトンはすでにカウンター席に座っていた。

「こっちよ、相棒！」彼女は冗談めかして声をかけてきた。

「おう！　こいつがおれの相棒のサム・クラッグだ。サム、ペンドルトン兄弟の妹だ」ジョニーはにやにやしながら友人を見やった。

「嘘だろう！」サムが口にできたのはその一言だけだった。

「ダイキリをもう二つちょうだい」ジルはバーテンダーに言った。それからサムに向かって、「マイクはおろか、アンガスほどにも大きくないのね。信じられないわ」

「嘘だろう！」サムは繰り返した。「言ってくれなかったな、ジョニー」

「おまえが信じなかったんだろうが」

「あなたたちなんの話をしてるの？　わたしのこと？」

ジョニーはうなずいた。「サムはきみに姉か妹がいないか、知りたがっているんだ」

「女友達に当たってみてもいいわよ……別の機会に。見せたいものがあると言っていたわね」

ジョニーはポケットから約束手形を取り出した。折り目を伸ばしていると、突然、ジルが勢いよく手を伸ばしてきた。彼女から身をかわそうとしたジョニーが、スツールから転げ落ちそうになる。彼はくすくすと笑った。「きみたちペンドルトンときたら……」そう言って、片手を突き出してジルを押しとどめ、彼女が読めるように手形を掲げた。

「おやじさんの署名か？」

ジルは眉を寄せた。「そう見えるけど、偽造にちがいないわ。父はそのお金は返したもの」

「よく見てくれ」とジョニー。「きみのおやじさんは内幕がわかっている。どうしてだろうな！　五万ドルもの金を返しても、手形を取り戻さないような人だと思うのかい？」

「父はジュリアス・クラッグを信頼していたのよ」

「なんだって？」

「だから、それは偽造よ。そうに決まってる。それであなたは、なにをしようとしているの？」

「きみがおれたちの立場ならどう出る？」

「たぶん、お金を回収しようとするわ」

「現金で支払うなら十パーセント引きだ」サムが口を挟んだ。「女友達を紹介してくれるなら、個人的にさらに二パーセント引こう」

「兄さんたちがあなたをつかまえたら、その頭を引っこ抜くでしょうね、ミスター・クラッグ」ジルが宣言した。「それと、あなたについては、ジョニー・フレッチャー、今日の午前中ほどあなたのことは気に入ってないわ」

「ビジネスはビジネスさ」とジョニー。「結局のところ、きみの家族は生産者側で、おれとサムはパンの施しを受ける列に並ぶ側だ。それに……サムの伯父さんは殺された。覚えているかい、そのあとさらに二人が殺されていることを？　もっとも、そのうちの一人は弁護士だから、物の数には入らないが」

ジルはスツールから滑り降りた。「もう行くわ」

「気分を害したわけじゃないよな？」

「気分を害したわけじゃないわ。でも、あなたたちはまだお金を手に入れていない。グランドピアノは買いに行かないことね」

「グランドピアノと言えば、明日の晩は空いているかい？」

「あんたの女友達も？」サムが言い足した。

「わたしの女友達は麻疹にかかっていて、明日の晩はお見舞いに行くつもりなの」

ジョニーは残念そうにジルを見た。「おやじさんに二十パーセント引くと伝えてくれ」

彼女は肩をすくめた。

「さよなら」

バーを出ていくジルを見送りながら、ジョニーは首を振った。

「やれやれ」とサム。「あの彼女に、あんな兄弟がいるなんてなあ……あのおやじも」

「おれは、紛れもない家族なんだと思い知らされたよ」とジョニー。

「えっ？」

「精いっぱい嘘をついていたじゃないか。父親をかばってのことだ。この手形を持っていなければ、危うく彼女を信じるところだった。さて、行こうぜ、サム。やるべきことをしなくちゃな」

店の外に出てからサムが尋ねた。「やるべきことって？」

「不法侵入だよ。これからペンドルトン社に押し入るんだ」

サムは息をのんだ。「正気か？　あのおやじと息子全員が展示会に出かけてたって、会社には夜間警備員がいるだろう」

「ああ、そうだろうな。だからこそ、住所を調べておいたんだ。オリーブ・ストリートを少し先に行ったところにある。おれは建物内に入り込んで、帳簿をざっと確認したいだけだ」

「けどよ、警備員が！」

「その点も計算に入れてある。さあ、行こう」

# 第十八章

五分後、ジョニーはタワー・グローブの近くに車をとめた。

「おまえはここで待ってろ、サム、すぐにすむ」

ドアに〝鍵をなくした？　新しい鍵をおつくりいたします〟と表示のある店に、ジョニーは入っていった。

髪が一本もなく、骸骨のように痩せこけて、手の汚れた男がカウンターの奥から近づいてきた。

「鍵をなくしちまってね」ジョニーは明るい声で言った。

「どんな種類の鍵ですか？」

「でかいやつだ」

「イェール錠でしょうか？　それとも、古風なタイプの？」

「さあ、意識したことがなかったな」

「いえ、おわかりになるはずですよ、タンブラー式なら、小さくて平べったい鍵を使いますし、旧式のものなら、大型の鍵を使います」

「正直言うと」とジョニー。「おれは泥棒でさ、目当ての建物の下調べをよくしていなかったんだ」

「泥棒ですって？」錠前屋はうなるように答えた。「今日はエイプリルフールの日じゃありません。

鍵が欲しいんですか、欲しくないんですか？」

「欲しいに決まってる。それも、何本か。スケルトン・キーなら、いろんなタイプの錠に合うだろう」

辟易した様子で、錠前屋は箱を一つ持ってきて、六本の鍵を選び出した。「これだけあればどんな種類の錠でも合うでしょう。一本一ドルですが、六本なら五ドルです」

「わかった。まとめて買うよ」ジョニーは五ドル札をカウンターに置いて、鍵をポケットに入れた。

サムのもとへ戻ると、車をキングスハイウェイに走らせた。残骸と化したステーションワゴンから半ブロックうしろにビュイックをとめる。

マイク・ペンドルトンの運転技術がもたらしたありさまを見やって、サムは盛大に悪態をついた。

「マイクをつかまえられたら、プレッツェルみたいに身体を結んでやる」

ジョニーは帳簿を確認するための作戦を練った。「これはタイミングの問題になるだろう、サム。スケルトン・キーの一つは錠に合うはずだから、建物には難なく入れるはずだ。中へ入ったら、一刻も無駄にはできない。警備員がコンベンションホールに行って戻ってくるまでのあいだに、おれはペンドルトンの帳簿を見つけて、中身をざっと調べたいんだ」

「へっ？　どうして警備員がコンベンションホールに行くと知っている？」

「おれたちが行くように仕向けるんだよ。ところで、ペンドルトンのしゃべり方はわかっているだろう。誰か一人の口真似をして……」

「おれが？　おいおい、ジョニー――」

「やるんだよ。おれはペンドルトンになりすませるほど胴間声はあげられない。ほら、ちょうど通りの向こうにドラッグストアがある。公衆電話ボックスから〈ペンドルトン・ノベルティ・カンパニー〉に電話しろ。電話に応対できるのは警備員だけだから、相手が出たら、鼓膜を破る勢いで、思いっきり声を張り上げるんだ。そうだな、自分はマイクで、オフィスのデスクのそばに置いてあるありったけのウイスキーをかき集めて、コンベンションホールに急いで持ってこいと伝えろ。説得力を持たせなきゃならないぞ。やり方はこうだ……がさつな音をたてて、悪態をつきまくる――ペンドルトン家の者らしく。警備員が言葉を返す気が失せるようにな。わかったか？」

サムは深々と息を吸った。「やらなきゃならねえなら、やるまでだ！」

「やるしかねえんだよ」

二人は通りを渡って、サムはドラッグストアに入っていった。ジョニーが歩道から見守っていると、サムは公衆電話ボックスに入って、番号をダイヤルした。まもなく、サムの怒鳴り声が歩道にまではっきりと聞こえてきて、ジョニーはたじろいだ。

「よく聞けよ、公共事業促進局（W・P・A）からまわされてきたこの唐変木」サムは轟くような声で続けた。「おれはマイク・ペンドルトンだ。コンベンションホールにいるが、ウイスキーが底をついた。おれのデスクのところへ行って、酒瓶を一本残らず箱に入れ、そいつを持ってこい、すぐにだぞ。口答えするんじゃない！　すぐにと言ったはずだ！　おまえがいなくなったって、建物はどこにも行きやしない」

サムは額に玉の汗をかいて、ドラッグストアから出てきた。「警備員のやつ、言い返そうとしてきたが、たぶん命令には従うと思うぜ」

ジョニーは窓越しにドラッグストアの掛け時計をのぞいた。「七時十分か。警備員は五分ほどで出てくるはずだ。コンベンションホールまで車でだいたい十五分。で、戻ってくるのに十五分……いや、十分以上はみないほうがいい。マイクが警備員と一緒に戻ってくるかもしれないし、あいつはスピードを出すからな。そうすると、往復で二十五分か……。安全を期すためには、せいぜい見積もっても二十分だな」

「……気分はどうだ？」

「あんまりよくない。おまえは？」

「ひどいもんだぜ」

きっちり六分後に警備員が〈ペンドルトン・ノベルティ・カンパニー〉の正面玄関から出てきた。二つの巨大な箱を両腕に抱え、縁石のところまでよろめき歩いて、タクシーを呼んだ。

タクシーが走り去ったとたん、ジョニーとサムは通りを渡った。建物のドアへと近づいていき、ジョニーは買ったばかりのスケルトン・キーをポケットから引っ張り出した。四本目で鍵がまわり、ジョニーはドアを押し開けた。

「ここから持ち時間は二十分だ。忘れるなよ、サム」

二人は足早にレセプションルームを通り抜けて、広いオフィスに入った。二つの常夜灯が部屋のそれぞれの端に灯っていた。

ジョニーは室内にすばやく目を走らせた。「会計係の席が奥のどこかにあるはずだ。夜間、連中が帳簿を金庫にしまってなきゃいいんだが」

二手に分かれて迷路のようなデスクのあいだを進みはじめる。ものの三十秒としないうちに、サムがジョニーを呼んだ。「ここに帳簿の山があるぜ」

サムの方へ顔を向けたジョニーは、満足そうにうなずいた。開き戸のついたスチール製のキャビネットの中に分厚い台帳が積み重ねられている。彼は台帳の背表紙を調べていった。「おれたちが探しているのは一九三九年五月の分だ……。おい、ここにあったぞ！」

何冊かの台帳を床に投げ落とし、一九三九年五月とラベルのついた一冊を拾い上げて、デスクにのせた。台帳を開いて、ページに目を通しはじめる。ジョニーがよく見えるよう、サムはもう一つ電気をつけてやった。

「くそっ、これは〝入金〟分だ。〝諸経費〟か〝支払金〟とかの帳簿じゃないと……」

ジョニーはまたキャビネットの方へ向いた。調べたいと思っている台帳はほかのよりも薄く、キャビネットの下の方にあった。ジョニーがその台帳をデスクにのせたときには、貴重な数分が過ぎていた。

台帳の二ページ目に、そこにないことを願っていた記載を発見する。簡潔にこう書かれていた――〝ジュリアス・クラッグに五万ドル〟

「これでおじゃんだな、サム」ジョニーは吐き捨てるように言った。「ペンドルトンは五万ドルを返済していた」

「おれは信じないぞ。そこにそう書かれていたとしても。ペンドルトンは嘘つきばかりだ」

その瞬間、広いオフィスの明かりがすべてついて、ドアの方から割れ鐘のような声が響いてきた。

「誰が嘘つきだって？」

ジョニーとサムは振り向いた。ペンドルトン家の男たちが勢揃いしている――家長のアンドリューに、息子のアンディ、アンガス、マイク。アンディとアンガスはそれぞれ銃を手にしていた。

「フレッチャー牧師！」マイクが怒鳴った。「ほう、ほう、この罪深い悪魔め。今度は泥棒に早変わりか？」

「銃だ、ジョニー」サムが低くくぐもった声で警告した。「本気かな……？」

「残念ながら、本気だろうな、サム」ジョニーはまじめに答えた。優勢にあるペンドルトンたちを不安そうに眺める。「どうやってこんなに早く会社まで来られたんだ？」

マイクが含み笑いをした。「叔父のアレックスが通りの向こうのドラッグストアにいたのさ。おまえのボケ役がおれになりすまして、警備員をおびき出してるのを聞いた。それでコンベンションホールに電話して、泥棒たちが押し入ろうとしていると教えてくれた。悪いことはできないよな、フレッチャー！　おれはすぐにピンときた。おやじからおまえのことを聞いたからな」

ジョニーは思わずにやにやした。「コロネット・ホテルじゃ、どんな言い訳をしたんだ、マイク？」

言ったとたんに、マイクの顔に五本の引っかき傷があるのに気づいた。最年少のペンドルトンがジョニー目がけて突き進んでくる。ジョニーはあとずさりをしようとしたが、デスクが邪魔になって身動きがとれなかった。だしぬけに、マイクが張り手を繰り出してきた。すばやく頭を引っ込めたものの、肩に当たって、膝からくずおれる。マイクは手を伸ばしてジョニーのネクタイ——とシャツの一部——をつかむと、彼を引き起こした。

「フレッチャー牧師！　よくも人を笑いものにしてくれたな」マイクがさらにひっぱたく。その衝撃はジョニーの脚まで伝わった。

「あんたは二百台の〈ヒューーズドーンズ〉を買うんだったよな？」マイクが続ける。「〝片腕の盗賊〟も二十台。そいつでもって、あんたは日曜には人々の魂を救い、平日には販路をまわって自分自身の魂を救うんだろ？　ああ、笑えるよな！」彼はまたジョニーを盛大にひっぱたいた。

それ以上ひっぱたかれないために、ジョニーは床に膝をついて、そこから頑として動くまいとした。マイクがひっつかんで持ち上げようとすると、ジョニーは腹ばいになった。

「ここではだめだ、マイク」アンドリュー・ペンドルトンが言った。「その男のわめき声が外まで聞こえる。二人に問いただすのはバーでだ」

マイクはジョニーの脇腹をふざけ半分に蹴った。「起き上がれよ、牧師。あんた、酒はやらないんだったよな？　だがとにかく、おれたち専用のバーへ来てみるってのはどうだ？」またしても蹴る。

ジョニーは起き上がると、その先のオフィスに通じるドアへと歩きだした。サムがうなったり罵ったりしながら、ジョニーと合流する。ペンドルトンたちは背後にぴったりついてきた。

「突き当たりまで行け」アンドリューが命じる。

オフィスの突き当たりには、分厚いオーク材のドアがあった。ドアには泡立つビールの入ったグラスに、傾けられたボトル、いくつかの小ぶりなグラスの絵が描かれている。

「中へ入れ」とアンドリュー。

ジョニーはドアを開けた。かすかに首を振る。内部はまさにバー――それも高級な調度品つきの――といった趣きで、そこらにある店より、少しこぢんまりとしているだけだった。

カウンターは十二フィートほどもあって、きらめく真鍮製の手すりや痰壺まで備えられている。カウンターのうしろには、どれも異なる銘柄のラベルが貼られたボトルがずらりと並んでいた。

「悪くないだろう？」アンドリューが誇らしげに言う。「お得意様用に置いてあるのだよ」

「なるほど、これもセールスの一つの手だな」とジョニー。「客を酔わせて、なんだって買うように仕向けるわけか」

マイクが轟くような声で言った。「おもしろいやつだろ！　ほんと、息の根がとまりそうになるほど笑わせてくれるぜ！」ジョニーは肩甲骨のあいだを殴られてカウンターに激突し、息の根がとまりそうになった。

「これこれ、待ちなさい、マイク」父親が口を挟んだ。「その男とは少し話したいことがある。どうだね、フレッチャー？」

「いいとも」ジョニーは答えた。「ここへ侵入する前に、警察に電話しておいた。すぐにもおまわりがやってくるだろうよ」

アンドリューがたしなめるように人差し指を振った。「いやいや、嘘はいかんな。泥棒は警官を呼んだりしないものだ。きみは約束手形を見つけたそうだな。それはどこにある、フレッチャー？　あまり面倒をかけさせないでくれたまえ」

「おれの弁護士が持ってる。五万ドルで譲ってやろう」

「一セントたりとも支払うつもりはない。その金はすでに返しているし、ニューヨークから来た二人組の間抜けなペテン師にいいようにカモられる気はまったくないんでな」

「いつまでしゃべってるんだよ、おやじ？」ナイトクラブのオーナーであるアンガスが口を開いた。

「腕ずくで吐かせようぜ」

「おまえも知ってのとおり、わしは手荒なまねは好きじゃないのだよ、アンガス」とアンドリュー。

「やむをえない場合でないかぎり。だが、二人の身体を調べてみてもいいだろう」

「おれは牧師を調べる」マイクが自分から買って出た。がっしりとした片方の手を伸ばして、ジョニーの首をつかむと、動きを封じたまま、もう一方の手で服を探っていった。ジョニーがジョージから取り上げた百八十八ドルをカウンターに放り投げ、そこへ競馬場で巻き上げた金の残りの十七ドルと小銭を加え、さらに、ズボンのポケットから取り出した細々としたものを積み上げていく。ハンカチ、鍵、マッチに、カリフォルニア州の運転免許証が入った財布。ジョニーはこの三年というもの、カリフォルニアを訪れてもいなかったし、車も何か月も所有していなかった。

　そのあと、マイクは上着に取り掛かった。最初に取り出したのはメリケンサックだった。

「たまげたな！」マイクは大声をあげた。「このメリケンサックを見ろよ」喉をつかんだ手に力を込め、ジョニーは空気を求めてあえいだ。「おい、牧師、アラバマじゃこいつを祈禱書代わりに使うのか？」

　マイクはメリケンサックの一つを指にすべりこませ、指関節にまできちんと入れて、ジョニーの顎を軽く叩いた。ジョニーは膝から力が抜け、そのあとしばらく記憶が途切れた。

　意識を取り戻したとき、床に撒かれたおがくずが顔についていて、メリケンサックが頭から三インチのところにあった。ジョニーが身じろぎをすると、片手で身体をつかまれて引き起こされ、カウンターに背をもたせかけて座らされた。

「ああ、牧師」マイクが言った。「さっきは悪かったな。ちょいとびびらせるつもりで……」

　部屋の向こうでは、サムが壁際に追い詰められていた。顎には血がつき、淡い青色の目には炎が――黄みがかった炎が燃え上がっている。

　アンガスは両手にメリケンサックをはめ、アンドリューは使い慣れた感じのブラックジャックを手にしていた。銃は片付けられている。明らかに、ペンドルトンたちは二人を殺すつもりはないようだった――楽な方法では。

アンドリューが近づいてきて、ジョニーの前で仁王立ちになった。

「こちらも必死なのだよ、フレッチャー。五万ドルは、二度支払うには大金だ」

「その話は聞き飽きたぜ、ペンドルトン」ジョニーはうんざりしたように言葉を返した。「こっちは手形を持っている。あんたが金を返してないという、なによりの証拠だ。あんたは血の気が失せるまでしゃべったってかまわないし、おれたちを追いかけまわしてもかまわないが――」

「きみたちを追いかけまわしたいとは思っていない。わしはジュリアス・クラッグに金を返した。あの男こそ、わしをまんまとだまし、知ったことではない。わしはジュリアス・クラッグに金を返した。それに、手形がなにを証明しようと、知ったこ
れることで、さらにわしを裏切ったのだ」

はっとした様子で、ジョニーの目がかすかに光った。「もう一度言ってくれ――金を返したことについて。本心からの言葉に聞こえたぜ」

「本心からの言葉だ。この三日というもの、ずっときみたちに繰り返してきた。わしはクラッグが殺された日に金を返したのだ。あの男は慌てふためいて電話をしてきた。ギャング相手の大きな賭で負けてしまったとかで、すぐに配当金を渡さないと、命が危ないと言うのだ。そこで、こっちには返済できる金があったから、わしは金を持っていった。ところが、クラッグは例によって言葉巧みにわしを煙に巻いたのだ。手形は貸金庫に入れてあって、翌朝まで取り出せないとな。わしはどうすればよかった？　あいつが殺されるのを見過ごすのか？　わしはクラッグに金を渡した。そのあと、おまえとその乱暴者がやってきて、金のことを言い立てはじめた」

「あんたが自分で始めたことだろう、ペンドルトン。おれたちが屋敷に到着してまもなく、あんたた

ちが押しかけてきて、借金は精算済みだとわめいたんだ」

「それは、おまえが電話してきたあとだ」

「おれは電話なんかしてないぞ」

アンドリューは目をぱちくりとさせた。「電話してないだと？　では、いったい誰がかけてきたと言うのだ？」

「屋敷にいる切れ者の小僧のしわざだ。あいつは初めから、トラブルを引き起こそうとしていた。ジュリアスがあいつを相続人にすることなく死んでしまった腹いせだ」

「あの若造、ただではおかんぞ！」アンドリューが大声をあげた。「あのトラブルメーカーめ。ジュリアスの言ったとおりだ……」

「えっ？　ジョージのことで、ジュリアスはあんたになにを話したんだ？」

「結局のところ、腐りきったやつだったと。わしはジュリアスに、あの子供のしつけ方がわかっていなかったのだと言った。なにしろわしは、自分の子供たちを立派に育て上げたからな……」

「そのとおりさ、おやじ」マイクがくすりと笑った。

「たしかに」アンディも同調する。

「あんたはジュリアス・クラッグに現金で五万ドルを支払ったのか？」ジョニーは尋ねた。

「当たり前だろう。なにをするかわからないスラットのような男は、小切手など受け取らん。とどのつまり、わしはクラッグを信用した。あの男は頭がよくて、抜け目もないが、口にしたことは守る。胴元だからな」

ジョニーはうなずいた。「だが、返した金はどうなった？」

「知るわけないだろう。クラッグを殺したやつがとったんじゃないのか。このスラットは――」

ピート・スラットがバーのオーク材のドアを押し開けて入ってきた。口から煙草を垂らし、手には三八口径のオートマチックを握っている。ペンドルトンたちがすぐさま騒ぎはじめたが、スラットがオートマチックをひらつかせると、たちまち静かになった。スラットが口を開いた。「いいだろう、話の続きはおれがしてやる。部屋の外でだいたいは聞いたからな」

「スラット」とジョニー。

「おれの従姉妹にずいぶんとおつなまねをしてくれたじゃないか、フレッチャー。この一件は忘れねえからな。おれはドッグ・ファームの草地に寝転がって、双眼鏡で屋敷を見張りながら、一日じゅう思い返していたんだ……」

ジョニーは息をのんだ。「屋敷を一日じゅう見張っていたのか？」

「朝の七時からな。おまえが最初に出かけたときは、あとを追えなかった。おまわりがうようよしていたせいだ」

「十時かその少し過ぎも屋敷を見張っていた？」

「そう言っただろ。銀行からおれの金が運ばれてきたら、回収するためにな」

「ちょっと待ってくれ、スラット。だったら、赤いクーペがやってきて、おれが戻るまで屋敷の前で待っていたのも、知っているのか？」

「もちろんだ。それがどうした？」

「どうもしない。だがクーペがやってくる直前、言い換えれば、サムが犬舎から屋敷に戻って、クーペが到着するまでのあいだに、誰が来た？」

「誰も来ていない」

「だったら、あんたはしっかり見張っていなかったってことだ。弁護士のポッツが訪ねてきて、犬舎で殺されたんだからな」

「ポッツは訪ねてきていない」

「だが、彼は犬舎にいたぞ！」

「それなら、ポッツは前の晩からそこにいたのさ。おれは朝七時から、ドッグ・ファームに出入りする人間を一人残らず見ている。ポッツはその中に入っちゃいねえ。ジュリアス・クラッグを介して、ポッツの顔は知っている。おれの金はどうなってる、フレッチャー？　この連中が横から口を挟んできてるのか？」

「きみが知りたいかどうかはわからないがね、わしたちも揉めているのだよ」アンドリュー・ペンドルトンが大声で言った。「ジュリアス・クラッグが殺された晩、わしはあの男に五万ドルを返済したが、約束手形を返してもらっていなかった。このクラッグとフレッチャーがどこかに持っている」

「こいつらはおれの三万二千ドルも持ってる」とスラット。「おまけに、ゆうべフレッチャーはおれの従姉妹の顎を砕きやがった。おまえは舌先三寸のペテン野郎だ、フレッチャー。ずっと行動を観察してきた。おれたちを球に見立ててスリークッションでもプレーしてるつもりだったようだが、おまえはビリヤードの天才じゃねえ。これがその結末ってわけさ」

そのことはジョニーもひしひしと感じていた。四人のペンドルトンもじゅうぶんに脅威だったが、ピート・スラットと彼が手にしている銃は、葬送曲と喪服姿のバンドと小さな死亡記事の組み合わせのように致命的だった。

ジョニーは三秒そのことを考えて――たっぷりとした三秒だった――自分のやり方でプレーしようと心を決めた。

「いいか、スラット、ジュリアス・クラッグはあんたの配当金を用意していた。このウドの大木たちから五万ドルを手に入れていたんだ。ジュリアスを殺したやつが、その金を奪った。おれは三万二千ドルどころか、三万二千セントだって持っちゃいない。だが、利子をつけて金を渡そう。おまえは、受け取るだけでいい」

「受け取るとも」

「約束手形でかまわないか？　完全に合法的なもので、形式もきっちり整っている。手形の振出人は、かなり収益を上げている会社を経営していて……」

「フレッチャー！」アンドリューが怒鳴った。「いったいなんの話をしている？　わしの手形のことか？」

「そうだ。おれはピート・スラットにやることにした。両者で話をつければいい」

「フレッチャー、おまえはこのおしゃべり男が署名した手形を持ってるのか？」スラットが訊く。

「額面五万ドルの？」

「ああ――おまえがそれでもいいなら」

「それでかまわねえ。その手形をよこせ。そうすりゃ、すべてチャラにしてやる」

「マギーのこともか？」

スラットは躊躇したものの、すぐに肩をすくめた。「病院での支払いは千ドルもいかないだろう。治療代を出しても、まだおれの手元には一万七千ドル残るわけだ――利子として。さっさと手形を渡せ」

マイク・ペンドルトンがせせら笑った。「そいつは持ってない。身体検査をしたばかりだ」

「マイク、あんたはおれの身体は検査した。だが、自分のは調べなかっただろう」

「はあ?」

「あんたは自分の身体は調べなかったと言ったんだよ。ひっぱたかれだして、おれが先の展開を読まなかったとでも思うのか? 最初に持ち上げられたとき、手形はあんたのポケットにこっそり入れておいたのさ」

慌ててマイクは上着の両方のポケットに手を突っ込んだ。両手を引き出したとき、右手の指のあいだに、小さく折りたたまれた紙切れが挟まっていた。マイクが絶叫した。

「なんてこった! おれのポケットにずっと入っていたのか。フレッチャー、ほんと愉快なやつだぜ! はっはっは!」

「手形をこっちに投げろ」とスラット。

「地獄へ落ちろ」マイクが言い返す。

「二つ数えるうちによこせ。一つ……」

マイクが手形を口に放り込み、スラットが彼の片脚を撃ち抜いた。マイクは喉の奥で妙な音をたてながら前に飛び出した。だが、膝ががくんと折れて、床に倒れていった。

残りのペンドルトンたちがうなり声をあげて、スラットに突っ込んでいく。オートマチックがまた火を吹いたあと、骨の折れる音がした。スラットが苦痛の悲鳴をあげる。

カウンターを背に座らされていたジョニーは、立ち上がりはじめた。両足でしっかり立ったときには、サムは殴り合いの真っ最中だった。ジョニーには風車のように振り回される腕や脚や胴体部分が垣間見えるだけだ。アンドリューが突き飛ばされて、カウンターにぶつかってくる。ジョニーは腕を振りかぶってアンドリューを殴ろうとしたが、こぶしが当たるより早く、年配の男は床に伸びた。

当然ながら、スラットはもう乱闘には加わっていなかった。マイクは脚を撃ち抜かれながらも、床に起き上がって、サムをつかまえようと虚しく試みている。

やがて、激しい取っ組み合いが静かになって、ジョニーは目の前の光景に息をのんだ。相棒が強いことはわかっていた。というか、わかっているつもりだった。だがいま――サム・クラッグは残ったペンドルトン家のアンディとアンガスの二人にヘッドロックをかけていた。

両足を大きく開いて立ち、それぞれの腕に頭をしっかりと抱え込んでいる。それは、本の啖呵売の最中に喧嘩を売ってきた二人のサクラと揉み合ったあとに決め技としてとるポーズとそっくりだった。ただ一つ異なるのは、サクラは故障で引退したレスラーで……金で雇われた者たちであるという点だ。アンディもアンガスもショーとしてやっているわけではまったくない。喧嘩をするのは、楽しみや……怒りのためだ。ところがサムは、金で雇った男たちと同じように二人を楽々と押さえ込んでいた。

サムはジョニーに向かってにやりとしてみせてから、おなじみの技の仕上げをした。両腕を勢いよく前に持ってくる。アンディとアンガスのでか頭がぶつかって、派手な音をたてた。サムは一歩下がって、二人がバーの床に崩れるままにさせた。

「嘘だろ！」マイクがわめいた。「くそ、ちゃんと立つことさえできれば、おまえを殺してやる」

「頭をかち割られるのがオチだぞ、マイク」ジョニーが大声でやり返した。「サム・クラッグは生きている最強の男だ……」

「やらせだ!」マイクがわめき散らす。「誰にもアンディとアンガスを打ち負かすことなんてできっこない」

「だったら、二人に起き上がって、やり直せと言えよ」

カウンターのそばから、ジョニーは歩きだした。ピート・スラットをちらりとのぞきこむ。スラットは生きていたが、片腕が身体の下でグロテスクに曲がっていた。片脚も不自然な角度になっている。

ジョニーはうなずいた。「しばらくはスラットもおとなしくしていることだろう。あんたの家族もな。ところで、マイク、約束手形はどこだ?」

「のみこんだ。さて、いったいどうする?」

「だったら、かまわない。手形はあんたのものだ。恨みっこなしだろう?」

「こっちに来いよ、そうすりゃ、その首をへし折ってやる……」

ジョニーは肩をすくめた。

「遠慮しておくよ、マイク、おれは自分の首が気に入ってるんだ。あばよ」

ジョニーは足早にドアへ向かった。サムが合流すると、ジョニーは振り返って、くすりと笑い、マイクに声をかけた。

「いやいや、おまえこそ愉快なやつだぜ!」

二人は人っ子一人いないオフィスを通り抜け、建物から出た。ビュイックに乗りながら、サムがむっつりと言った。

「結局、なにもかも失ったというわけだな、ジョニー?」

「いいや、サム、おれたちは手に入れたのさ。ジュリアスを――ビンズとポッツも――殺したのが誰かわかったんだからな」

「誰なんだ?」

「一時間としないうちに、おまえにもわかるよ。いまはちょっと考えさせてくれ。まだはっきりしてないことが二、三ある」

# 第十九章

ジョニーがビュイックを運転して屋敷に戻ったのは、九時を少しまわった頃だった。犬舎の犬たちが騒がしい。みな腹を空かせていた。

ミセス・ビンズは台所に引っ込んでいた。顔は青ざめてこわばっているものの、決然とした目をしている。ジョニーは無言でうなずきかけた。

ジョージ・トンプキンズはまたしてもリビングルームのソファに寝転がっていた。だが、玄関ホールにスーツケースが一つ置いてある。ジョニーはそれを見やりながら、電話機のところへ行った。

「保安官事務所を頼む」あまり待たされることなく、ジョニーは言った。「リンドストローム保安官？　ジョニー・フレッチャーだ。すぐここへご足労願えるなら、誰がジュリアス・クラッグを殺したのか教えるよ。ああ、ほかの二人についても。もうすべておしまいにするつもりだ……」

電話を切ったジョニーは、別の番号にかけた。

「ミスター・ウェッブ？　通りの向かいに住むフレッチャーだ。五分以内にこっちへ来るなら、誰が三人を手にかけたのか教えるよ。そうだ、スーザンも連れてきてくれ。おれは本気だ……」

ジョニーはリビングルームに戻った。ジョージはゆがんだ笑みを浮かべ、窓に背を向けて立っていた。「頭がどうかしちまったんだな、フレッチャー、なにもわかってないくせに」

「ニューヨークへ行くんじゃなかったのか、ジョージ？」

「行くさ、あんたがおれの金を返してくれたらすぐにな」

ジョニーはうめいた。マイク・ペンドルトンにポケットから抜き取られた金を取り返すのをすっかり忘れていた。十セント硬貨一枚持っていなかった。

ジェームズ・ウェッブがドアベルを鳴らさずに玄関ドアを押し開けた。すぐうしろにはスーザンもいる。二人はリビングルームに入ってきた。

「これはどういう茶番だ、フレッチャー？」ウェッブが尖った口調で問いただした。

「三件もの殺人は茶番じゃないぜ、ミスター・ウェッブ」

「殺人犯の正体はわかってないだろう」

「あいにくだが、わかっているんだよ、ミスター・ウェッブ。危うく犯人を突き止め損ねるところだったけどな。あんたが真実を話そうとしてくれなかったから」

ウェッブの顔が赤くなった。「いいか、フレッチャー、ずっと我慢してきたが、おまえにはもう限界――」

「おれもだよ、あんたには我慢の限界だ、ウェッブ」ジョニーは切り返した。「あんたが回りくどい方法でドッグ・ファームを手に入れようとしていなければ、事件はとっくに解決していたんだ」

「どうかしているぞ、フレッチャー。わたしはドッグ・ファームなど欲しくない」

「ああ、そうだな。だが、この土地を手に入れれば、あんたはおれたちを追い出せる――一人残らず。それこそが狙いだったんじゃないのか？　ジョージ・トンプキンズにそばをうろつかれたくなかった」

「そんなことは秘密でもなんでもない」

「たしかに。けどな、ジョージを毛嫌いする本当の理由は伏せておく必要があると考えていたんだろう。どうして娘の近くにジョージをいさせたくないのか……」

外からサイレンの音が響いてきた。甲高い音が近づいてきたかと思うと、長く尾を引いて消えていく。靴が砂利を踏みしめる音や玄関の短い階段を上がってくる足音が聞こえる。リンドストローム保安官が勢いよく玄関ドアを開けた。

「犯人は誰だ、フレッチャー？」保安官は大声で訊いた。すばやく室内に視線をめぐらせたあと、まばたきをした。「おまえ、正気を失ったのか！　ここには誰も――」

「殺人者がいるんだよ、保安官！」

「なんだと？　誰が……？」

「説明させてくれないか。事の始まりから話す必要があるんだ」

「話してみろ、フレッチャー」ウェッブが不吉な口ぶりで言った。「まともな内容だといいが」

「わたしにとってもな」保安官がうなるように口を挟んだ。

「納得がいくものになるさ」ジョニーは請け合った。「ひと月前、ジュリアス・クラッグが殺害された。ピート・スラット相手の大きな賭で負けた日のことだ。損失は手元にあった額を超えていた。スラットは容赦のない男だ。すぐに配当金を欲しがった。応じなければ、ただではすまない。ジュリアスは一年かそこら前に、資金繰りに行き詰まっていた〈ペンドルトン・ノベルティ・カンパニー〉にいくらかの金を――五万ドルを――融通していた。その後、会社の業績は好転したから、ジュリアスは社長のアンドリュー・ペンドルトンに返済を求めた。ペンドルトンは五万ドルを現金で持ってきた。

だが、ジュリアスは約束手形を返さなかった。隠していたんだ……実のところ、犬の――毒殺された家犬のオスカーの――首輪の中に」

「なんのためにそんなことをしたんだ？」リンドストローム保安官が大声で尋ねた。

ジョニーは肩をすくめた。「予感でもあったのかもな。とにかく、ジュリアスは手形を取り出したがらなかった。それでも、彼のことをよくわかっていたペンドルトンは信用したんだ。結局のところ、ジュリアスは広く知られた胴元だった。金に関しては、胴元の言葉は絶対だ。ペンドルトンは金を渡して立ち去った。

そのあと、ジュリアスは撃たれた。目撃者はいない。事件当時、屋敷の中にいたジョージは、銃声を聞いて飛び出し、走り去る車のテールランプを見たと証言している。ジュリアスの遺体から金は消えていた。殺害した犯人がとったんだ」

ジョニーは言葉を切って、人々の顔を順番に見ていった。どの顔も好奇心であふれんばかりになっている。

「ジュリアスを殺したのが誰であれ、そいつが彼から五万ドルを奪った」ジョニーはあらためて言った。「ここまでは、みんな異論はないだろう。ただし一つだけ、おれたちはまちがっていた。ジョージの証言についてだ。ジョージは走り去る車のテールランプを見てはいない……」

「でたらめ言うな、フレッチャー！」ジョージが大声をあげた。

「まあ、実際にテールランプは見たかもしれないな、ジョージ。通りには多くの車が行き交うから。だが、ジュリアスを殺した犯人は、車で走り去ったりはしなかった。というのも、おまえがジュリアスを殺したからだ、ジョージ！」

あちこちから、はっと息をのむ音がした。それをかき消して、ジョージの喉から金切り声があがる。リビングルームから逃げ出そうと、ジョージはドアの方へと突進した。リンドストローム保安官の部下の一人が行く手をさえぎり、サムがたくましい両腕でジョージをつかまえる。彼は、蹴ったり、わめいたりする若者を押さえつけた。

「放せよ、このでくのぼう！　放しやがれ！　ぬれぎぬだ。てめえはおれに罪をなすりつけようとしてるんだ、フレッチャー。おれはやってねえ！」

「いいや、おまえがやったんだよ、ジョージ。ミスター・ウェッブ、ジョージをいっさいスーザンに関わらせたくなかったのは、これが理由だろう？」

ウェッブの顔がこわばった。「その若者はまともじゃないからだ。ジョージは動物を虐待していた。ジュリアス本人がそう話してくれた。彼はジョージが紐で縛った犬を死ぬまで蹴っていた現場を押さえたんだ……スーザン……」

「わたし、ジョージが怖かったの」スーザンが唇を震わせながら言った。「彼――彼はわたしを殺して自分も死ぬと脅したのよ。ミスター・フレッチャー、あなたたちがここへ来た日、わたしはミスター・ポッツにジョージのことを相談しに行っていたの。ミスター・ポッツは……ジョージなら心配ないと請け合ったけれど、わたしには信じられなかった。だってわたし……」

「もういいんだ、ミス・ウェッブ」とジョニー。「ポッツはジュリアスの金に手をつけていたのさ。そして、ジョージに疑いの目を向けていた。ジュリアスからジョージのことをいろいろ聞いていたんだろう。ジョージが五万ドルを持っていると考えて、分け前を要求したんだ……」

「どうにもわからないのだが」リンドストローム保安官が悩ましそうに言った。「ジョージは金をとったあと、どうしてすぐに屋敷から出ていかなかったんだ？」

「スーザンのこともあったし、自信もあったからだろう。そいつは飛び抜けて頭がいい。だませないやつは一人もいないと高をくくっていたんだ。一人で楽しんでいたわけさ……ソファでダラダラして、大男を相手にふざけ、ほくそ笑んで――」

「フレッチャー、この――」ジョージが口汚く罵りはじめる。

　サムが慌ててジョージの口をふさいだ。

　ジョニーは話を続けた。「ポッツがドッグ・ファームへ来たのは、昨夜のことだ。ジョージが金は犬舎に隠してあると言ったんだろう。二人で犬舎に向かい、ポッツの背後に回ったジョージが、シャベルかなにかで彼の頭をぶん殴った……。ところで保安官、解剖の結果、ポッツが死んだのは、遺体が発見される十二時間以上前のことだったんじゃないのか？」

「そうなのだよ！」保安官が大声をあげた。「そのことがずっと頭を悩ませていた。ミスター・ポッツが夜のうちに殺されていたなら、今朝どうやって遺体が運ばれてきたのか」

「ジョージが飼料箱の中にでも隠しておいたんだろう。ビンズの場合は、犬舎でなにかを目撃してしまい、それでジョージは彼を殺さざるをえなくなったとしか考えられない。捜査を攪乱するために、ビンズの遺体は現場に残し、一方でポッツの遺体は隠したあと、オスカーを毒で殺して、あたかも外部から侵入してきた者がビンズを殺害したと見せかけようとしたんだ」

　ジェームズ・ウェッブが口を開いた。「きみの推理どおりだろう、フレッチャー。これまできみを信じなくてすまなかった。わたし――わたしはずっとジョージのしわざではないかと半ば恐れていた。だからこそ、クラッグの地所を手に入れようと躍起になっていたんだ。手に入れられれば、航空会社に売却したふりをして、すぐさまジョージを追い出すことができると考えて」

保安官は顎をこすった。「だが、フレッチャー、証拠はあるのかね？　もう少し決め手になるようなものは？」

「あるとも。いま説明しようとしていたところだ。実際、あれがなければ、きっとおれは真相にたどり着けないままだった。今朝は大勢の人間がぞろぞろと犬舎に入った。保安官、あんたの部下、ペンドルトンたち……。誰一人としてポッツの遺体は見ていない。十時十分にサムが屋敷に入って、五分後にカンケルが現れ、屋敷の前で一時間以上も居座っていた。つまり、ポッツは十時十分から十時十五分のあいだに来て、犬舎に入り、殺されたことになる。この五分が空白の時間だ。ポッツはドッグ・ファームに来ることはできた。目撃者がいなければ、真相は闇の中だ。ありがたいことに、おれは目撃者を見つけ出した……」

「誰なんだ？」ウェッブとリンドストロームが声をそろえて尋ねた。

「ピート・スラットだ」ジョニーは小さく笑った。「あいつは三万二千ドルを回収することに執念を燃やしていて、今朝は七時からここに来て、午前中ずっと向こうの草地に寝転がって、双眼鏡で屋敷を見張っていた。ポッツは今日は来なかった、十時十分から、正午頃にジョージが犬舎へ入っていって、まもなく人が殺されていると叫びながら飛び出してくるまで、ほかには誰も犬舎に入っていないと断言した……。ジョージは実際には、犬舎へ入っていって、前の晩に殺したポッツの遺体を隠し場所から取り出し、通路の床に横たえたんだ……」

「この――！」ジョージがまたわめきたてた。「わかったよ、ああ、おれがやった。全員おれが殺したんだ。連中の裏をかいて、始末してやった。おまえだって出し抜いてやる、フレッチャー。いただいた五万ドルは、まだほとんどまるまる残ってる。隠し場所は、おまえになんか見つけられっこねえ。金はそのまま腐っていくのさ……」

「そいつは血にまみれた金だ」とジョニー。「どっちにしても、おれは欲しくない。サムだってそうだ……」

全員リビングルームから出ていって、ジョニーとサムだけになったとき、ミセス・ビンズが部屋に入ってきた。

「ミスター・フレッチャー、あの――わたし、口をつぐんでいるつもりでしたが、言わせてください。わ、わたし――胸の内にしまっておけなくて。今朝ジョージのクローゼットの中でかなりのお金を見つけたんです。千ドル近くあります……」

「発見者のものだ、ミセス・ビンズ。懐にしまって、黙っていればいい。そうだろう、サム？」

金は法的にはサム・クラッグのものだったが、アーサー・ビンズのことを考えて、サムは言った。

「あんたがとっといてくれ、ミセス・ビンズ。いずれ、その金が必要になるよ、だって――ここは売るから」

「そうだとも」とジョニー。「ああ、いますぐ取引をまとめよう。ファラデーに電話する」

玄関ホールへ電話をかけに行った。戻ってくるまで五分ほどかかった。サムがなじるような目でジョニーを見た。「電話を二本かけていたな。なんだってジル・ペンドルトンにかけた？」

ジョニーは小さな笑みを浮かべた。

「明日、ジルに会うんだ。ジルの話じゃ、彼女の家族は、おれのことを許してくれてるらしい……たぶん……」ジョニーは、マイクに取り上げられた二百ドルちょっとの金のことを考えた。

サムは苦虫を嚙み潰したような表情になった。「あんたと、あんたと付き合う女たちときたら！」

「おまえと、おまえが相続したものときたら！」ジョニーがやり返す。そのあと、くすくす笑った。

「なあ、これってほんとにおかしいよな、サム。おれたちは金をたんまり貯めていて、たしかに〝金持ち〟だったうえ、おまえは広い土地屋敷を相続した。二人でいろんなことを引き継いで……その結果はからっけつ。相続したせいで貧乏になった人間なんて、おれたちぐらいじゃねえのか！」

# 訳者あとがき

アメリカの作家フランク・グルーバー（一九〇四―六九）によるジョニー・フレッチャーとサム・クラッグのシリーズ三作目をお届けします。

ジョニーとサムは怪しげな肉体改造本の〝実演販売〟を生業としています。頭の回転が速く口達者なジョニーが、筋骨たくましいサムを〝実践後〟のモデルとして、この本に書かれていることを実践すれば誰でも屈強な男になれると売り込むわけです。ジョニーに言わせれば、彼は〝国内屈指の、とびきり優秀なセールスマン〟。でも残念ながら、本が飛ぶように売れることはめったになく、二人はたいていお金に困っています。それが本作では、サムが疎遠だった伯父の多額な遺産を相続して、ついに貧乏生活とはおさらば！　となるはずだったのですが、伯父が殺害されていたことがわかり、遺産にも落とし穴があって……

フランク・グルーバーは才能豊かな多作家として知られていますが、なかでも有名なのが、このジョニーとサムの凸凹コンビが活躍するユーモア・ミステリ・シリーズ（全十四作）です。二人はなぜかいつも殺人事件に巻き込まれ、容疑をかけられて、いやおうなく（いえ、ジョニーは嬉々として！）犯人捜しに乗り出します。テンポの速いストーリー展開、フーダニットやホワイダニットとしての読みごたえもさることながら、ジョニーとサムの軽妙なやりとり、減らず口の応酬、窮地に立たされたジョニーが考え出すとんでもないアイデアの数々といったものこそ、本シリーズが愛される所以ではないでしょうか。

この魅力たっぷりの〈ジョニー&サム〉を教えてくださったのは、昨年暮れに惜しくも世を去られた仁賀克雄氏でした。氏は生前、本シリーズの楽しさ、面白さを熱く語っていらして、これまで未訳だった九作品もすべて翻訳・刊行されるのを心待ちにしておられました。さまざまな御縁があって、まずはその一作品を訳すことができたのは、望外の喜びです。

〈ジョニー&サム〉シリーズの初版タイトルを発表順に記しておきます。

①The French Key（1940）『フランス鍵の秘密』早川書房
②The Laughing Fox（1940）『笑うきつね』早川書房
③The Hungry Dog（1941）本書
④The Navy Colt（1941）『海軍拳銃』早川書房、『コルト拳銃の謎』東京創元社
⑤The Talking Clock（1941）
⑥The Gift Horse（1942）
⑦The Mighty Blockhead（1942）
⑧The Silver Tombstone（1945）『ゴーストタウンの謎』東京創元社
⑨The Honest Dealer（1947）
⑩The Whispering Master（1947）『噂のレコード原盤の秘密』論創社
⑪The Scarlet Feather（1948）

⑫ The Leather Duke（1949）
⑬ The Limping Goose（1954）
⑭ Swing Low, Swing Dead（1964）

最後に、この素敵な作品に巡り合わせてくださった仁賀克雄氏に心からの感謝を捧げます。

二〇一八年七月

〔著者〕
フランク・グルーバー
アメリカ、ミネソタ州生まれ。9歳で新聞の売り子として働く。貧しい青年が苦難の末、大富豪になるホレイショ・アルジャー・ジュニアの立身出世物語に夢中になり作家を志す。農業誌の編集を経て、〈ブラック・マスク〉などのパルプ雑誌を中心に作品を発表する。代表作に「フランス鍵の秘密」(40)、「笑うきつね」(40)、The Pulp Jungle (67) など。

〔訳者〕
森沢くみ子（もりさわ・くみこ）
香川県生まれ。英米文学翻訳家。主な訳書にヘンリー・スレッサー『最期の言葉』(論創社)、エリック・キース『ムーンズエンド荘の殺人』(東京創元社)、エラリー・クイーン『熱く冷たいアリバイ』(原書房)、ブラム・ストーカー『七つ星の宝石』(アトリエサード) など。

はらぺこ犬(いぬ)の秘密(ひみつ)
——論創海外ミステリ 214

2018年7月20日　初版第1刷印刷
2018年7月30日　初版第1刷発行

著　者　フランク・グルーバー
訳　者　森沢くみ子
装　丁　奥定泰之
発行人　森下紀夫
発行所　論 創 社
〒101-0051 東京都千代田区神田神保町2-23 北井ビル
電話 03-3264-5254　振替口座 00160-1-155266

印刷・製本　中央精版印刷
組版　フレックスアート

ISBN978-4-8460-1741-5
落丁・乱丁本はお取り替えいたします